沈家门往事

陈佩君 著

中国言实出版社

图书在版编目（CIP）数据

沈家门往事 / 陈佩君著 . -- 北京 : 中国言实出版
社, 2024.6
ISBN 978-7-5171-4819-7

Ⅰ . ①沈… Ⅱ . ①陈… Ⅲ . ①长篇小说－中国－当代
Ⅳ . ① I247.5

中国国家版本馆 CIP 数据核字 (2024) 第 103526 号

沈家门往事

责任编辑：佟贵兆
责任校对：张　朕

出版发行：中国言实出版社

　　　　地　　址：北京市朝阳区北苑路180号加利大厦5号楼105室

　　　　邮　　编：100101

　　　　编辑部：北京市海淀区花园北路35号院9号楼302室

　　　　邮　　编：100083

　　　　电　　话：010-64924853（总编室）　　010-64924716（发行部）

　　　　网　　址：www.zgyscbs.cn　　电子邮箱：zgyscbs@263.net

经　　销：新华书店
印　　刷：成都市兴雅致印务有限责任公司
版　　次：2024年6月第1版　　2024年6月第1次印刷
规　　格：880毫米×1230毫米　　1/32　　9.5印张
字　　数：223千字

定　　价：78.00元
书　　号：ISBN 978-7-5171-4819-7

目录

第01章　观音饼小姐求婚鲨鱼少爷

民国时期，熙熙攘攘的活水码头沈家门，正是渔船拢洋时光。

"乌贼黑炭，快去西横塘，新来一批货色，鲜活水嫩。"

"貌美比得上沈家门第一美女小龙鱼吗？"

"小龙鱼，是天上仙女，的确好看，但我们吃不到。这西横塘新来的娘们，十足的刚拢洋的活海鲜，透骨新鲜，好吃。"

说话的是一群满身散发着鱼腥味的刚上岸的渔夫。"乌贼黑炭"是渔夫们对自己的戏谑称呼。风吹日晒，大风大浪里讨生活的他们，脸庞个个黑如乌贼墨汁。

这群"乌贼黑炭"，三五成群，走在街头。他们的话语爽朗快活野性。他们挽起的裤脚，左右高低不一，滑稽粗俗，但裤脚下露出的那一段的脚踝粗壮结实，筋肉分明，越发显得壮实如牛。他们的眼睛熠熠发光，正寻向西横塘的花柳街头。

西横塘位于沈家门渔港的西边，整条街飘满胭脂味与鱼腥味相融合的气息。店门口的花丛柳莺们，当地俗话称之为"火油箱"。

"乌贼黑炭"们，笑嘻嘻地和西横塘的"火油箱"们互相打趣着，欢声笑语如浪潮，一浪一浪地涌上来。

"今晚妹妹来摇橹，阿哥撑船更快活。"

"撑过一滩又一滩，全靠阿哥撑船技术好。"

戏谑欢笑的海浪，拍打着整条大街。

一双亮晶晶的纯洁无瑕的眼睛，也被这群寻欢作乐的声音吸引。

"刘妈，什么时候，我也可以跟着爸爸摇橹、撑船？"

"乐乐小姐是大家闺秀，不可以摇橹、撑船。"

"我是船王的女儿，我要像爸爸那样，摇橹、撑船，成为船王。"

说话的小女孩约莫三岁光景，双丸子头，一身海棠色短袖旗袍滚浅花色包边，鲜亮亮地被家佣刘妈抱在怀里，两只乌黑发亮的眼睛如猫眼一般，骨碌碌地四处张望着，好奇的眼神，出奇的闪亮。

"那是，乐乐小姐肯定会成为船王，超级船王。"刘妈圆润饱满的方圆脸，笑容如十五的月亮一般，望着怀中满眼自信的可爱萌娃。

刘妈的话语声音刚落，又是一阵大声的揽客声席卷街头。"拘鱼船，驶顺风，抛锚沈家门，上岸西横塘。"花枝招展的"火油箱"，笑容艳丽，话声响亮。

"哎，怪不得叫'火油箱'，这满大街的拉客声比敲火油箱的啪啪声音，还响啊！"与刘妈随行的一个女佣嘟嘟嚷嚷着。

"这世道笑贫不笑娼。"

"前些日子，这些火油箱，在杨子庵求好生意呢。"

"哎，这些女人来自穷人家，其实也是一群苦命的女人。"

刘妈和随行的女佣，有一句没一句地搭着话，穿过西横塘，直往东横塘大街。

东横塘店铺林立，东海阿旺海鲜面店、福建巴哈鱼丸店、小上海布行、千里香馄饨店、南阳小笼包子店、本地阿二鹅肉店……

乐乐小姐那乌溜溜的眼睛，一直随着东横塘的店铺闹市移动着，最后那黑亮亮的视线定格在街头处，一家很大很闹猛的店铺：有才渔行。

有才鱼货行，鱼腥味飘满一街道，顾客来来往往，挑选着时令海鲜。伙计进进出出，搬运着刚从拢洋的渔船上收购到的新鲜海货。

"黄鱼黄鬌鬌，鲳鱼铮骨亮，鳓鱼刺多猛，带鱼眼睛交关亮。"一个年轻的壮小伙子，一边卖力地运货，一边张着宽大扁平的厚嘴唇，伶伶俐俐地唱着《抲鱼调》，他是长工"海哥霸"。

海哥霸上半句唱完，偷眼朝着门口的女佣绣花，唱得更起劲，"虎头鱼须短，梦潮鱼须长，乌贼骨头独一根，箬鳎眼睛单边生。马鲛牙齿快，毛蟹脚长走横向。"

十种鱼名和它们的特性，一口气从"海哥霸"的嘴里蹦出，如鱼一般活蹦乱跳着，落入顾客耳内，一阵叫好。乐乐小姐的小手也跟着鼓掌。

海哥霸回头，看见乐乐小姐小手合拢鼓掌的模样，仿佛礼佛时的合掌莲花，他被这可爱的小人儿萌呆了。

"海哥霸"不是这个长工的名字，是他的绰号。"海哥霸"是安康鱼的俗称。因为这个长工宽厚的嘴唇，像极了安康鱼的嘴巴，如此由来。

"哎哟，刘妈，侬亲自来买鱼啊，这边来，这边来。"海哥霸殷勤地招呼着，那厚墩墩的结结实实的整个身躯，散发着热情。

"六月十九观音菩萨生日快到了，佛前的供品要准备好。刘妈来阿毛观音饼店的。"乐乐小姐抢先回答，一字一句，清楚明白地表述着。

"哎哟哇，都说李家船行的乐乐小姐，聪明又伶俐，果真。"

海哥霸赞美着乐乐小姐，那安康鱼一般的大嘴巴，朝着乐乐小姐欢喜地笑着。

"这小伙子，真会套近乎，讨人喜欢。"快人快语的刘妈乐呵呵地说着，"按照鱼货单子，直接送货，有才鱼货行的鱼货，不用看，也知道透骨新鲜。"

"好咧！"海哥霸拉长了声音，明亮而爽朗。他的眼睛不由自主地瞄向了站在门口的女佣绣花。

女佣绣花的眼睛正盯着门口外玩耍的小少爷阿龙。

有才鱼货行的门口，转角处有一家店面亮堂的糕饼店：阿毛观音饼。喷喷香的观音饼店铺前，排起了长长的队伍。不远处，两个小孩子撅着小屁股在玩耍。

小男孩看上去五六岁，上身浅蓝色对襟短袖，下穿灰色短裤，是有才鱼货行的小少爷阿龙，学名王文龙，长得如年画里的阿福，不过他是个黑乎乎的阿福。这小家伙那光溜黑滑的脸蛋上，一双黑眸子光线如电，紧盯着面前爬动的鲨鱼。

小女孩三岁左右，冲天辫，着粉色短袖碎花小旗袍，是观音饼店老板的女儿，叫雪妮。雪妮长得仿佛小上海布行里摆设的洋囡囡，凝脂一般的圆圆脸，一双又大又圆的眼睛在浓黑的长睫毛下，黑宝石般忽闪忽闪，盯着阿龙。

"龙哥哥，我们结婚吧！"

雪妮细细嫩嫩的声音犹如清泉，流过热闹的街头喧嚣声，直入阿龙的耳朵。

"你跟你爸爸结婚吧！"阿龙随口答道，眼睛还是紧盯着那条鲨鱼。他整个身子如泥鳅一般滑溜，瞬间窜到这边，瞬间溜到那边，围着一条鲨鱼，团团打转，玩得很入迷。

雪妮黑眼珠子瞬间愣了一会，很快又眨巴眨巴，她想了想，回答阿龙："我爸爸跟我妈妈结婚了。"

"那我跟我妈妈结婚。"犹如一块大石头落地，阿龙很坚决地回答着。他依旧低头玩着那条鲨鱼。

女佣绣花听着两小孩的对话，那双细细的眯眯眼，笑得如线。

进出鱼货行的伙计，听到这话，笑骂着："侬这小子，趁现在人家愿意，赶快把这女人娶过来，妮妮一长大，侬追也追不到！"

转角处，买观音饼的客人，发出一阵开心的笑声，刘妈抱着乐乐小姐，憨厚的方圆脸也荡起了一层欢乐的浪花。

但小少爷阿龙并不理会这些，继续陶醉在他的那条鲨鱼上。

刘妈将乐乐小姐从怀里放下。乐乐小姐站在一旁。观音饼店飘着浓浓的香酥甜味儿，她似乎闻不到，一双发光的猫眼，定定地看着那条鲨鱼。

阿龙玩的那条鲨鱼，像一把团扇一样，拖着一根长而坚硬的呈剑状的扇柄，那是鲨鱼的尾巴。阿龙在尾巴上绑了一根麻绳。他并没有紧紧拉着那条麻绳，而是看着鲨鱼慢吞吞地如乌龟一样爬行，它若爬远了，阿龙用绳子拉回来。

这鲨鱼是一种古老的海洋节肢动物，在海洋里生活了四亿多年，它的历史比人类出现的历史还要早得多，更是比已经灭绝的恐龙还要古老，有"活化石"之称。阿龙被鲨鱼迷住了，雪妮被阿龙迷住了，可阿龙拒绝了雪妮的求婚，这让雪妮有点茫然，只好跟在阿龙屁股后面，一起看着鲨鱼爬。

海哥霸朝着绣花无奈地摇摇头："这小子，有福也不享，鲨鱼居然比老婆好玩。"

"鲨鱼肯定比老婆好玩。"乐乐小姐的口吻如大人一般，更正了海哥霸的话，"老婆要哭要闹，不好玩。鲨鱼爬来爬去，多好玩。"

乐乐小姐幼稚的神情，深刻的认知，让海哥霸一下子傻眼了。刘妈情不自禁地扑哧一笑。

"乐乐小姐，人小，鬼机灵，小大人一个，什么都懂。"观音饼店老板娘阿毛，一边娴熟地烧制观音饼，一边朝着刘妈说话，然后她那如观音饼一样圆润的脸庞笑眯眯地转向阿龙："阿龙，侬长大了，来娶雪妮啊！雪妮做你老婆，保证不哭不闹。"

雪妮眨着星星一样的亮眼睛，盯着阿龙，嘴儿甜甜地说："龙哥哥，说好了，长大了，就来娶我！"

阿龙依然埋头专注于那条鲨鱼，还是甩出那句石头一样硬的话："我要娶我妈妈。"

乐乐小姐听着阿龙和雪妮的对话，那双猫眼凝滞不动，若有所思。

刘妈和随行女佣清点好观音饼，又将乐乐小姐抱在怀里，离开了观音饼店。乐乐闻到了最喜欢吃的海苔观音饼的味道，海苔味很好闻，咸咸的海味儿带着香香脆脆的甜美。可观音饼的美味，还是敌不过阿龙和那条鲨鱼的诱惑。

乐乐一直扭过头，向着有才鱼货行与阿毛观音饼店的方向望着，她看见了一个曼妙的身段走向阿龙，仿佛如东海小龙鱼滑过水面，是一个异常美丽的女人。那个女人着一身米色提花斜襟衣服，轻柔柔地蹲下来，朝着阿龙笑着。

"阿龙的娘如芸，那么美丽，命却不好，真是红颜薄命。"

"有才鱼货行没有男主人，光靠婆媳两寡妇撑门面，难啊！"

"听说，有才鱼货行要被阿毛观音饼的老板昌发收购了。"

刘妈和随行女佣，一路走，一路聊话，乐乐闻着香喷喷的观音饼，似懂非懂地听着刘妈和随行女佣的对话。

突然，刘妈和随行女佣的声音瞬间停住了，一阵沉寂。乐乐抬头，看见街口站着一个高大威猛的壮年男子。那男人目光如炬，那张精明强悍的脸上，蓄满浑身的爆发力。

刘妈和随行女佣穿过他的身边后，小声议论着：

"昌发老板，这几年生意越做越大。"

"哎，人呐，总是要忘本。当年是个穷光蛋，现在发了，心也花了。"

"嘘，小声点。"

"昌发花心，除了他老婆阿毛不晓得，这街坊邻居，哪人不知？"

刘妈和随行女佣口中那个叫昌发的男人，是雪妮的父亲。他站在街口，正紧紧盯着阿龙母子俩。

生意蒸蒸日上的昌发，心里细密地算计着怎样收购有才鱼货行，眼里热切地望着阿龙的娘如芸——这个外号叫小龙鱼的美丽女人，很是好奇：阿龙的父亲是谁？

"要是收购有才鱼货行，连有才鱼货行的寡妇如芸也一并收购，那是天下第一美事。"昌发咽了咽口水，将心中的念头压了下去。他清楚地意识到：想得到如芸，那是佛祖的事儿。

第02章 "借精生子"生父成谜

夜色下，西横塘"海鲜坊"的红灯笼在海风中摇摆着。

"昌发哥，西横塘新来一件特等好货色，甜糯米老酒一样，还未开封。"昌发手下偷偷告知他。

"海鲜坊"的新来妹子碧玉一身白衣，身材高挑娉娉婷婷，那背影像极了沈家门第一美女"小龙鱼"。昌发一下子血液急剧膨胀，猛地搂住那一衣白裳。

小龙鱼在海中翻江倒浪，雪白的鱼影子虚空着，闪耀着，旋转着。

一条美味的鱼，有着其本身特有的柔软顺滑水样，还有那尘封的糯米老酒开封时瞬间溢出来的酒香。

"哎"昌发冷静下来后，一声无奈的长叹。他心里很清楚，那不是他想吃的那条真正的小龙鱼。

冒牌的小龙鱼无法以假乱真，没有超凡脱俗的仙女气，只有妩媚甜腻的风尘味。刚才还似乎在天堂河上撑船的他，一下子跌落到凡俗娼家。

昌发心心念念的小龙鱼，就是阿龙的娘如芸，高挑白净，妙曼身段，人称东海小龙鱼。

如芸是沈家门半塘冰鲜船老板的女儿。她父亲做海上鱼货收购生意，半塘的海边有她家的冰库，叫旺财冰鲜行。如芸读过书，帮她爹做账房先生。

那些船老大、船上伙计到她爹铺子来，见过如芸，回去就咽着口水说：

"房子看地基，女人看身段。看过旺财冰鲜行老板的囡，那身段啧啧啧，赞足了！"

"旺财冰鲜行老板的女儿，卖相好，身材更好，尤其那身段，走起路来，好似一条美人鱼。"

"长得雪里似白，好像东海小龙鱼。"

于是，"东海小龙鱼"成为那些渔船上伙计的梦中佳人。

小龙鱼就是从沈家门渔港捕捞上来的一种鱼，通体雪白透明，柔软如豆腐一般，游动时，身线宛如白纱一般妙曼。捕捞这种鱼的方式，当地人称之为"涨网"。

"旺财小龙鱼，何时游进小伙家？"这是海边渔民爱哼唱的小曲调。

"旺财小龙鱼，何时游进小伙家？旺财小龙鱼，终于游进有财鱼货行！"有财鱼货行的独子王正良，那年二十岁，年轻而帅气的他哼着小曲调，得意扬扬地在十八岁的如芸面前显摆着。

他笑嘻嘻地拿着一碗面拖小龙鱼，请如芸吃。"阿拉姆妈（方言：妈妈）刚刚做好的，米道好来喜（方言：味道好极了）。"

小龙鱼在当地的俗语里叫虾潺，那银色的小鱼被湿漉漉的面粉包裹，然后放入热油中炸熟，黄金耀眼，香脆鲜美，是当地一种小吃美食。金灿灿的面拖小龙鱼，散发着鱼的鲜美味儿，掺和着油炸的香味儿，直冲人鼻。

白云一般飘仙的如芸，难以抵挡人间美味，她轻轻地抿了抿嘴，垂涎又娇羞的可爱模样，一下子让王正良心中的天空湛蓝无比。

王正良笑眼望着如芸，那开心的笑嘴儿，合不拢。

"那嘴巴，笑得如虾潺的嘴儿，快要脱臼了！"

如芸调皮地用手指戳了戳王正良那笑得咧开的下嘴唇，王正良用牙齿轻轻地咬住了如芸那葱白滑凝的食指。

窗外吹来一阵浓浓的玉荷花香，初夏的甜蜜已将房间溢满。隐约传来小贩走街串巷叫卖声："涨网虾潺（小龙鱼），要否？"

两个相爱的年轻人，相视而笑。

正是涨网虾潺上市季节，家家户户一网筛子一网筛子的小龙鱼在阳光下晾晒着，犹如一大朵又一大朵的白云飘满街巷小院，那样柔软纯净，朗白了整个蓝天。

天空依然是蓝的，但初夏的玉荷花已悄然凋谢，季节轮回到了遍地黄菊花的深秋。半塘王家，有财鱼货行的大宅院，一切凄凄惨惨。

生活的甜蜜抵不过病毒的入侵。先是王正良的父亲得伤寒，过世。披麻戴孝，还未满"头七"，王正良也不幸得了伤寒，命在旦夕。

"王家的门，请你一定要开着。"

王正良临终时，紧紧拉着如芸的手，叮咛着。至死，王正良的手都没有跟如芸松开过，他的气息早已不存在，但，他的那份眷恋，即便被秋风凋零，也依旧无数次地在如芸的心中响起，"王家的门，请你一定要开着。"这声音成了绝唱，成了如芸一辈子无法漠视的记忆与承诺，成了她这辈子的宿命。

守寡的如芸和婆婆相依为命，她一心只想守着王家。只是王家无后，如芸和婆婆观点一致，用"典子"的方式，获得王家的后代。"典子"就是借用其他男子，生下她的孩子。但那个男人不许进入王家的门，也不对外公开孩子的亲生父亲。

"涨网虾潺，要否？"悠长的叫卖声再次响起，王家大院小婴孩的啼哭声也洪亮地响起，阿龙降生在王家。

"王家有后，感恩列祖列宗。"抱着奶香的阿龙，奶奶喜极而泣。

夏日的天空，家家户户晒着涨网虾潺，纯白，无一丝繁杂与斑痕的小龙鱼，如洁白的棉花，一朵，两朵，无数朵，在纯蓝的天空次第花开。

晴空之下，似乎隐去了太多的过往，只有眼前的这一片涨网虾潺，落落大方地在阳光底下，不纠结，不困顿地展示着纯白的身躯。阳光滚烫，天空纯蓝，王家一派生机勃勃。

"祖荫庇佑，王家终于有了香火。岁月从此有了期盼。"

王家堂屋的香火袅袅而起，阿龙奶奶一缕花白的头发似乎被一股神奇的力量撩起，在浑浊又闪亮的双眸前飘动着，她如捧着聚宝盆一般，满心欢喜地抱着襁褓中的阿龙，朝着香火方向，用力耸了三耸，祭拜着祖宗。

奶香的阿龙，让王家婆媳一瞬间一个惊奇。阿龙伸个懒腰，"哎哟，伸长长了！"阿龙打个喷嚏，"哎哟，小龙喷水！"阿龙放了个响屁，"哎哟，小宝贝连屁都奶香奶香的。"

奶奶望着阿龙，似乎每一秒都停留在刚刚从梦中醒来的状态中，她浑浊的老眼仿佛刹那间清明，有如晨曦中薄雾退去的湖水，温柔而静美，"哎哟，我的小祖宗啊！"

"黄鱼咕咕叫，虾潺张嘴笑。就是不知有财鱼货行的小孙孙是谁的种。"整个半塘闲言碎语四起。

阿龙的亲生父亲是谁，成了无人知晓的谜团。

阿龙娘如芸从不理会别人对自己的流言蜚语，她沉浸在吃斋念佛的修行之中。

　　只是红尘依然滚滚，关于阿龙的身世之谜，如涨潮的海水一般，在半塘人家从未退去。

第03章　　"偷生胚"叫声引滩涂恶战

"偷生胚"的叫声，响亮如定时炸弹，炸裂在桃花盛开的沈家门渔港半塘滩涂。

三月初，傍晚时分。海边桃花，红艳艳的一大片；天边晚霞，绚丽朦胧的一大块。霞光桃红的光影中，阿龙暴怒的脸，越发黑红黑红。他如箭一般，蹿到阿发、阿海跟前，怒目而视，那眼里的怒火，熊熊燃烧着。

天上地上两个红妆世界之间，镶嵌着一片金闪闪的泥涂，泥涂上正蔓延着一场殴斗。

事情是这样的：

半塘的海滩，落日舔过泥涂，投影出无数绚丽金黄的点点儿，白色的浪花兴奋地追赶着海滩，孩子们的脚丫子快乐地追捕着红旗蟹、海蟑螂、跳跳鱼等小生物们。晚霞余晖中，孩子们清越的笑声和欢呼被大海的浪花包围着。

"哇，那红旗蟹好像街头黑老大！"红旗蟹举着醒目的红色大钳子武器，张牙舞爪，耀武扬威地横行。雪妮学着红旗蟹的步伐，高举着手臂，横走着。

"切，你是那种肥皂蟹！"阿龙不屑地指着那些长相一般，又没利器的肥皂蟹，它们如黑老大手下的小混混，四处乱逃窜。

"不对，我是那条跳跳鱼！"雪妮反驳着。

跳跳鱼也叫弹涂鱼，是整个滩涂上的美人鱼，浑身上下黑不溜秋，身材婀娜，舞姿独特，带着泥浆一跳又一跳，刹那之间，滩涂上盛开一朵又一朵的黑玫瑰。跳跳鱼如此有趣的模样，迷住了阿龙和雪妮。

"扑哧"一声响，阿龙身上挂上了一团滩涂泥巴。阿龙回身，"扑哧"又一声响，一团泥巴就挂在阿龙的鼻子上。

"哈哈哈"阿发和阿海在不远处，手舞足蹈，嘲笑："偷生胚！偷生胚！"

阿发、阿海是阿龙的同族兄弟，年龄相仿，七八岁光景。

"偷生胚！"的话语引爆了阿龙心中的炸弹，他的眼睛如狼一般发出绿色荧光，脖子青筋暴鼓。

阿发、阿海继续挑衅："没爹的孩子，就是偷生胚！"

阿龙身手极快，飞起一脚，回身又是一个扫堂腿，猛地将两兄弟踢到。黑乎乎的三个小男孩，身板如海边结实的礁石，一下子扭打在一起。

面粉团一样白嫩的小姑娘雪妮如一束浪花，在这三块黑色礁石之间回旋，她帮阿龙。阿发、阿海见雪妮也来为阿龙助战，又气又恼。

兄弟俩喜欢雪妮，就是因为她跟阿龙在一起，才让兄弟俩滋生寻衅闹事的念头。面对雪妮的身形，兄弟俩左躲右闪，生怕误伤雪妮，左躲右闪，阿龙又是一股狠劲上身，兄弟俩也没有占到便宜，双方都打得鼻青脸肿。

雪妮一声大喝："阿发、阿海，你们再敢打阿龙，永远吃不到我家做的观音饼！"这一声叫喊，一下子镇住了阿发兄弟俩。

雪妮家的观音饼是村里孩子们最喜欢吃的美味食品。兄弟俩喜欢雪妮，最主要的原因：雪妮跟谁好，就会给谁吃观音饼。那观音饼太美味了，很酥很脆很香很甜，还有点油麻麻的。阿发、阿海连那落到地上的观音饼细小碎末，也要一点一点捡起来，舔在嘴里。有一次，阿海梦见自己跟雪妮好上了，雪妮给了好多好多的观音饼，喷喷香。他欣喜若狂地吃啊吃，最后咬着自己的手指，醒了。

雪妮用观音饼阻止了一场男孩之间的恶战。

阿发、阿海背起蟹篓，离开滩涂。突然，阿海停下来，回头说："阿龙，我知道你爹是谁。"

阿海的话语，让阿龙一下子怔住了。阿龙做梦都想见到自己的亲生父亲，他整个人仿佛被黏住在滩涂中，光脚丫子深深陷入湿漉漉、黏稠稠、滑溜溜的泥涂之中。

阿龙渴望见到父亲的眼神，如海水刚涨潮时那般，暗流涌动，埋伏着漫天的波涛汹涌。

阿海哈哈大笑，得意地说着："你爹是讨饭胚！你是讨饭胚生的！"说完，拉着阿发，海风呼啸一般直往岸边逃去。

泥涂上看热闹的小伙伴一阵哄笑，惊动了那些怡然自乐的海蟑螂、红旗蟹、跳跳鱼们，它们四处乱窜。

阿龙随手捡起海边的大石头，疯子一样追逐着阿海、阿发。后面紧紧跟着雪妮，跑着气喘吁吁。

很快半塘海边呈现一幅一群小孩奔跑动态图：

最前面风驰电掣一般的是两个衣衫褴褛的小男孩，破烂的衣服在风中飘动，如海浪中舞动的海带。中间两个衣着漂亮的童男童女紧追着，小男孩怒目金刚，手上紧握一块大石头，小女孩花衣飘飘，小燕子般灵动。后面跟着一群看热闹的小孩。这支奔跑的队伍，好像一股潮水，涌向阿海、阿发家。

村口，破败的乱石头屋，围着竹篱笆，那是阿海、阿发家，正冒着热腾腾的烤芋芳味道。乱石头屋四周堆着瓶瓶罐罐，两只两头窄窄中间硕大的泥土色的瓮，特别显眼，那是装腌制蟹的器具。

一个胖乎乎的女人，灵活又麻利地在乱石头屋的院落里忙活。尤其那硕大的屁股，撅来撅去，那身材像极了那两只泥土色的瓮。这胖女人是阿海、阿发的娘——菊花。

她满心欢喜地望着瓮中的腌制蟹，红的肥膏，青的蟹脚，散发着咸鲜味，她咽了一下口水，自言自语："这两小子，还是很能干的！"

这些腌制蟹，都是阿发、阿海兄弟俩捕捉来的。"阿海、阿发捉蟹，百发百中。"半塘人家对兄弟俩的捕蟹技术，赞不绝口。

海边人捕蟹的常用方法，就是用一根四五米长，如小指那么粗的稻草绳或麻绳，前头打个圈，那圈的大小刚好能与蟹洞吻合，圈子就套在蟹洞上。人蹲在绳子末端，静静地看着蟹洞。红旗蟹顶着通红的大钳子，刚一爬出洞口，用力一抽绳子，红旗蟹就被绳子紧紧套住。阿海、阿发每到这时，上前，麻利地捏住那咬人的通红的大钳子，一甩手，红旗蟹落入了腰间的蟹篓。兄弟俩捉蟹，从不失手。

阿发、阿海捕蟹技术好，他俩的娘菊花腌制呛蟹的手艺，也是让人啧啧称赞。"菊花腌制呛蟹，咸鲜适中，有点甜味，下饭极爽。好手艺，一只鼎！"

阿发、阿海兄弟俩沿街叫卖菊花腌制的呛蟹，一旦叫卖声响起："红旗蟹沙蟹肥皂蟹，呛蟹，要否？"，大伙儿都会围上去，买上一大碗。

"菊花，侬这两个儿子，生得好！很有出息！以后会赚大钞票！"

菊花听到人家赞美她的儿子，心中乐开了花，美滋滋的味道胜过人间美味，鲜美呛蟹全化作漫天飞舞的钞票。

烤芋艿的香味更浓了，将菊花从无限美好的呛蟹瓮里拉回厨房。她开锅，剥开芋艿皮，雪白粉糯的芋艿蘸着咸鲜的蟹酱糊，是美食绝配。

菊花嘴里的芋艿还未下肚，"碰"，阿海、阿发踢开竹篱笆，闪电一般奔进乱石头屋内，"咚"，兄弟俩关上了房门。

菊花还未回过神来。"轰"，一声巨响，一块石头砸中呛蟹瓮。菊花的心，也跟着呛蟹瓮碎裂。她眼前赫然呈现：蟹酱绽放，满地红红绿绿的，夹杂着黑乎乎的汁水，散发着咸味儿、腥味儿。

菊花回头：竹篱笆门口立着一个眼睛冒火的小孩，是愤怒的阿龙，他背后是一大群热闹的看客。

第04章　烟火观音温暖伤心小孩

日落黄昏，天边晚霞如同呛蟹的红膏，高高低低，一片烂漫红。几条霞光穿过阿海、阿发家的竹篱笆，落在院子里，那些被打翻的呛蟹，流着卤水，蘸着道道晚霞，小院半江红。

菊花愣了一会，很快高声尖叫："我的蟹酱瓮！你赔我蟹酱瓮！偷……"偷生胚的"偷"刚出口，一下子又咽了回去。

阿龙奶奶一脸青色站在门口，女佣绣花跟在后面。

"菊花，蟹酱瓮砸碎是要赔的，不过，龙龙不会无缘无故砸碎你家的蟹酱瓮。事情总得说清楚。"阿龙奶奶的话语，如涨潮水甩在礁石上，响亮干脆，话音落下，一下子四周静悄悄的，无人说起事情的缘由。

奶奶蹲下，用手抚摸着阿龙的头，放缓口气，怜爱地问："龙龙，跟奶奶说，怎么回事？"

奶奶与阿龙的眼神对视着。阿龙紧绷的脸，瞬间泪流满面，却没有痛哭的声音，依然倔强不语。

"奶奶，阿海、阿发骂龙哥哥，说他是讨饭胚生的。"雪妮怯生生地小声地对阿龙奶奶说。

奶奶凝视着阿龙满脸的泪痕，理直气壮，一字一句大声说着："龙龙，我明确地告诉你，你的出生很高贵，你是观音菩萨送给我的好宝贝。"

奶奶站起来，转头对菊花说："阿海、阿发娘，蟹酱瓮的铜钿会赔给你的。你好好教育儿子，不要乱说话，不要恶语伤人，造口孽！"

奶奶拉起阿龙的小手，转身就走。绣花留下来，跟菊花商谈赔偿蟹酱瓮的事情。

望着远远离去的阿龙和奶奶，村口理发馆的剃头匠张阿三叹息道："家里没个大男人撑着，这日子也不好过。"张阿三的老婆，人称轩妈妈，在荷叶湾林家渔行做女佣，她望着阿龙泪流满面的神情，顿起慈悲之心："小孩子最好有父母的陪伴，缺爹少娘的孩子，可怜！"

村口卖生姜糖的小脚女人阿香，心直口快地对张阿三夫妻说："讨饭胚生的？这话，阿海、阿发娘最不可以说的。"

小脚女人阿香小时候缠过脚，那脚掌只有三寸，就是俗话说的"三寸金莲"，走起路来一扭一扭，走不快。她做的生姜糖，金黄色的辣火火的，小孩爱吃。阿龙是小脚女人阿香的常客。

小脚女人阿香这话里有话，沈家门渔港西面墩头海边一带区域叫半塘，半塘上了年纪的人都知道菊花家的来历。三十年前象山地区发大水，孩童时代的菊花跟随她的娘，一路讨饭，流落到沈家门。菊花的娘嫁给半塘村一个很穷的老光棍，总算有了落脚。菊花长大后，嫁进了半塘的王家。王家曾是半塘望族，但日渐衰败。阿海、阿发家穷困，他俩的爹靠打鱼为生，他俩的娘菊花给大户人家做帮佣。

"罪过，小小年纪，太伤心！蟹酱瓮碎了，可以再买一只。心被伤碎了，还可以买回来吗？"绣花赔偿好菊花家的蟹酱瓮，一边回家一边自言自语。

半塘岸边，日落时分，海水也正落潮。海岸线站起来，露出

019

海床的肌肉，腥黑的泥沼断续冒出水泡的扑哧声，似乎还沉浸在惊涛拍岸的时光。那些搁浅的鱼、蟹，近乎随遇而安。海浪无力地告别着滩涂，大地仿佛轻轻晃动，被缓缓抬起来。一个健壮厚实的身躯从滩涂里走上岸来，是长工海哥霸，一身泥渍，等着绣花。

"你刚才怎么没在滩涂上，陪着阿龙少爷呢？"绣花对海哥霸说话的语气充满了责备。

"李家船行的刘妈来找我，李家满月宴急需我们有才晒场的鱼鲞。我才离开一会儿。"海哥霸满是愧意地解释着。

"下次，我一定亲自陪着阿龙少爷，你靠不住。"绣花有点恼火地说着，然后叹了口气，"我们阿龙少爷，挺可怜的。"

绣花嫁给了长工海哥霸。阿龙家的有才渔行被雪妮家的昌发渔行收购后，长工都被打发走了，只有这夫妻俩一直留在阿龙家。

绣花和海哥霸回到阿龙家时，阿龙正埋在他娘如芸的怀里，哭得伤心。如芸也不多劝慰，任由那孩子先哭个痛快。阿龙闻着娘身上温暖而恬淡的佛香味，慢慢地安静下来。

如芸搂着阿龙，温和地说："龙龙，别哭。等你长大了，佛祖就会告诉你，爸爸在哪里。你的爸爸很厉害，你像爸爸，都是顶天立地的男子汉。"

奶奶也在一旁劝慰："感谢佛祖，让我们拥有这么好的孩子！龙龙，给我们带来了所有的幸福和希望。"

阿龙湿漉漉黑溜溜的眼睛里满是清澈的光芒，他乖巧地搂着妈妈的脖子，奶奶拉着阿龙的小手，把头偎依在阿龙的小身体上，一家人温暖地靠在一起。

绣花和海哥霸相视而笑，开始忙活一家的晚饭。

菊花家门口的看客也散了，晚霞也淡了。菊花望着亮闪闪的银圆袁大头，她那黑胖的圆脸仿佛跟袁大头一样圆了。她松了口气，心里暗喜：还好，这一瓮蟹酱的钱，总算落实。菊花早已算好这笔钱的用途，给全家人扯几块洋布，做几件衣裳。过段日子，王家宗亲有喜酒，衣裳破烂，被人瞧不起。

阿海、阿发饿得慌，沾满泥浆的手直接伸向还有余温的烤芋艿，蘸着蟹酱，大口吃着。

菊花见两个儿子鼻青眼肿，心疼，大骂兄弟俩："为什么要跟这偷生胚打架，跟你们说过多少遍，不要理睬那个偷生胚！"

"雪妮跟他在玩！"

"雪妮有什么好的？"

"她家有观音饼。"

"没出息的家伙，有钱可以把她家的烧饼店都买下来！"

"可是，我们家买不起她家的烧饼店。"

菊花听到这里，不说话，生闷气。

阿发、阿海家，怎能与雪妮和阿龙家比富呢？雪妮家不仅有烧饼店，还有布店、粮店，还收购了阿龙家的有才鱼货行，是半塘村里财源滚滚的富裕人家。阿龙家尽管家境不如以前，但依靠祖上留下的店铺出租收入，还有能干的奶奶精打细算，日子依然过得富足。

菊花看着自家的乱石屋，想着生活的艰难，越想越气闷。"菊花啊，李家船行的管家在找你呢！"有人在家门口大声喊她。菊花胖墩墩的身躯，一下子惊跳起来："坏了，忘了正事！"

第05章　满月宴席上的飞天霓裳裙

　　菊花和同伴，急匆匆地赶路。菊花胖墩墩的身躯，却极其灵活，健步如飞。

　　"菊花，等等我。"

　　同伴被落下，气喘吁吁地招呼菊花走慢点。

　　"哎哟，你走快点，要被刘妈骂的。"菊花的大嗓门跟她肥胖的身躯一样有力量感，路边三月的桃花枝条，一阵晃摇，纷纷避让。

　　菊花望向天边，晚霞只留下几抹光亮，特别显眼的，是那天与海接壤处一块明媚的绯红之下，一幢中西合璧的走马楼离她俩越来越近。

　　走马楼建筑群细砖黑瓦、马头墙，前三进后三进；楼上楼下游廊回旋，条条道道相连相同，极显沈家门第一大宅门的恢宏气派。尤其那进口的花式玻璃挂在走马楼的外墙上，艳丽的西洋玻璃，泛着夕阳的余晖，着实惊艳。

　　这是半塘李家船行老板李兴根的大宅子。

　　李兴根在半塘属于新潮人物。他老丈人是定海旅沪巨商，上海滩买办。民国时期，舟山有数万人在沪上闯荡，接轨大上海，并形成了赫赫有名的上海滩宁波帮。李兴根因为姻缘，也结识了一帮上海滩宁波帮大亨，生意一下子如潮水猛涨一般兴旺发达。

菊花在他家做帮佣。

"这三月的天，夜色很快就降临。等天黑时候，李家就像海边的龙宫。"菊花边走边说。

"是呀，还记得吗？李兴根结婚那天，夜里，李家一百零八只电灯都点亮了！皇宫一般。"她的同伴又聊起了好多年前李兴根结婚时那一刻的璀璨。

"电灯如闪电一样，刹那间亮了，贼亮贼亮，红毛人用的东西。"菊花同伴口中的红毛人，就是金发碧眼的外国人。

李家走马楼上的电灯，这件西洋舶来之物所发出的奇特的灯光，深深地震撼着半塘人家。

"有钱人家用电灯，没钱人家有美孚灯也很好了。"菊花叹了口气说。

她的同伴也随之叹了口气，接过话头："我家还使用豆油灯。美孚灯有明亮的玻璃灯罩可以挡风，不会像豆油灯，火苗随风跳动不停，炫得人眼睛不舒服。"

美孚灯就是煤油灯，美国美孚石油公司制造，故名。半塘普通人家使用美孚灯。美孚灯比豆油灯先进多了。美孚灯的中间有"机关灯头"，能调节灯芯的高低，控制亮度。

"我家有美孚灯，但舍不得用，早早熄灯睡觉，省油钱。"菊花又叹了口气说。

她的眼前浮现出：夜里，家中一片漆黑，远处大户人家李家一片璀璨。阿海、阿发从窗外眺望李家的电灯，那双跟菊花一样的圆亮眼睛，黑夜中瞪得跟灯泡一样亮。"娘，终有一天，我们家也会跟李家一样，成为海边的龙宫。"

菊花回想着阿海、阿发的话语，心头涌上了一阵绝望的自嘲：穷人家，癞蛤蟆想吃天鹅肉，怎么可能？突然她的眼前一亮，李家华灯初上，一百零八盏电灯又亮起来了。一片灯光一片嬉闹。

李兴根家新添一对双胞胎儿子，摆满月宴席。

菊花和同伴急急忙忙走进李家的走马楼，匆匆而过，身后是孩子们的打闹嬉笑声。

"乐乐，我们小姨长得那么漂亮，你怎么不像我们小姨？"

"是啊，我姑姑长得那么美。你怎么不像我姑姑？"

这群孩子堆里，一眼就瞧见最闪亮的小人儿乐乐。她穿了一件很漂亮的樱花粉短款公主裙：复古宫廷感的泡泡袖，如荷花撑开的短裙摆，亮粉色的腰间蝴蝶结，甜美高贵而活泼。

这条漂亮的洋裙子一下子让她成为孩子们的焦点，也撩起了姨舅表姐们的嫉妒。走马楼的院子里，一群姨舅表姐围着五六岁的乐乐质问她怎么没有她娘长得美丽。

乐乐是李兴根的宝贝女儿。乐乐娘是远近闻名的美女，不过乐乐没有继承母亲的美貌，长得非常像她爹，简直就是她爹的复制品。

乐乐晓得姨舅表姐们话里话外的意思，就是她比不上她娘的美丽。但她不气不恼，只顾在地上跳格子玩。乐乐的大长腿正在地面的格子上灵活跳跃，一跳又一跳，如蝴蝶飞飞，也像一只快乐的小白鸽。

她的玩伴莲儿，与她年龄相仿，是个黑里俏的小姑娘，长得非常标致，也跟在她后面跳格子玩。那群姨舅表姐，无趣地找别的乐子玩去。

走马楼砖雕斗拱四周的深蓝夜空下，璀璨的灯光里，乐乐和莲儿一起跳着格子玩。

乐乐一边跳，一边看着门楼与墙面上的那些图案，喊着："万字回龙、寿字回龙、金钱蝙蝠、寿星送桃、麻姑献寿、牡丹花篮、和合二仙、凤凰牡丹、状元及第、姜太公八十遇文王……"

莲儿跟着乐乐的节奏跳着，辨认着那些图案。

她俩跳格子玩，一波又一波的快乐吸引了年龄相仿的小伙伴们围观。

别看乐乐才五六岁，可她已经认识这些图案上的文字，懂得这些文字所表达的故事内容。这归功于她爹从小疼爱她，教她认字，给她讲故事。而她爹常挂在口中的那句话"女儿像爹，金子打墙，吃不光，用不完"，让乐乐更是觉得长得像爹，真幸福。

管家刘妈在院落里忙活着，她急急而过乐乐和一群小家伙玩耍处，但乐乐快乐的神情，落入刘妈的眼中，望着自己一手养大的乐乐，她心生欢喜，边走边说："乐乐小姐，真是幸运乐啊！"

管家刘妈前脚刚离开，乐乐的玩伴莲儿，黑绸缎般的鹅蛋脸上黑溜溜的杏眼儿闪着着急的光芒，跑得上气不接下气，来找她。

"不好了，不好了，乐乐跟人在打架！"

乐乐在满月宴席即将开始时，正与几个小姑娘扯头发，撕衣服，恶战之中。起因，只为乐乐的那条公主裙。

跟父母来吃满月酒的几个小女孩，望着乐乐的那条公主裙，再看自己的土布对襟衣服，嫉妒味上口，直接当面对着乐乐咒骂："花老精、火油箱。"

乐乐的那群姨舅表姐，只在一旁看热闹。

幸灾乐祸和嫉妒交杂的恶意气氛，滚滚袭来，逼近乐乐。乐乐的愤怒如火山喷发，一气之下，与这几个小女孩打成一团。乐乐一人单挑几个女孩，她的狠劲让这几个小姑娘掉了头发，缺了纽扣，少了发夹，但乐乐的洋裙子硬生生地被这几个小女孩扯成一条，撕成一片。

刘妈火急火燎地赶到一片混乱的院子角落。女人们也闻讯赶来，拉开各自的小孩。开始追究谁对谁错。一群女孩叽叽喳喳，大伙都听明白了事情的来龙去脉。

刘妈在大户人家待了一辈子，是个明白人，会做事，能和稀泥。她脸色凝重地对小姑娘们说："阿弥陀佛，不可以说坏话，造口业。你们都要穿好看的衣服，说好听的话，这样，美上加美。乐乐的洋裙子，我让裁缝给你们每人做一件。大家以后都要好好相处。"

此话一出，小姑娘的妈妈们都不好意思地道歉。刘妈是李家的管家，知道这几个小姑娘家的底细，不是李家的客户，就是李家的合伙人。

刘妈领着乐乐回房的路上，突然一阵风吹过，她那条被撕裂的裙子，片片粉色布条，随风飞舞。

"爹！"乐乐开心地喊着，银铃一般的悦耳。

迎面走来两个高大的男人，年龄相仿，约莫三十出头。一个儒雅温润的男子，朝着乐乐宠溺地笑着。另一个男人，满脸红润，那肉墩墩结实的脸庞上颧骨高大圆丰，十分阳刚。他笑眯眯地打趣道："乐乐，你穿的是什么新款裙子？翩翩起舞。"

"林伯伯，此款，飞天霓裳裙。"

刘妈忍不住扑哧笑出声来。

"爹，此款飞天霓裳裙由来，允许女儿做一首打油诗：云想衣裳花想容，新裙漂亮招人嫉，打架群殴撕万条，却也飞天起舞美。"

"哎，我家的女儿，乐乐给我宠坏了，打架，还能玩出花头来。"

"呵呵，有其父必有其女。女儿像你，太聪明了！"

这两个高大的男人笑呵呵地走远了。

乐乐口中的林伯伯是荷叶湾最大的渔行主人林老板。刘妈望着远去的两人背影，喃喃自语："林老板和你爹都是个乐施好善的人，前些天，他俩花大钱修缮杨枝庵。阿弥陀佛，佛保好运。"

第06章 "菊花屁"笑闹厨房间

刘妈拉乐乐进房，一边帮乐乐打理服饰，一边心疼地说："这帮小女孩，真是可恶。"

刘妈给乐乐换了套小碎花旗袍，左看右看，满意地说："我们乐乐不管穿什么衣服都好看。"

乐乐被刘妈夸得有点不好意思，"刘妈，我若长得像妈妈那么美，是不是天天要跟坏小孩打架？"

"扑哧"，刘妈被逗乐，丰满的圆脸笑成了一朵太阳花。她娴熟地给乐乐的双丸子发髻扣上发卡，又一次叮嘱道："这帮可恶的小女孩。等会儿，离她们远一点。"

刘妈安顿好乐乐，送她去宴席，又去厨房忙活。

厨房一片忙碌。切菜、上锅、此起彼伏的哧啦哧啦的烧菜声，不时响起。醋熏马鲛鱼、雪菜大黄鱼、安康鱼鲞烤肉、舟山老三鲜、雪汁螺拼……一道又一道海鲜出锅。渐渐地，忙碌的节奏放缓，零零星星烧菜的哧嚓声响起，宴席进入了尾声。帮厨和帮佣们嬉笑着，扎堆聊天。

"好家伙，乐乐小姐一人单挑几个姐，干架也是一流的，真是胆大、勇敢。"

"乐乐小姐天不怕，地不怕，老爷宠的，真是幸运乐啊！刚才有没有听到老爷又将新买的一条'海云'号，送给乐乐小姐。"

"前两年，老爷生下第一个儿子乐鼎，也买了一条新船，'海乐'号送给乐乐小姐。"

"自从有了乐乐，李家船行日日兴旺发达，年年人丁兴旺啊！"

"老爷真宠女儿啊！乐乐是福星投胎啊！"

"是啊，这孩子投胎，自带福报来。乐乐是家里的第一个孩子，她出生时，她爷有点遗憾地说：'你怎么不带个柄儿过来？'她爹马上应声而上：'这就先开花，后结果。'"

"据说，乐乐出生那会儿，一见她爹，就翘起小嘴儿，朝她爹笑。她爹乐了，脱口而出，'我的宝贝女儿就叫乐乐吧！'"

"每次老爷回家，一见到乐乐就抱起她，使劲往上一送，哎哟，乐乐小姐似乎往天空飞去，咯咯地笑着，落入她爹的怀里。这时候，老爷总会说：'乐云乐云，种谷云乎哉。'"

"我也纳闷，乐云是乐乐小姐的学名，这跟种谷有什么关系？"

"我也奇怪，老爷是撑船的，又不是种谷种稻的。应该说，乐云乐云，珠宝满船哉。"

"哈哈"，刘妈听大家这说法，忍俊不禁，笑着解释道："不是种谷种稻，是钟鼓，就是敲鼓，听老爷说，钟是神器，可以感通神明，可以协调阴阳，钟鼓是祈祷风调雨顺。"

大家一阵欢笑，"老爷是读书人，夫人也是定海书香门第出来的，学名乐云，应该有大意思的。"

一直留在李家的刘妈，一手养大乐乐，当然最了解乐云的名字是有故事的，她觉得自己讲出来，帮厨和帮佣们也不一定听得懂。

不过，刘妈还是将那段故事讲了出来。

乐乐的爹百般宠爱褓裈中的乐乐，围在摇篮边给她吹笛子。清亮的笛子一响起，那粉团团的小肉身，就在摇篮里手舞足蹈，犹如农夫在车水。那快乐劲儿，乐坏了夫妻俩。

"水车车水，水随车，车停水止。"她娘刚说完这一句，乐乐仿佛听懂了此话，居然停止了小手小脚的摇摆动作。

她爹马上拿起一旁的蒲扇，朝着乐乐舞动着，一边舞一边念："风扇扇风，风出扇，扇云风生。"

乐乐被逗乐了，她在摇篮里笑眼如弯月亮，咯咯地笑着，又开始手舞足蹈。

她爹一下有了灵感，"乐云，好名字，囡囡就叫李乐云。"

给女儿取个如意称心的好名字，夫妻俩想了好久，都没有想出来，这玩乐之中，倒是一下子取好了女儿的名字。而且，还扣住了《论语》里的"乐云乐云，钟鼓云乎哉"。

帮厨和帮佣们，在刘妈的讲诉中，听懂了大概意思。

"穷人家的孩子，取名随便，阿狗阿猫的，这富人家，取名字，可都是大学问。"

"果然，取名字，大有讲究。名字取得好，乐乐就是福星降临，圆满了她爹的'先开花后结果'之说。你看，乐乐之后，第二个孩子果然是男孩，接下来又有了现在这一对双胞胎男孩。"

"前几天，乐乐她娘望着双胞胎男孩，开心地说，自从有了乐乐，幸运乐翻天。"

"有人，天生福气好，有人，命中注定多灾多难。哎，都是前世的因果。"

帮厨和帮佣们叽叽喳喳，谈论着家长里短。不知不觉，话题转向了菊花。

"菊花，侬今天怎么来晚了？"

"哎，阿发阿海跟阿龙打架，我家蟹酱瓮都被阿龙用大石头敲碎了！"菊花答道。

"阿龙为啥要敲碎你家的蟹酱瓮？"

"阿龙的亲爹，到底是谁？真是好奇。"

"如芸这么漂亮的女人，命也不好。"

"红颜多薄命。"

……

佣人们七嘴八舌在厨房间闲聊，菊花那胖胖的身躯靠在水缸一侧，那肥硕的屁股不知不觉刚好扣着水缸沿子，"噗……"菊花放了个响屁，不臭，但屁声很响。响屁在水缸沿子漫延，声色响亮还拖着婉转的余音。

一伙帮佣一阵哄笑，取笑着菊花。"菊花，你这两座劈开山，威力很猛，肉（玉）音出门叫声，差点惊天动地。好家伙，听这屁声，就可见你的力气之猛。"

菊花摸摸自己的肥屁股，这两座威猛的劈开山，自嘲道：

"穷人家啊，日做夜做，屁都做出，还是穷光蛋。吃吃冬瓜糊、烂蟹酱，放放菊花屁，总算也在做人。"

"哎，多去菩萨那里拜拜，下辈子投胎好人家。"一佣人嘻嘻哈哈地对菊花说。

一众佣人笑闹着，又忙着出厨房，收拾宴席上的残菜碗筷。菊花大屁股灵活地一撅一撅，也跟着出去。

刘妈立马吩咐道："将这缸水倒掉，换上新鲜的水。"只是刘妈实在想不到，日后，菊花的响屁声会让儿媳妇恭维不已："老太太吉祥，响屁不臭，放屁通气。"

第07章 上海"洋泾浜"英语捷足先登

　　长长的十里渔港沈家门，最西边是半塘，最东边是荷叶湾。

　　静静的荷叶湾，凝神仰望着深蓝夜空中的一轮皓月。那轮皓月之下，清亮亮地露出荷叶湾林家渔行依山而建的建筑群轮廓，像布达拉宫一般沿着山体蜿蜒而上，一派晚清建筑风格，古色古香。

　　"好奇怪啊！小舢板应该在大海上行驶，怎么会在山地上倒扣着，像房子？"一个男孩的声音在一扇明亮的窗口下传出来。

　　"你看整个沈家门渔港，为什么只有我们的房子依山而建？"母亲没有马上回答孩子的提问，而是以柔和的声音在发问。

　　"因为荷叶湾多荒野山林，少开阔平原之地。"

　　"荷叶湾是我们福建籍人群集聚之地，你可知这来源？"母亲柔甜的声音又响起。

　　"东海渔场鱼多，我们福建渔民每到鱼汛期，就会来东海渔场捕鱼。鱼汛期结束，福建渔民返乡。后来慢慢地，有些福建渔民就不再返乡，而是落根在荷叶湾。我们林家的祖上就是这批落根在荷叶湾的福建渔民。"男孩口齿伶俐地说着。

　　"我们福建渔民的渔船往往还会带来小舢板。鱼汛期结束，那小舢板拖到荷叶湾的山地，船底朝上，准备第二年再用。但大家发现，小舢板在山地上倒扣着，变成了简易的房屋。渔民们的家眷在荷叶湾就有了安身之处。"

哐当一声，母子的话语，被推门声打断。

林家渔行老板林隆丰从乐乐家喝完满月酒后，踉踉跄跄地回家，碰上母子俩在灯光之下看画册。他的妻子林夫人是一个长相古典的美人儿，他的儿子林德俊酷似母亲，十岁光景，长得俊美且头脑聪颖，一边看画册，一边临摹简笔画。

林隆丰带着酒气，也凑近，看着画册，说道："这是你二叔画的简图，说的是我们林家的发家史。你二叔在上海美专当美术老师，很有名气。"

"是啊，隆轩他只专注于自己的绘画事业，不过问渔行事务，已经很多年没有回家了。这家，你最辛苦。"林夫人答道。

林隆丰望着乖巧的儿子，突然冒出一句："给儿子说门亲，半塘李兴根的女儿，乐乐！"

林德俊那双清亮而古典的丹凤眼，直愣愣地看着林隆丰。孩子的母亲林夫人马上就领会了丈夫的用意。林家渔行若要进一步发展，需要强大的支柱，而本地富豪李家是很好的商业联姻对象。

前几天，林隆丰跟她说起过上海滩宁波帮大佬——中国"企业大王"刘鸿生准备在沈家门投资冷冻厂，造冰库。刘鸿生还想找一家渔行合作，开设上海鱼市场驻沈家门办事处，把鱼货、干货都直接供应上海，让上海人吃上时新的东海渔场海产品。林隆丰当然不想失去这个发展事业的好机会。大佬刘鸿生是定海人，李兴根与他私交甚笃，很多渔行都想让李兴根牵线搭桥。

林夫人很是赞成丈夫的这一想法："找个机会，去李家提亲吧。轩妈妈说起过这个女孩子，机灵得很，跟德俊般配。"

轩妈妈是林家的女佣，她老公在半塘开了一家张阿三剃头店，而轩妈妈和李家的刘妈是发小，都是半塘人，轩妈妈常听刘妈讲乐乐小姐聪明机灵的故事。

林隆丰万万没有想到，居然有人比他捷足先登，和李家结为口头亲家。

这亲家就是定海穆家，名震上海滩的"洋泾浜英语"创始人穆炳元之家。舟山有上万人在上海当买办，外语是买办的"必备技能"，定海人穆炳元专门开办了中国最早的"买办培训机构"，他独创教学方法，将英语编成宁波话的顺口溜。

清末，舟山（舟山经济中心在沈家门，行政中心在定海）隶属于宁波府。定海和宁波的关系，可用一句话概括，就是"海定则波宁"，很和谐美好的寓意。舟山人和宁波人讲的都是同一种语言，宁波话。身份认证，都是宁波人。

穆炳元招收的学徒大多是宁波籍子弟，宁波人头脑聪颖，上海"宁波帮"同乡大多会说"洋泾浜英语"。宁波人在语言沟通这项能力超越了广东商人。这样，上海的"宁波帮"买办超过"广东帮"，独占鳌头于上海滩。穆炳元的"买办培训机构"所教习的"洋泾浜英语"功不可没。定海穆家是舟山名流，那穆家如何看上乐乐的呢？缘起那场满月宴席。

满月宴那天晚上，乐乐家住下来了一个特殊且有趣的客人，引起了乐乐的注意。那客人瘦高个儿，年龄与乐乐爹相仿，三十岁左右，人称穆先生。穆先生西装革履，戴着圆框眼镜，时尚洋气的绅士范儿，但乐乐好奇的是，客人会说她听不懂的语言。

乐乐小精灵，会说国语，会说闽南语，会说上海话，唯独穆先生说一种稀奇古怪的话语，她听不懂。刘妈很不服气地说："我家语言天才乐乐小姐都听不懂，那只能是鸟语了。"于是乐乐私底下把穆先生叫成了"鸟先生"。

鸟先生和她爹谈得很欢。他俩在书房喝茶聊天，乐乐跑进书房内，那跟李兴根长得很像的圆溜溜的眼睛，一动不动，听得很认真。跟她爹的眼睛相比，乐乐的眼睛更清澈更明亮，如波斯猫的眼睛一般。

"穆老先生，让李某敬仰万分。老人家专门开办了中国最早的'买办培训机构'，教授英语及贸易窍门，使众多宁波人有机会与洋商打交道。了不得，了不得！"

"我家老爷子的确了不得！老人家独创的上海滩洋泾浜英语，让阿拉宁波人学习英语，方便快捷！"

鸟先生和乐乐他爹谈论的是上海滩"洋泾浜英语"的创始人穆家老爷子穆炳元。乐乐爹没有留过洋，但他正在学"洋泾浜英语"，鸟先生就是教乐乐爹英语的老师。没想到，乐乐将鸟先生教她爹的话听过一遍，全记住了。她跑出屋外，一边玩耍，一边念念有词。

来叫克姆（come）去叫戈（go），

一元洋钱混淘箩（one dollar），

廿四铜板吞的福（twenty four），

是叫也司（yes）勿叫拿（no），

......

清朗的童声，如云雀一般，萦绕在屋梁间，让鸟先生和乐乐爹愣了一下。鸟先生出门，想看个究竟，一不留神，差点忘了跨门槛，一个踉跄。

门口蹦蹦跳跳的乐乐，赶紧上前一步，伸出双手，正面托住了鸟先生的腰，很贴心地说道："叔叔，小心那个门槛。"

鸟先生盯着乐乐，点头称赞："是个学外语的天才！"然后他笑眯眯地跟乐乐开玩笑："快点长大，嫁给我家儿子当媳妇吧！"

乐乐居然不加思索地点头同意，那双猫眼亮闪闪，很爽快地说："我嫁人的时候，我爹也一起跟我嫁。我俩不分开。"

一阵哄笑。乐乐却很镇定，再次一字一句地很认真地说："爹，我俩都拉钩过的。我俩不分开。"

李兴根点头，走过来，蹲下，注视着乐乐黑亮眼睛里流露的深情，回答："我俩不分开。"

鸟先生乐呵呵地说："乐乐，你当我家儿媳，就这么定了。"

于是，乐乐成了赫赫有名的"洋泾浜英语"创始人穆炳元的孙媳妇，鸟先生的儿媳妇。两家订了口头娃娃亲。

第二天，当林隆丰听完这个故事，他心中暗暗后悔自己的失策：早应该让儿子和乐乐定娃娃亲。为什么，以前没有想到呢？

谁家与李家结为亲家，就踏上了进发上海滩生意场的捷径。有这个想法的沈家门老板，何止林隆丰，雪妮的爹昌发老板都恨不得连夜生个儿子出来，到李家去提亲。为此，昌发酿成了一场命案。

那晚，昌发喝完满月酒回家，借着酒气，对他老婆阿毛说："我想有个儿子，这么多年，你生不出一个儿子，让我娶个小妾，你同意吧！"

阿毛的心咯噔沉下去，知道老公已经变心。

平常，那些三姑六婆劝告她："阿毛，你老公昌发这么发达，你得把他看管得紧一点，这花花世界，多的是狐狸精！"阿毛听了，只是笑笑，继续做着甜甜香香的观音饼。

阿毛喜欢观音饼的甜香味，觉得自己的日子就像喷喷香的观音饼一样，一直不变。"我会一生一世给你最甜美的日子，陪你一起做观音饼，过好日子。一辈子不变心。"当年穷小子昌发，用这句最甜美的誓言，让观音饼店主的独生女儿阿毛非他不嫁。

亲耳听到昌发的绝情话，阿毛失声痛哭着，死活不同意。昌发怒气冲冲地离开家，甩下一句话："你同意不同意，都改变不了什么！我要娶小妾，直到生出儿子为止。"

三月的天，地气已经转暖，雪妮家门口的白玉兰在蒙蒙亮的清晨中，开得纯白一片。"老天啊！怎么可以这样！"女佣凄厉的叫声，回荡在昌发家的院落里。

雪妮的母亲上吊自尽了！佣人将昌坊从西横塘"海鲜坊"找来，他脸色冰冷望着阿毛变形而扭曲的身体，愤怒地恶狠狠地说了一句："这女人，怎么可以做得如此狠如此绝？"然后，他将所有的佣人全部集合，脸色铁青，声音更是冰冷，出语锋利如刀："夫人，得了急病去世。有谁敢乱说话，要他好看！"

昌发对阿毛充满厌恶与痛恨。阿毛出殡后不久，他就拆毁了阿毛死去的那房间，以及相连的整排房子，重新建造。与阿毛相关的物品全部抛弃，年幼的雪妮也被送到杨枝庵慧心师父那里寄养。

昌发独自一人站在空荡荡的化为平地的废墟，恶狠狠地骂着："你这可恶的女人！一死了之，给家庭留下坏名声，把痛苦留给家人。"

日子如水，冲走了曾经的往事，只有杨枝庵前的一树白玉兰年年如期花开。洁白的春天又来了，雪妮已经长大了，母亲的忌日也到了。

雪妮给往生的母亲做佛事。梵音阵阵，香火袅袅，黄袈裟的师父那佛号声低沉而空灵，声声入心，雪妮不断地跪拜着：虔诚地起身，下跪，摊开手掌，磕头。

阿弥陀佛，诵经声透过庙宇的大堂，落到寺庙外那树开得正旺的玉兰花瓣上。黄色墙壁的寺庙旁，这一树洁白的玉兰花，伸向那高高的屋檐，映着纯蓝的天空，听僧敲木鱼的旷古之音。

寺庙外，一个过路的青年男子，被庙宇黄墙、纯净蓝天、洁白玉兰所组合的画景深深地吸引，他沉浸在绘画中。缓缓地，一个穿着青白长袍的妙龄女子，轻盈盈地走向那树白玉兰，仿佛一朵洁白缥缈的云，飘过蓝天，飘进男子的视线，他愣住了。

这女子合掌，仰头，望着那树白玉兰。那是一张怎样的脸：极其纯净的侧面脸庞，圣洁而饱满的额头，那眼睛正慢慢地闭上，口中喃喃自语。玉兰花下许愿的女孩，让空气都寂静了，只有寺庙的诵经声，一声又一声，滑落在青年男子的心坎上。

第08章　豪门姐弟偷乌贼鲞风波

突然起风了，雪妮惊奇地发现对面一个穿深色中山装的年轻男子在追一张白纸，起飞的纸张如白绢，在湛蓝的空中旋转，飞舞，轻飘飘地飞向远方。年轻男子顾长的大腿在风中飞奔，天马游龙一般，追逐着那方白绢。

"啊呀，这不是德俊少爷吗？"轩妈妈刚巧走出寺庙门口，对和她一起来拜佛的刘妈说："快去看看。"

风中疾跑如光速一般的年轻男子，是荷叶湾林家渔行老板的儿子林德俊。他追着那张风中飘舞的画纸，画纸上有白玉兰下许愿的雪妮速描。那画像空中飞旋着，飘向不远处的一个火堆。

火堆旁坐着两个一模一样的双胞胎兄弟，十来岁光景，富家小少爷的打扮，长相极其英俊。旁边站在一个很洋气的时髦小子，身材小巧，西装，鸭舌帽。

鸭舌帽的声音响起："乐祖、乐家，你们又偷了乌贼鲞到这山上来烧烤？说过多少遍，想吃，直接跟家里说，要多少，有多少。"斥责声却如清泉冲击着鹅卵石一般，是女孩的声音。

"乐乐姐姐，直接告诉刘妈，全都让佣人来做，不好吃，不好玩。"

"姐姐，这乌贼鲞野火上烤着，比家里烤，要香一百倍啊！要好吃一百倍啊！"

野火烤乌贼鲞的味道早已香满山坡，很香的海味，直入鼻尖，滑过口舌，满嘴生津，乐乐使劲地咽了一下口水。

"姐姐，给你吃！"双胞胎弟弟撕了一缕乌贼鲞，以迅雷不及掩耳之势塞进她的嘴里，那黑乎乎的手在乐乐的脸上留了几道炭火的黑末影子，这下乐乐变成他俩的同伙。姐弟三个脸上都是黑乎乎的柴火炭末印记。

乐祖、乐家这对双胞胎兄弟百般讨好乐乐。

"姐姐，你常说，吃吃小吃，作作小诗，人生美滋滋。我俩最喜欢跟着姐姐学。"

两个小家伙开始随口胡乱吟诵诗句。

乐祖摇头晃脑地吟诵着："乌图有乌贼，味美超肥羊，李家姐弟仨，最爱乌贼鲞。"

乐家也不甘示弱，紧跟着脱口而出："乌贼家家饭，槽船面面风。阿拉姐弟仨，山上烤鱼鲞。"

乐乐被弟弟逗乐，扑哧一声笑，乐祖乐家赶紧又往姐姐嘴里塞乌贼鲞。"姐姐，好吃，多吃点。"

姐弟仨嬉笑声叮叮当当还未落地，一张画像的白纸，飘过他们的眼帘，正坠下火堆。

姐弟三人嘴里叼着一缕乌贼丝，呆住了。霎时间，眼前出现一个年轻男子，迅猛地冲到火堆前，火急火燎地伸手，抓取那张画像纸。

纸薄如蝉翼，旋转飞舞。噼里啪啦，火堆倒塌。烤在架子上的乌贼鲞，随之落入火堆，那张画像也跟着乌贼鲞坠入，白纸蜷缩着，变成焦黄色，画中的仙女，如梦幻，瞬间消失，纸已成灰烬。

德俊无奈地望着，傻傻地发愣。

"我的乌贼鲞，你赔我的乌贼鲞！"兄弟俩望着跌落在通红的火堆中的乌贼鲞，大嚷。

德俊这才看见两个一模一样的富家小子，满是炭火黑痕的脸充满了怒气，嘴角边还挂在一条乌贼丝。旁边的鸭舌帽也抬头打量着他，德俊再仔细一瞧，瞬间很诧异。

鸭舌帽居然是个假小子，一双很纯很深的眼睛如猫眼，正惊讶万分地望着他，还有那嘴角两边的几抹柴火黑痕线，活像一只波斯猫，更滑稽的是，"波斯猫"的嘴里叼着几条乌贼丝。德俊那原本懊恼不已的心情，突然消失了，他好想笑，终于忍了下来。

"你赔我们的乌贼鲞！"双胞胎兄弟的吵闹声再次响起。

"德俊，果然是你！"德俊还未回答双胞胎的话，轩妈妈过来了。

"啊呀哇，我的小祖宗，你们怎么会在这里？"刘妈见到姐弟仨，惊叫起来。

"遇见欢喜童子了，是乐乐小姐和乐祖乐家双胞胎兄弟，姐弟仨，长得真俊啊！"轩妈妈笑眯眯地说。

"不对吧，姐姐长得不如妈妈好看。我们长得都像妈妈。"双胞胎小声地嘟嘟囔囔，还是让乐乐听到了。乐乐那波斯猫眼变成了老虎眼，兄弟俩马上不吭声。

"你们的乌贼鲞，找我家轩妈妈，赔你们。"德俊说完这句话，急匆匆地转身，想赶回杨枝庵。

"你们家的乌贼鲞，比得过有才晒场的乌贼鲞好吃吗？"乐祖乐家双胞胎兄弟齐声发问。

"我们林家乌贼鲞和有才晒场一样好吃。"轩妈妈忙说。

"好小子，居然敢偷我们家的乌贼鲞！"一声大喝。众人回头，是海哥霸，他正一脸汗珠，匆匆赶来，怒气冲冲地盯着那已经烧焦的乌贼鲞。烧焦的乌贼鲞依然散发着很香的清甜鱼味儿。

众人从海哥霸的口中得知：晴天大日头，一帮臭小子，居然敢偷有才晒场的乌贼鲞。海哥霸逮到他们，清点，发现少了四只乌贼鲞。被抓的供出：他们常在山上烤鱼鲞吃。于是海哥霸就追到山上来。

"不好意思，我们家会赔上的。"刘妈赶紧赔不是。

乐乐尴尬万分，连连赔罪："大叔啊，我以为弟弟是从家里拿来乌贼鲞烧烤，真的不知情。对不起啊！"她转头，大声训斥着弟弟："好玩是吗？小时偷乌贼鲞，长大去当江洋大盗？"

"不当江洋大盗，爹说过，要当超级船王！"双胞胎兄弟尽管耷拉着脑袋，但回答的口吻很坚定。

偷烤乌贼鲞风波还未平息，德俊早已赶到杨枝庵。雪妮还在寺庙内，虔诚地跪拜。德俊的眼睛一直盯着雪妮。世上还有如此清纯的妙人儿，是西洋画中的安琪儿，天仙一般美丽。德俊从轩妈妈的口中得知，雪妮是沈家门东大街昌发老板的女儿。

德俊的爹娘知道儿子的心意后，很明确地告知："不可以。雪妮早已与你的同学，有才晒场的阿龙订了娃娃亲。即便没有定亲，我家也绝对不会娶一个母亲自杀的女孩，她会带来孽债。"

德俊娘趁机说："半塘李家船行李兴根的女儿乐乐，只是跟穆家口头婚约，我们还是有机会娶到乐乐，那才是福气好。"

德俊一口回绝："不要这个女孩！"

德俊爹林隆丰，生气地直骂："你以为这个乐乐女孩是你想娶到，就可以娶到的吗？"

德俊娘赶紧圆场："好了，也别长人家志气。我家儿子德俊长相英俊，名校毕业，学问好，为人更好，谁嫁给我家儿子，就是谁的福气好。"

这时，佣人送来一封信件给德俊。拆开，是一封聘任书，德俊被定海公学聘任为教师。德俊父母相视而笑，这笑意里藏着夫妻俩的秘密：乐乐在定海公学读高二，而德俊将成为乐乐的国学老师。

第09章 "有匪君子"翩翩入心来

"哇，定海公学好漂亮，好气派。"玩伴莲儿在乐乐的陪同下参观校园，惊叹不已。

莲儿清澈干净的杏眼儿，将一幅幅定海公学的美景映入眼帘。青山脚下的校园，满眼春光旖旎：山青天朗，碧色春水，三五学子，行走春风。中西合璧的建筑群，极具东情西境的美学气质。中心楼"思刘堂"一树一树的白玉兰开得绚烂，醉了蓝天，乱了云脚，一朵两朵的白云蹒跚在玉兰花上。

莲儿那双杏眼儿越看越专注。她的视线停在操场上，无限神往。操场设有网球场和足球场，似乎吞下了整个春天的原野。原野上，人如花开，奔跑跳跃，蹴鞠屡过，飞鸟直上。

乐乐拉着莲儿的手，继续行走。校园显目处悬挂着标语"热烈欢迎沪江大学音乐团来校表演""热烈欢迎沪江大学教员梅佩礼君莅临指导"。

莲儿两眼盯着醒目标语，问道："怎么满眼都是沪江大学的标语？"

乐乐带着莲儿，边行走校园边介绍："上海沪江大学是美国基督教浸礼会创办的大学，定海公学与上海沪江大学有紧密联系的主要人物是美国浸礼会总干事郝培德。1919年，他来舟山调研，对于舟山没有一个中学深感遗憾。于是，提出在舟山创办中等学校的建议，旅沪乡绅热烈响应，'中国火柴大王''毛纺织大王'定海人刘鸿生捐献巨资，定海公学得以创办。"

莲儿一脸羡慕："定海公学和上海沪江大学真是源远流长啊。"

乐乐的语气很是自豪："我们学校的老师大都来自沪江大学的毕业生。我们的校长方同源是沪江大学毕业的文学学士，大鸿儒，中英文都精通。"

"乐乐，我可不可以来定海公学读书？"莲儿说完这话，叹了口气，"我连初级中学毕业证书都没有。"

莲儿的脸如寒流袭击，她无奈地朝水池扔了一块小石头，扑通一声响，闲寂水池旁，仿佛青蛙跳进水中央。

不料，乐乐却如青蛙般跳起来，大声说着："有办法了。"

莲儿是沈家门海鲜王饭店缪老板的女儿，她还有一个姐姐叫巧儿，姐妹俩年龄相差一岁，长得很像，都是美人儿，明眸皓齿，修长纤细，柔美如风摆柳条，就是脸的肤色比较黑，人称黑牡丹姐妹花。

姐妹俩和乐乐同班，都上过初级中学，只是莲儿因为一场病退学了，姐姐巧儿有毕业证书。

"反正你姐巧儿准备嫁人，她的毕业证，正好给你用。移花接木，天知你知。"

乐乐的主意，让莲儿的脸瞬间春暖花开。

乐乐再三叮嘱："你得面不改色，心不跳，拿着姐姐的毕业证书来报名。记住，从现在开始，你叫缪巧儿。"

莲儿报名就读定海公学事情很顺利。莲儿跟姐姐巧儿长得很像，老师被蒙混过去。莲儿利用姐姐的毕业证获得了定海公学的录取资格。

"方校长，我有一个请求。"莲儿在报名现场居然提出要求。她星眸如水，含喜微笑，不紧不慢地说："我想将我的名字改为：缪文心。"

乐乐心中暗想：进入定海公学，已是万幸。何必节外生枝？

方校长一愣，问："为何要改姓名？"

莲儿笑盈盈答道："何谓享福之人？能读书者便是。老师，我想将自己的名字改得更有书卷味。"

莲儿声音清丽明朗，又引用了晚清文学品评《围炉夜话》的话语，方校长赞赏地点头，笑着说："缪文心，好名字。取自《文心雕龙》，不错。"

定海公学有各种各样的学生社团：青年会、崇德会、体育会、文学会、雅言会、级友会、丝竹社、绘画社等，都有老师的指导。读高二的乐乐和刚读高一的缪文心都是积极分子。

文学会的几个女学生在议论："听说，我们新来的文学会指导老师是男的，沪江大学的高才生，长得很帅气很有才。"

一个很可爱的圆圆脸的女生，故意装出一脸花痴，开始背诵《诗经》："有匪君子，如切如磋，如琢如磨，瑟兮侗兮，赫兮咺兮。有匪君子，终不可谖兮。"

"你就这样呼唤着你的超级大帅哥，有匪君子吧！"乐乐戏谑地说着。

"最新新闻发布，"一个淘气的男学生，突然出现在乐乐和圆圆脸面前，大声宣布道："那个指导老师叫林德俊，据说琴棋书画，样样精通，不过，他原先竞聘的是美术老师，后来又来了另一个绘画天才，听说是上海美专毕业的高才生，好像叫王文龙。总之，咱们定海公学的老师个个都是才华横溢！"

"快点完成海报，明天就是我们文学会的现场作文大赛。"

社团团长催促着。

　　教室内学生笑声戏言，跳到教室外的玉兰花瓣上，一阵风吹过，白花瓣儿许是好吃的雪花，乱纷纷地飘下。风穿树间，花瓣落到林德俊的脚下，他正朝教学楼"思刘堂"走来。

　　花期真短，不见方三日，地上满是落花。德俊的眼前又出现了杨枝庵外的那树白玉兰和晨光中雪妮捡拾玉兰花瓣的画面。

　　这几天，他一直都在寺庙外徘徊，杨枝庵内的钟声，杳杳一百零八声，杨枝庵外的白玉兰，啪嗒啪嗒纷纷落地。轻飘飘的纯白，只是一个劲地落入德俊的眼，仿佛将他的心紧紧缠绕，又轻轻放开。

　　"一片玉兰一方天，此乃我春天。"乐乐朗朗的清脆的声音打断了林德俊的思绪，他抬头，看见趴着窗口看落花的两个女生。

　　缪文心数着落花，有点伤感地说："玉兰花呀，落了一朵，落了两朵。"

　　乐乐故作深沉，接口而上，说："玉兰花开九万九千朵，转瞬即逝，唯有此刻花默然，人相对。"

　　乐乐此话，一语击中林德俊的心头，他停住了脚步，窗外的林德俊与两个看落花的女生正面相视。

　　一身青色长衫的林德俊，何等儒雅的谦谦君子形象。咯噔一声，缪文心心中驻扎了一个"有匪君子"林德俊。乐乐更是诧异，好面熟，是那个张牙舞爪，掀翻火堆的男子！只是此刻的他萧萧肃肃，爽朗清举。

第10章　鮸鱼胶导致的肥胖事故

林德俊走进文学会的那一刻，缪文心都搞不清自己说了些什么，空气中似乎只有醉乎乎的感觉。

乐乐猫眼冷看，一群女生花开灿烂的脸朝着林德俊，不由心中好笑："长得再风流倜傥，你们也用不着如此花痴。"

林德俊在询问社团的情况，一抬头，正好瞧见一个高大白胖的男生溜进来，对着乐乐耳语，乐乐尾随男生而去。那双猫眼，让德俊早已认出她就是那天偷烤乌贼鲞的假小子乐乐。乐乐的背影英姿飒爽，杏白色上衣，下配黑蓝男式直筒裤，修长大气。她身边的男生宽大滚圆的肩膀，熊似的背脊，仿佛一头大白象。两人走在一起，至少三个乐乐才能抵上那个胖男生。

乐乐和那个胖男生，两人很火热地边走边聊。

"胖乐，我有一辆自行车，去玩吧！"

"胖明，你真行！"

男生胖明，总是叫乐乐"胖乐"，他俩曾经是胖友。乐乐就读定海公学高一，报到第一天情形，一直深深地烙在胖明的记忆中：

教室内，胖胖的他，如大吨位的轮船，泊在最后排，一人一桌。最后一个新生推门进来。教室门被推开的瞬间，仿佛一下子滚进了两个肉颤颤的篮球，大家愕然之际，一个又黑又胖的女生，整个人出现了。

整班同学哄笑！但是那个黑胖的女生很是淡定，在一片哄笑中，如女王一般，镇定自若走过教室课桌间的过道，在最后一张空位置坐定。胖明成了她的同桌。她就是乐乐，学名李乐云。

这两个胖学生投缘，有一个共同的爱好，就是特别好玩，总是想方设法找好玩的乐子。俩人很快成了好友，在乐乐的建议后，还搞了隆重的同桌结义仪式。

胖明惊奇地看着乐乐，只见乐乐用笔在纸上画了几道流畅的线条，一幅有趣的简笔画便跃然纸上。两条可爱的胖头鱼开心欢喜如弥勒佛，互相打趣道。一条胖头鱼笑得眼儿成缝隙，在说：不管胖瘦，日子照过。另一条胖头鱼笑嘴儿如开裂的木鱼，在说：结义两胖子，潇洒一路行。

两人在各自名字中取一字，然后加上胖字，便组成胖乐胖明同桌搭档，由此开启了快乐的胖友生活。

胖明从乐乐口中得知她之所以胖的缘故，据说跟一条神奇的鮸鱼胶有关。

"十三岁那年的暑假，我突然如气球一般发胖。这还得从一条鮸鱼胶说起。知道吧，东海中有一种鮸鱼，其体内的鱼胶，历来是补品。鮸鱼有大小，鱼越大，鱼胶也越大越厚。"乐乐开始绘声绘色地诉说她的肥胖史。

"有些鮸鱼身体如成年人一般大，甚至更大，我见过，渔夫用小板车拉着，鱼很巨大的。"胖明插话，"鮸鱼越大，那鱼胶自然是极其珍贵的。鮸鱼胶晾干后，沉放在家中米缸里，为大补食品。我家米缸里就有。"

"对呀，鮸鱼胶大补，这事，大家都知道。"乐乐继续讲着，"我家里米缸内就存放着鮸鱼胶，原本是为我姆妈（母亲）补养身体用的。可等鮸鱼胶加冰糖炖烂后，我姆妈（母亲）嫌它太油腻太腥味，吃不进嘴里。没想到我却很喜欢吃。"

"喔，都是贪吃惹的祸。"胖明忍不住又插话。

"那鱼胶好吃啊！那略微米黄色的胶，入口柔软还有点黏稠，油油的甜甜的滑滑的，带着鮸鱼的鱼腥味，我特别喜欢那种鱼腥味所散发的独特美味。"乐乐抿了一下嘴巴，"可自从我进食这条鮸鱼胶之后，身高从此就停滞了，并开始横向发展，快速发胖，变成了吹胖的气球。"

"哎，贪吃一时爽，变胖终身烦。"听完乐乐的故事，胖明长长地叹了口气，说："鮸鱼胶，超级神力！可我没有吃过鮸鱼胶，怎么也发胖啊！"胖明那如去壳的水煮鸡蛋一样白得光溜又红润的脸蛋，写满了烦恼。

乐乐大大咧咧地说："随便它胖瘦，不管它，日子天天美滋滋。"

胖乐乐爱读书，很快以她的学识堵住了大伙嘲笑的嘴巴，她的成绩稳总是居班级第一。她还是个运动高手，热衷于各类体育运动，常和男生混在一起玩耍。

不知不觉中，过了一年多的时间，乐乐的体型居然慢慢恢复成原来的大长腿细胳膊的模样。同桌胖明依然很胖，他苦恼地说："胖乐，你怎么瘦下来的？"

"我呀，最听老天爷的话，他老人家让我胖，我就胖，他老人家让我苗条，我就苗条，哈哈哈。"乐乐此话一说完，胖明也被感染了，他自嘲："我也只好听天由命了。"

胖明是定海公学董事长刘鸿生的远房亲戚，他家族在定海旅沪大买办的圈子里，属于上海滩"宁波帮"，所以对跟乐乐有口头联姻的穆炳元一家也很熟悉，乐乐的口头联姻穆家少爷已有心上人，这消息也是胖明告诉她的。

　　"胖乐，你被甩了，人家穆少爷已经自由恋爱，留洋时，找了个洋妞，留在沪江大学当英语教授呢。"

　　"谁说我要他了，本姑娘要自由恋爱！"

　　"胖乐，我俩自由恋爱吧！"胖明嬉皮笑脸。

　　"结义的兄弟姐妹，还会有恋爱的感觉？"乐乐撇撇嘴说，"爱情靠例外、特殊和超脱而生存。"

　　"啊呀哇，当心，给浪漫的爱情诗歌烧煳了头脑！"胖明调侃着，"哎，像你这样的女孩，太聪明，什么事都可以自己搞定，不给男生怜花惜玉的机会，男生能喜欢你吗？"

　　"无所谓，本姑娘自由自在，不为情所困。"乐乐噘噘嘴巴，笑得如天边的闲云。

第11章　皮皮虾触须里的爱情

校园僻静的林荫道，一辆锃亮的自行车正静静地停在树荫下。乐乐猫眼睁得贼溜溜的，放光的眼睛直直地落在那辆自行车上。

民国时，自行车是一件非常昂贵的奢侈品，象征着财富和身份，就跟现在的百万豪车差不多，一般的家庭是绝对买不起的。

"哇，是一辆崭新的英国凤头自行车，好家伙！"

"胖乐，你两脚一动，那两个轱辘就会转，那威风劲儿，好像是画儿上的那个哪吒！"

乐乐兴奋得如猫一般，一跃而上，跨在自行车上。林荫道空无一人，她便放肆地张开手臂，作鸟翅状，任由自行车的轮子自行滚动。

两边的林荫道夹着三五株的桃树，红绿相间的春天扑腾腾地向她飞来，她觉得自己如侠客一般车马剑光任逍遥。

"道上红尘，江中白浪，饶他南面百城；花间明月，松下凉风，输我校园一骑。"她居然为自己篡改古诗句而沾沾自喜，得意忘形时，自行车已滑到转弯口。

不好！等她看到转弯口一下子出现一个人影时，哐当一声，自行车已经撞上一个年轻男子。

满满的春天，一下子从自行车上溢出来，乐乐像春天的精灵起舞，飞向半空，又随着柳眼风絮，飘落下来。

年轻男子被乐乐的身手惊呆了。乐乐不愧是运动高手，她紧急刹车，双手一下子放开自行车车把，整个人从自行车座椅上飞落下来，灵活地在地面上打了个滚儿，这才坐定。好一个身手如此快速利落的女孩！

乐乐的模样有点狼狈：她的裤子膝盖一处被路边的小荆条划开了一道大口子，黑蓝男式裤子隐隐透露着一段白晃晃的皮肤，杏白色的上衣黏着泥巴与青草。

但令年轻男子惊讶的是乐乐那镇定自若的脸上，猫一样灵动的眼睛，无惧无畏地目不转睛望着他。

乐乐整个人一下子跌落到那个年轻男子剑一般的眼神里，她终于明白了这就是传说中的桃花眼，原来桃花眼是一把利剑，直刺人心，让你无法动弹，束手就擒。

很显然，年轻男子也瞬间被乐乐吸引了，这个如此大胆放肆看着他的女孩，那双猫一般的眼睛里还有小狗一般的灵动的眼神。

所谓一见钟情，其实只是相视的一秒钟内。寂静的林荫道，仿佛时间是停止的，只有对视凝眸的两个年轻男女，还有满地散落的书页纸张，静静地躺在他俩的脚边。

胖明追了上来，但他很快又停住了脚步。林德俊居然出现在林荫道上，他的神情貌似有点恼怒。天边的几片流云也跟着德俊，慢慢遮住了闪亮的太阳，天色有点变暗。

"我的自行车怎么会在这里？"德俊走上来，他的声音清清冷冷，吹过簇簇盛开的桃花，惊醒两个痴情人。

那年轻男子回头，林德俊愣住了。"是你，阿龙。"

"我抢了你的美术老师一职，不好意思。"阿龙的声线如玉石之声，落地爽朗，"今天来学校报到上班。"

"绘画，你本来就比我更有天赋。"德俊笑了，映着满眼的阳光。

"知道你是全才，样样精通，所以，这学校里的每一项教学工作，你都可以胜任。"阿龙说话之间，林中吹过一阵微风，花朵摇曳，天空那几片流云也不知飘到那里，德俊和阿龙站在一地的阳光里。

胖明见气氛如此和睦，赶快走上来，对着林德俊说："不好意思，林老师，我自作主张，借用了一下您的自行车。"

乐乐这才知道，那辆自行车原来不是胖明的。她不知道为什么每次碰到林德俊，都是如此窘迫，不是偷乌贼鲞，就是偷自行车。她气急败坏想独自离开，刚一迈开脚步，碰到一地的纸张。她弯腰捡拾纸张，有一幅画吸引了她，是一幅水粉写生画：半塘风光。

乐乐的猫眼再次目不转睛地盯着画作。阿龙蹲下来，和乐乐一起捡拾纸张。空气中有股很暧昧的气息，胖明和林德俊都感受到了。林德俊第一次突然发现：乐乐身上有一种独特的气息，那是一头林中小鹿所散发的活泼与朝气。

"林老师，您这辆英国凤头自行车有点破损，我到车行给您修一下。如果您不喜欢有破损的自行车，我有一辆德国蓝牌自行车换给您。反正，英国凤头、德国蓝牌都是世界名品，牌子叫得最响。"胖明不好意思地说。

德俊狠狠地拍了一下胖明的肩膀，无奈地说："算了，德国蓝牌自行车，我有，这辆英国凤头你修一下，还给我。"

校园林荫道下这辆英国凤头自行车前轮有点敲瘪，但乐乐家门口正放着一辆崭新的英国凤头自行车，她的父母笑眯眯地围着观看，双胞胎兄弟乐家、乐祖更是欢呼雀跃。这是林德俊的父亲林隆丰送给乐乐的。

林德俊的父亲林隆丰想入股李兴根的船务公司，经营航运业。这些年，李兴根几经打拼，陆续购置了"海定"号、"海发"号、"海宝"号、"鸿远"号等八艘轮船，建立起自己的船队，一举成为舟山最大的私人船东。

乐乐家，林隆丰和李兴根喝着茶，聊着航运业务。

林隆丰抿了一口茶，一脸崇拜，说："阿拉舟山人董大哥（董浩云），经营航运业很是厉害。他冲破英国航商的重重干扰，打破了外商长期垄断中国航运的格局。"

李兴根目光炯炯，接上话头："是啊，要振兴中国的航运业，要为中国远洋航运的发展奠定坚实的基础。阿拉舟山男人从小与海打交道，开拓海洋事业，大有作为！"

"航运业，惹人眼红，阻力也很大，各地码头的黑帮也是其中之一。"

"我跟着董大哥，专程前往华格臬路的杜公馆，拜访过黑帮老大杜月笙先生。"

林隆丰点头称是，他也想进军航运业，而通过林李两家联姻，是最好的拓展林家商业版图的捷径。

只是乐乐和德俊并没有走上父母设计的联姻之路。校园里最先知道乐乐与阿龙相恋之事，有德俊、胖明、缪文心。胖明失落，乐乐见色忘友，把时间都留给了阿龙。缪文心和乐乐有了说不完的共同话题，关于恋爱的事。德俊最开心，他不用跟乐乐联姻，可以一心一意去追寻他心仪的雪妮。

德俊又行走在去杨枝庵的路上。山路口，突现一抹鹅黄色的窈窕身影，清丽温婉。雪妮一行人意外出现了，有昌发渔行的账房阿海和阿龙奶奶，还有一个脚夫挑着行囊。

德俊与他们正面相遇。

"德俊少爷，你也在这里？"昌发渔行的账房先生阿海，低眉顺眼，对德俊微笑着，打着招呼。

阿海是出了名的聪明能干，先在昌发渔行当伙计，三五年后，就当上了账房先生。他一手算盘子打得辣辣响，计算能力和记忆能力超强，但为人话语不多，如同他穿着的那一身青灰色长衫，给人的感觉，就是做事极其细密稳当。

德俊不知所措地笑笑，他定定地看着雪妮和她身旁的阿海，那一身青灰色长衫与鹅黄色旗袍相映衬，德俊觉得整个春天的山野，仿佛要落下铁的尘屑。

那道鹅黄色与德俊擦肩而过，雪妮只是淡淡地看了一眼德俊。

"雪妮，先回家，过段时间，阿龙娶你过门。"阿龙奶奶一边走，一边如山风吹过树叶，絮絮而言。雪妮甜甜地笑着，树叶间的斑点在她纯洁的脸上跳过，并再次叠出光的斑斑点点与幸福笑容的相融合。

天边的白云，爬过这山又那山，雪妮一行人影越来越远，德俊茫然无绪地走在沈家门街头。

皮皮虾正旺发，满街都是米白色的皮皮虾，无数只的脚触须摆动着，宛如海边的潮头花，一浪一浪地涌上来。而德俊如被抓的皮皮虾，无济于事地扑腾着无数只的脚触须，却始终无法破局，他不知该如何向雪妮表白。

第12章　花间杨梅酒逃过一场暗杀

"林老师，我们谈谈！"乐乐正站在他面前，那眼睛如黑夜中的猫眼，坚定执着地熠熠发光。不知怎的，林德俊心里那团如被抓的皮皮虾不断扑腾的纠结，居然被乐乐闪亮的眼神给解开了。

乐乐快人快语，单刀直入："林老师，你知道我喜欢阿龙，所以，我和你不可能。"

乐乐在林德俊那里得到了明确的答复："你和阿龙在一起，是这世上最美好的事。"

乐乐大喜过望，立马爽快地邀请："谢谢林老师成人之美，乐乐必当宴请答谢，沈家门海鲜王缪家饭店，如何？"

活泼开朗的乐乐，扯断了德俊心中纠纠缠缠的绳索，和干脆利落的乐乐在一起，心情一下变得明朗。

海鲜王大饭店为缪文心的父亲经营，坐落于沈家门东横塘一带，是出了名的海鲜美食店。此处面临活鲜码头沈家门，人气很旺，一派繁忙。

大厨如要杂技一般颠锅，翻炒，火焰在起舞，香味在弥散。服务员前脚进后脚出，一盆盆菜肴如潮水般涌向饭桌，一阵阵舒畅快活的笑声猜拳声此起彼伏。食客有本地人，也有操着外地口音的客商，福建人、温州人、上海人、广东人居多。

乐乐、林德俊、缪文心慢悠悠地喝着观音佛茶，不一会儿，阿龙也被喊到场了。

满满一桌海鲜菜肴很快端上来：红膏呛蟹、水煮马蹄螺、河豚鱼鲞烤肉、醋熘鲨鱼羹、清蒸鲳鱼、芹菜炒乌贼等，全是招牌菜。

四个人开吃，喝的是杨梅烧酒。

"我们海鲜王大饭店的杨梅烧酒，选用上好的杨梅，泡上白酒，酸酸甜甜的，还带着白酒的酒香冲劲，够味。"缪文心自豪地介绍着自家酿制的杨梅烧酒，连那闪闪亮亮的杏眼儿，似乎也窜出一股酒香味。

"这杨梅烧酒，酒烂樱珠，不愧是花间酒，神仙颜值，神仙口味。"阿龙摇晃着杯中酒，透明的玻璃杯晃动着绯红的液体，酒中浸泡的杨梅如红玛瑙一般滚动着。

"酒盏斟来须满满，花枝看即落纷纷。莫言缪家杨梅酒，一分滋味三分妖娆，缪家杨梅烧酒，沈家门，一只鼎！"林德俊呡了一口，赞叹道。

"林老师，果真是国学老师。绣口一吐，整个沈家门就醉了！"阿龙打趣道。

"舟山老话头，杨梅烧酒醉醉，鱼鲞海鲜吃吃，做人活神仙。"乐乐站起来，脸上透着兴奋的红光，举杯说道："一起为活神仙而干杯！"

酒兴上头的她竖起大拇指，接下去说："古诗句也说得妙，酒后高歌且放狂，门前闲事莫思量，各位，猜拳喝个痛快，如何？"

乐乐豪爽自在的模样，让宴席的氛围变得活泼热烈。

猜拳游戏开始了，乐乐先和阿龙猜拳，只见她和阿龙同时出拳，她大喊一声"哥俩好啊！"结局：她翘起了两根葱白手指，阿龙未出一根手指，只是痴痴地看着乐乐黑溜溜的宝石般的猫眼，握的是整个拳头。

出拳第一下子，乐乐就赢了。

接下去德俊与乐乐对手。两个人不分上下，乐乐越玩越有劲，那双猫眼睁得滚圆，兴奋得发亮，德俊用颇具戏谑的眼光看着乐乐，看来他也已经掌握乐乐的出拳规律，而乐乐也读懂了德俊的拳术，两人出拳大战很酣畅。

"八仙过海""十全十美""六六大顺"……乐乐口中的"林老师"随着猜拳游戏的深入，变成了直呼其名的"林德俊"。

德俊看着乐乐的欢乐劲头，如同饱食一道甜点。这个欢天喜地的女孩，真是一枚赏心悦目的开心果。

一种隐隐的不快在阿龙的心中升腾：乐乐这种快乐而率真的无拘无束的风采，他只想独自享用。

缪文心的眼里只有德俊，她望着德俊温润如玉的侧影，这个让她满心忧愁又欢喜的人，心里念道：山有木兮木有枝，心悦君兮君不知。

四个人，吃得痛快淋漓，走出海鲜王大饭店，个个笑容如弥勒佛。

乐乐与阿龙结伴同行。谁也不会料到，他俩身后尾随着一个戴鸭舌帽的男子，腰间有一把勃朗宁1900式手枪，他就是昌发渔行的账房先生阿海。阿海这一生的愿望就是得到雪妮，眼看雪妮与阿龙的婚期将近，除掉阿龙成为当务之急。

阿海一路跟着两人行走，越来越觉得乐乐和阿龙的暧昧。沉醉在爱情世界的乐乐和阿龙，任谁都感受得到他俩所传递出来的甜蜜。两人正悠闲地走向半塘。

远眺半塘海边，阿龙家的晒场上，海哥霸和一群雇工顶着艳阳，晒着一筛子一筛子的皮皮虾。春日暖熏熏，阵阵鱼腥味飘散在暖春的海风中，隐隐传来快乐的渔歌号子："妹妹缆头解，阿哥舢板摇，一摇摇到大天亮，问侬阿哥累不累？"

哈哈哈，海边雇工男男女女爽朗的笑声，飘入乐乐和阿龙走过的那片海边芦苇丛。芦苇丛正是一片新绿季节，阿龙和乐乐的荷尔蒙气息，随着漫天的新绿，混杂在浓浓的鱼腥味中，慢慢飞舞。

"看，那边有一只蝴蝶。"阿龙用手指着前面。乐乐一抬头，阿龙就顺势偷偷亲了上去。乐乐没有设防，不知所措，只觉自己融化于一片阳光、绿意、鱼腥味、杨梅酒的昏眩之中。

隐身在芦苇丛后面的阿海，目睹此时此景，再也没有摸出腰间那把勃朗宁 1900 式手枪。他转身而去，半塘海边的太阳很明媚，他长长地舒了口气，觉得自己已经理所当然可以拥有雪妮。

阿海回到昌发渔行，昌发正在发火：

"娘希匹，怎么回事，我的冰鲜船居然也被当作海盗船，被军警扣押！"

这剿匪之事，其实只是地方官兵和海盗相互勾结之后的一场演戏而已。岸上军警执行上级命令，出海剿匪。官兵和匪盗有约定：海盗预先将袁大头等钱财埋在岛上某个地方，军警来剿匪时，到达财物埋放处，噼里啪啦，对天乱放一阵空枪，然后把财物挖走，再埋上枪支、弹药，最后向上级汇报武器"在战斗中丢失"，这枪支弹药归海盗。

而这次的剿匪演戏中，匪盗还故意抛弃一条船，作为军警的辉煌战绩。没想到，军警误把昌发的船只当成匪盗故意抛弃的船只。

昌发的恼火是有隐情的，他这条冰鲜船，表面装的是新鲜海货，其实装的是一船的枪支，事情开始变得复杂了。

昌发见到阿海，张口就说："这事儿让你兄弟阿发去办理，如何？"

阿发何许人也？有如此能耐？

第13章 纸片美人晒场被拒婚

"阿拉阿发一句话，舟山海面上的船只，通通可以搞定。"阿发的娘菊花在王家宗亲的宴席上此话一出，众人马上附和："是呀，儿子有出息，阿娘好福气！"

菊花很是得意地看看一旁的阿龙奶奶。同为王家宗亲，她家现在的实力要远远强过阿龙家。

"噗……"菊花屁还是老样子，很响亮的屁声，在宴席间蔓延，但不臭，阿发的老婆巧儿赶快恭维："老太太吉祥，响屁不臭，放屁通气。"

菊花一阵呵呵笑，众人都一起笑。阿龙奶奶一声不吭，心里默默念叨：阿弥陀佛，不义之财，终究报应。

阿发已经成为桃花岛海盗头目，他的老婆巧儿就是海鲜王大饭店缪老板的大女儿，即缪文心的姐姐。阿发表面上做的是合法生意，是正大光明的桃花岛顺发船务行老板。他跟管辖舟山海域的军警联防主任、县警察局刑警队长都是结义兄弟，这些人也是船务行的合伙人。

舟山一带海域的主要海匪强盗有来自舟山本岛的川沙、洋山、嵊山、衢山、庙子湖、六横、桃花，以及来自台州、温州和宁波等地区，多达几十股。各股海上匪盗，都配备各种大小船只及枪械，并自行划分海面，占海（地）为王，过往船只必须购买该股匪势力范围内发行的通行证，方可准许在该股匪霸占海域内通行。民国政府有时也派军警清剿，但大多是本地官兵匪盗相互勾结，坐地分赃。

舟山地区海盗多，昂贵的枪支是匪帮最重要的财产。如果一个土匪没有属于自己的枪，分赃时必须向匪首支付"借枪费"。匪帮组织相当于股份公司，假设一个有五十名土匪的团伙中，一人一枪都算作"一股"，总共就是一百股。若所有土匪的枪支都由匪首提供，那每一名土匪都只有一股，而匪首独占五十一股。

走私枪支，获利极大。市面上，枪支价格如下：六十大洋左右，购买一支国产汉阳制造，如果是外国的，正常一百大洋左右，机枪便是十倍，一千大洋起步，如果是重机枪，更贵。

昌发被军警扣押的这一船走私枪支，尽管非法，但也是普遍现象。长期战乱，盗匪横行，百姓被迫组建民团自卫，民间非法枪支泛滥。国民政府的枪支管理办法接近当代美国枪支管理规定，有《自卫枪支管理条例》等，但在内忧外患中无力施行。

昌发走私枪支生意，不只是供货给海盗土匪，他只认钱，不认人，给钱，就提供枪支。但这次时运不济，昌发走私枪支，莫名其妙惹上麻烦。

阿海根据昌发的指示，去找阿发商量船只扣押一事。阿海刚迈出大门，就听见女佣在背后说话声："小姐，我们还是去有财晒场吧？阿龙少爷在那里画画。"

阿海回头，雪妮美丽的倩影，一下子让他挪不开脚步。雪妮分明是一条雪白高挑的美人鱼，她穿了一套米白色的衣裤，戴着一顶帽檐很阔大的嫩黄色草帽，那米白色的衣袖随风飘舞，一派仙气。

阿海眼巴巴地看着美人鱼飘向远方。

雪妮缓缓地穿行于有财晒场之中，那仙气直让与阿龙一起画画的德俊看呆了：飘然而来的天上仙子，仿佛走进他的心坎上。

雪妮清澈的眼眸里映着只管低头画画的阿龙。没有言语声，静静地，雪妮就这样站在一旁看两人画画。

旁边晒场的女工开始打趣，唱起渔歌号子：

"乌贼骨头独一根，玉秃眼睛单边生，劝侬不要看花眼，好看小娘，快快来娶走！"

"天外天，海外海，山外山，湾外湾，风夹风，雨夹雨，浪里浪，礁底礁，看来看去，阿拉雪妮妹妹，最好看！"

女工们的渔歌号子唱得欢，雪妮只是一旁微微浅笑，很甜美，阿龙只是低头画画，仿佛海边礁石，任凭风吹浪打，无反应。

德俊的心里下意识地将雪妮与乐乐做了比较。雪妮的美貌让人惊艳，如一朵静美的香莲开在清水池里，脱俗清新；乐乐的仪态让人着迷，如一头奔驰在林中的野鹿，呦呦欢鸣，灵动有趣。突然之间，德俊发现自己似乎好像也喜欢乐乐，他开始迷茫了。

一个胖女工笑嘻嘻地说："阿龙，真是好福气，雪妮人美心肠好，昌发老板嫁女儿，那可是十里渔港十里红妆。"

阿龙停下了画笔，站起来，冷冷地对雪妮说："可以借一步说话吗？"

两人走到树荫下，阿龙毫不迟疑，直截了当地说："雪妮，一直以来，我只把你当成妹妹，我们之间不可能成亲，我有自己喜欢的女孩，你也应该去寻找属于你的幸福。我们之间的娃娃亲，是父母的约定，不是我们自己的意愿。"

阿龙的话语句句如石头，重重地砸向雪妮的心头，雪妮整个人傻了，她愣愣地看着阿龙。雪妮从小就知道自己会成为阿龙的妻子，她一直很开心地盼着早日长大，可以嫁给阿龙。阿龙就是她的家，她全部的寄托。

现在，这个寄托突然之间崩塌，她觉得一切都在天晕地转，雪妮不言不语地呆望着阿龙，说不出一句话，蓝天白云是如此干净明朗，一切却在阳光下耀眼地泛着空白，轻如鸿毛的感觉袭扰着雪妮，她整个人软绵绵地倒下去了，变成晒场上的一条美人鱼。整个晒场的人都围了上来。

德俊望着躺在阿龙怀里的雪妮，那一刹，觉得她仿佛只是纸片美人，只存在于画作之中，适合静静地欣赏。

第14章　娃娃亲变卦毒如河豚肝

"你不要心急，昌发的财产，还有雪妮，需要好好策划。"

雪妮昏倒在晒场的那一时刻，阿发正在桃花寨给阿海出谋划策。

阿发的桃花寨坐落于桃花岛安期峰下，好秀色好风水。桃花寨上远眺，碧海浮青山，巅上飘白云。近看，面朝大海，好大一块金沙湾，一行木帆海盗船靠在岸边，几头肥猪在沙滩晒太阳。

正是春暖花开时，一阵风起，金沙湾旁的桃花林恰是下了一场桃花雨，只是这桃花飘落处，只有阿发和阿海兄弟俩密谋如何获取昌发的钱财与美人雪妮。

这兄弟俩长得很像，分别被海盗小喽啰们称为舟山大黄鱼、舟山小黄鱼。舟山洋面盛产大黄鱼与小黄鱼，是两种不同的鱼，但一眼看上去很像，不过有区别：大黄鱼，看上去肥壮，体积大，嘴巴部位圆润些；小黄鱼，体积相对较小，嘴巴部位比较尖。

以大小黄鱼来比喻阿发阿海兄弟俩的长相，实在很形象。阿发为兄，强壮彪悍，脸很圆润；阿海是弟，相对瘦小文气，脸显瘦削。但两人的眼神相似，内双眼皮再加上深邃的眼神，一看就知精明过人。兄弟俩的性格也相似，他俩从小走街串巷叫卖海鲜，历练成了人精，做事圆滑，不急不躁。

"乱世出英雄，浑水可摸鱼。现在世道有点乱，但还不是大乱。国民政府的官员,你又不是不知道,眼里只认得钞票。昌发老婆穆氏家族属于上海滩宁波帮,在上海滩势力很强,有通天的本领。万一,他打通关系,你就偷鸡不着蚀把米。"

阿海连连点头,觉得自己的确心太急。

阿发扣动手枪,啪一声枪响,就击中枪靶子,他眼神凌厉而冷酷地望着枪靶子,冷冷地说:"无毒不丈夫。做任何事,要快狠准,速战速决,一枪毙了他,稀里糊涂,人就死了,最好。"

阿海决定再慢慢等待时机,他从兄弟阿发处回来,刚进门,就听到昌发的暴怒声:"天下男人就他一个!她怎么就喜欢那个偷生胚!他配不上雪妮!"

阿海得知阿龙已经回绝雪妮,顿时心花怒放。

昌发其实对雪妮与阿龙的娃娃亲也是不满意的。他觉得阿龙家已是破落户,跟阿龙家联姻,无利可图。雪妮貌美如花,理应找门当户对的人家。昌发好说歹说,雪妮就是不想放弃阿龙。昌发正在续弦穆氏那里发脾气。

"都这把年纪了,也不改改这孬脾气。"穆氏细声细语地劝说,"其实这不就是件好事吗?阿龙回绝了这婚事,正合你心意,应该高兴。这雪妮吧,现在伤心几天,时间长了,也就过去了。"

穆氏长得没有西横塘风月场里的女人美貌,但最懂昌发的心思,是昌发的解语花,三言两语,哄得昌发转怒为喜。

昌发把阿海叫进房内,听他汇报办事情况。

"这事情,得送一箱大黄鱼给军警。"阿发说。

这大黄鱼指的是金条。民国时期的金条分大黄鱼和小黄鱼,大黄鱼一根,重量是十两的金条,小黄鱼一根,重量是一两的金条。一箱大黄鱼,价格不菲。

昌发阴沉着脸,说:"你去照办吧。"

阿海退出后，昌发忍不住破口大骂："娘希匹，舟山渔民头上三把刀：风暴、强盗、国民党。风暴好避，强盗好躲，国民党，作威作福，在你头上拉屎，你都不敢吭一声！"

"破财消灾，消消气。祸兮福兮，福兮祸兮。你是财神爷，钞票只是暂时流出去，最终都会跟着你来的。"穆氏劝慰之声，满是柔美的气息，仿佛熨斗抚平了昌发因发怒而起褶皱的心情。

说完这话，穆氏将担忧的目光朝向窗外，望了一眼，低下声音，对昌发私语："外贼好防，内贼难防，知人知面不知心，你得提防身边人。"

昌发知道穆氏这话里的意思，他对阿海也是有提防心理的，眼看阿发势力越来越强大，他得拉拢阿发的兄弟阿海，同时又要避免被他俩兄弟吃掉的危险。

昌发目光如虎，说："我们得去找更强大的后台，联姻是最好的方法。"

穆氏点头道："雪妮如此美貌，很值钱。现任定海县县长，毕业于北京高等警官学校，前途无量，若能和他攀上亲事，那就是大发了！"

昌发重重地说："去探听一下，做小妾，也无妨。"

昌发夫妻打着如意算盘，不知情的雪妮还在房间哭泣，她不知道阿龙喜欢上哪家姑娘，也不知道如何挽救自己的爱情。孤独无助的她，蜷缩在屋角，思念着已故的母亲，反反复复地自言自语："妈妈，帮帮我。"深陷爱情之人，很像黑夜中提灯的人，只为眼前的一条路而奔跑。

荷叶湾林家，德俊在卧室里看着自己画的雪妮肖像，开始询问自己：你真的爱上了雪妮吗？窗外，落日的余晖跌入雪妮肖像之中，雪妮的额头瞬间亮堂，但德俊已是惘然。

半塘阿龙家，奶奶得知拒婚一事，铁青着脸大骂阿龙："乌贼膘肠墨墨黑，河豚肝毒死人，你这个黑良心，疯了，上哪去找雪妮那样的好女孩？她哪点不好？人长得漂亮，是大美人。家庭条件又好，我家不靠着她家，能有今天吗？最重要的是，她心地善良，菩萨心肠。这样的女人，娶进我家，是祖上修来的福分！"

"但我喜欢的人不是她，我不会娶她。"阿龙态度很坚决，并明确告知，"我和李家船行的乐乐，我们两个人互相喜欢。"

奶奶很生气地指责："尽管李兴根是舟山船王，他家势力要比昌发家强大，但阿龙，做人要厚道，你这样背弃婚约，我绝不容许。"

阿龙娘如芸得知变故后，只是淡淡地叹口气："姻缘天注定，命里有，终究会有，命里无，强求，也是一场空。"

第15章　壮志凌云心系民族船运业

阿龙的油画《舟山轮》高高地竖立在定海道头最显眼的海边。

乐乐的视线一直追随着阿龙的身影。阿龙指挥工人加固他创作的这巨幅广告画，高大挺拔的阿龙，白衬衫、深色西裤、皮腰带，在蓝天的映衬下，如一道流云线，让乐乐恍惚间眼神痴迷。

阿龙转过身，浓墨般的剑眉下，一双桃花瓣的眼睛清澈水亮，炯炯发光，正撞上乐乐痴痴迷迷的猫眼，那桃花眼一下子燃烧起来，变成了着火一般的月牙儿湾。阿龙的笑容，燃爆了两人之间眉目传情的视线，刹那间的柔情交汇，仿佛与浪花的涌动相吻合，一波又一波荡漾开来，连旁边的缪文心都被这爱情的余波击中。

"我要走了，我这电灯泡也点得太亮了！"一旁的缪文心嚷嚷道。

"别走，林德俊马上就到了。"乐乐对缪文心耳语，一阵羞红飞过缪文心的脸颊。

"好威风的大轮船啊，呜呜，汽笛响起来了，到大上海了！"孩童快乐的声音响起，乐乐的双胞胎兄弟乐家、乐祖活蹦乱跳着，看着油画广告，拍手欢呼。

乐乐的父亲李兴根走过来。这个身材魁梧，肌肤微黑的中年男人，浑身散发着一股儒雅气质，那与乐乐同款的猫眼，圆溜溜的，活力十足地看着油画《舟山轮》，露出了如夏日明朗的海一样的笑容，点头称赞："画得真好！"

乐乐猫眼发亮，趁机挽起李兴根的臂膀，撒娇道："爹，这是我男朋友阿龙画的，他是定海公学的美术老师。"

乐乐的直截了当，仿佛往她父亲那片明朗如海的笑容里扔了块石头，扑通一下，水花四溅，李兴根圆溜溜的猫眼愣了一下。

阿龙赶快毕恭毕敬行礼道："李伯父好，我是半塘有才晒场的王文龙。"

一个丰神俊朗的年轻男子，一个稳健儒雅的中年男子，他们在视线对视中，如同两片涌动的海交汇在一起，然后归于同一潮流。

李兴根微笑着，说道："乐乐啊，你什么事情都是自己做主的，先斩后奏。"

李兴根很了解女儿的个性，凡是她认定的事，她一定会很执着，她不是小女人，做事很大气且善于变通，很适合做李家船行的继承人。只是，他更希望女儿能和林家结亲。不过李兴根看事豁达，凡事不强求，对于女儿的婚姻，也是顺其自然。

林隆丰、林德俊父子刚好走过来。这父子俩一袭浅色长衫，海风中衣袂飘飘。缪文心看着迎面而来的林德俊，心中暗暗赞叹：明朗又儒雅的你啊，便是松林间的明月清风。

李兴根热情迎接着林隆丰林德俊父子俩。乐乐将林德俊拉到一边，故意往缪文心方向靠。近段日子，乐乐和阿龙总是找各种理由喊林德俊出来玩乐，想尽方法撮合缪文心和林德俊的好事。

"阿龙要请客啦，他的广告画赚了很多外快。"乐乐爽快地约德俊。

"呵呵，喝酒还猜拳吗？"德俊的头朝乐乐微笑前倾，狭长的丹凤眼如同静静的海湾，一下子涌上一波戏谑欢快的浪花。

"不猜拳，这回跟国文老师斗诗篇。"乐乐圆溜溜的猫眼直视着德俊，发出挑战。

"若不读书破万卷，哪有斗酒诗百篇？"德俊反问，声音温和而磁性。

"喝酒一时爽，读书万年事。腹有诗书气自华，斗酒论诗，谁怕谁？"乐乐两道漆黑的眉毛高高地飞扬起来，不屑地说。

林隆丰看着乐乐和德俊两人说话无拘无束，喜上眉梢，他和李兴根边走边说，"看来，这两小家伙有戏了。"

李兴根只是笑笑，心里对自己说：姻缘天定，没有道理可讲，只看她自己造化。

缪文心、林德俊、乐乐、阿龙四个人又聚在一起。这样的时光，对林德俊来说，很享受，因为只要开心果乐乐在，他就很快乐。林德俊的快乐如接力棒传给了缪文心，她望着络绎不绝的入场客人，笑脸盈盈说道："今天这庆典场面真大，有中国船运业的大佬、航海专家学者、有社会名流等，整个定海城的人都倾巢而出。"

乐乐接过缪文心的话头，说："这是'舟山轮'开航十五周年的庆典仪式现场。等下可是要抛馒头，讨彩头，热闹着呢！"乐乐开心的话语节奏，如同已经奏起了欢快的庆典曲调一般。

"舟山人创办航运业历史悠久，首开先河的，是乐乐的外公丁氏家族。光绪二十八年，丁氏家族所属'锦和'客轮开航上海经宁波、镇海至定海。后又打造一艘'可贵轮'，航行上海、定海、海门。国民十一年，乐乐的父亲追随朱葆三（定海人，近代上海工商界领袖、上海总商会会长）与一批舟山同乡人参股合作创建了舟山轮船公司。"林德俊浑厚低沉的嗓音，流水般潺潺而来，解说着舟山轮船公司的历史。

"这艘在上海瑞荣船厂打造的八百吨级的'舟山轮',行驶上海、定海、穿山、海门（今椒江）。这标志着中国民营航运业走向了与外资航运业、官办航运业公开竞争以及相互抗衡的新时代。时间一晃而过，转眼就是十五周年庆典。"

林德俊话语声刚落，乐乐马上惊叹道："哇，我们的国文老师对乡土志，也如此了解。"

"我们国文老师之才华，玉韫珠藏，不可使人易知。"缪文心在一旁补充着对林德俊的赞美。

"缪文心，对德俊老师的才华，你可以痴迷，但不可以迷路喔。"乐乐打趣着缪文心和德俊的关系。

林德俊只是微微一笑，悄悄地将乐乐猫眼里满眼的赞美收入心中。

阿龙望着林德俊和乐乐欢快融洽的相处情景，不知怎的，阿龙的心里有点空落落的，此时乐乐的眼离开了他的视线，直接注视着林德俊。

阿龙正欲开口，"噼里啪啦"，火红的鞭炮响起来了。洒落一地的红屑碎儿，好似铺成了一条红地毯，一直朝着长长的定海道头，延伸出一派繁荣兴旺景象。一百多米长的水泥码头，整洁有序地停泊着火轮和客拖，以及大吨位驳船，挤得满满当当，最显眼的就是"舟山轮"，以及旁边停靠着的"海福轮""可贵轮""锦章轮"等轮船。舟山的海运业正蓬勃发展。

"咚隆、隆咚、呛咚呛"，欢乐的舟山锣鼓敲起来了，不断有人群涌向"舟山轮"。

海岸边，锣鼓的旋律激荡奔放，如同阵阵海浪，排山倒海，汹涌而来。欢庆的浪潮挟裹着大海的气息，氛围极为热烈。乐乐的父亲李兴根和合股人站在"舟山轮"一片火红的锦旗飘扬丛中，喜气洋洋地往岸上抛洒大馒头。

那大馒头用大红的厚纸包裹着，一个个红色的喜庆的馒头，在空中划出一道道漂亮的红色弧线，飞向岸边的人群。岸上的人们飞奔着，簇拥着，用篮筐，用双手，抢着飞来的喜庆馒头。岸上一片奔跑，一阵笑声，一场祈福。

"祈福船老大：新船一帆风顺，顺风顺水！满载而归！生意兴隆！"

"祝福船老板平安出海，满载而归！生意兴隆，财源滚滚来。"

"轮机隆隆响，黄金万万两！"

"一帆顺风，生意兴隆，满载而归，红红火火！"

"祝老板生意兴隆，顺风顺水，平平安安，年年发财。"

乐乐的双胞胎兄弟乐家、乐祖也在奔跑中，抢着红馒头。可惜两个小家伙太矮小，走冲右突，总是抢不到。阿龙奔跑过去，大长腿跃起，成功拦劫一个红红的大馒头，给了乐家，又一个潇潇洒洒的空中起跳，另一个红红的大馒头被拦劫，给了乐祖。兄弟俩欢呼着，喜滋滋地说："阿龙哥哥，以后咱姐的所有情报，统统告诉你。"

乐乐欢乐的猫眼立即变成威严的虎眼，但乐家、乐祖视而不见，只是朝着阿龙挤眉弄眼，根本不理会乐乐。

"乐乐，可见阿龙对乐家、乐祖的贿赂程度，呵呵，小心你被他俩卖了。"缪文心笑话着乐乐。

乐乐正想训斥乐家、乐祖，阿龙却变戏法一样，拿来一串气球，乐家、乐祖忙将大馒头给了管家刘妈，欢天喜地地玩上了气球。

观看庆典现场的人，越来越多。人头攒动，热闹非凡。

"快来看，都是超级大老板。这三个人是上海滩宁波帮三巨头啊！"

"中间那是大老板刘鸿生，中国'企业大王'。"

"左边那个是中国船业家董浩云。"

"右边那个是'汽水大王'许廷佐。"

人群中，人们议论着一起走来的三个西装革履的壮年男人。媒体的闪光灯闪耀抖动，三位巨头笑意荡漾，每一条笑纹都是海边男人的壮志凌云。

啪啪，三四个气球突然飞到三位巨头的面前，瞬间爆裂。两个男童摔倒在地，居然撞在"企业大王"刘鸿生的身上。刘鸿生受惊，一个跟跄，才站稳身子。

乐家、乐祖玩着气球，正欢，没想到手中的气球飞走了，兄弟俩急追，结果，这两小子像过年磕头一般，跪倒在刘鸿生的脚下。

"三位伯伯，他俩在跟你们磕头，恭喜伯伯，发财发大财！"乐乐两边眉毛清秀上扬，猫眼灵动闪亮，在一旁拱手祝福，笑盈盈地说着，话语声如玉珠滚落一地。

乐家、乐祖鬼机灵，马上磕头说："三位伯伯，发财发财发大财！"

三巨头都被逗乐，笑呵呵地说："好好好，伯伯发大财，你俩中状元！"

林隆丰盯着乐乐，心中暗暗叫好："随机顺势，灵活机动，这女孩子是个人才。"

李兴根乐呵呵地对三巨头说："我家双胞小儿磕头喜迎客，各位大哥，财如潮水滚滚来。"

这些年，李兴根这批船运业大佬的事业不断扩大，舟山人以自己的智慧和勇气，使得海运业名声显赫一时，在全国航运业中占据了举足轻重的地位。

李兴根致庆典词："李太白诗云：长风破浪会有时，直挂云帆济沧海。我们舟山人，大海的儿子，有着征服海洋的伟大梦想，十五年饮冰，难凉热血，我们依然热血澎湃，依然对浩瀚的大海充满激情，发展壮大我们的船运业，造福家乡，强大中国。我倡议：中国人搭中国船，自货自运，不乘坐外国轮船，只上中国的轮船。"

掌声雷动，经久不息。乐乐以无限崇拜的眼神望着自己的父亲，父亲是她心目中的英雄。

第16章 龙卷风突如其来船王遇难

立夏过后，又是老人们嘴里念叨"麦头黄，黄鱼咕咕叫"的大黄鱼汛期，大黄鱼集群产卵时会发出叫声，雌鱼的叫声似如"咏咏"，雄鱼的叫声如青蛙发出连续不断的"咕咕"鸣叫声。但听出海回来的渔夫说：今年的黄鱼叫声特别响，似乎如婴儿一般的哭声。

"外面的世道很乱，舟山海岛偏僻，天高地远，皇帝老子管不着。日子还算太平。"

"日本和苏联在伪满洲国（中国东北边境地区）爆发武装冲突，哎呀呀，大连港、营口港都不安全，不敢往北跑运输航线。"跑外洋货轮的船员回家，在街头谈世道。

但渔村平静的日子依旧。大黄鱼汛期来临，随之乌贼汛期也到来，有才晒场很忙碌。半塘海边，雪妮远远地望着有才晒场。立夏后的太阳似黄金，晒场的工人赶日头晒鱼鲞。雪妮隐隐约约地听着晒场那边传来的渔歌。

"撑船哪能怕对头风，晒鲞哪管太阳红！"

"要摸珍珠海底钻，要柯大鱼急起篷。"

"好吃糟鱼，快来有才晒场。糯糯甜，醉醉香，酥进骨头，醉到心头。"

那些在有才晒场里曾经拥有过的美好日子，从雪妮满是泪花的眼睛里奔涌而出，往事如酒糟鱼一般回味无穷。

"糟鱼加工选什么鱼鲞，是很重要的关键，一般把鲷鱼、鳗、马鲛、乌贼作为高级选料。"奶奶一边娴熟地制作糟鱼，一边笑眯眯地朝她看着，解说。

"奶奶，我喜欢吃酒糟乌贼头，乌贼头有嚼劲。"雪妮使劲地用鼻子闻着酒香味，快乐随之一起发酵。

"阿龙喜欢吃各种糟鱼，下饭，特有劲。"奶奶乐呵呵地说。

"那我一定要把奶奶教的手艺学好。"雪妮很认真地点头道。

"阿拉阿龙娶到你这样的媳妇，福气真好。"奶奶一脸欢喜地看着雪妮，满意地点头。

笑从双脸生，一朵花样的笑在雪妮脸上弥散，她调皮地搂着奶奶的肩膀，撒娇："雪妮有个好奶奶，真幸福。"

酒糟鱼的酒味甜味香味，奶奶和雪妮的笑声，恍如昨日。但日子总是时间的传说，那一个永远飘着酒糟鱼香味的地方，就停留在那一刻。曾经有多美好，失去有多痛苦。雪妮绝望的眼神，像干枯而渊深的洞口显现。

海边云染染，水漫漫，雪妮突然纵身一跃，跳入海中。

雪妮自杀的由头：昌发想将雪妮许配给定海县长做姨太太，雪妮不肯。父女俩曾在家里激烈地争吵。

"除了阿龙，我谁也不想嫁，不要逼我！"雪妮反抗。

"女大不中人，不嫁也得嫁，由不得你！"昌发一声怒喝，如利剑直刺雪妮胸口。

屋外的阿海听着父女俩的对话，恨不得一枪毙了昌发。昌发居然要将雪妮嫁给定海县长做姨太太，这是他万万没有想到。

雪妮无法忍受失恋加上逼婚的痛苦，选择跳海自杀，被尾随而来的阿海救起。"雪妮，我从小就喜欢你。"阿海紧紧地抱着湿漉漉的雪妮，表白着自己的爱情。失魂落魄的雪妮，目光呆滞，生不如死的痛苦已经淹没了她整个灵魂。

"雪妮，不要自杀，我爱你。相信我，任何时候。"阿海抱着雪妮，在寂静的海边，疯子一样地喊着。

原生态的红旗蟹，从坑坑洼洼的海涂中溢出来，在阿海疯子般的叫喊中，窜向四处。阿海的眼里似乎一寸一寸生长出如滩涂里被红旗蟹细细磨砺而出的一只只坑坑洼洼的坑，在时时变动的海水中时隐时现，透出海的鬼魅，闪出绿莹莹的光泽。

阿海送雪妮回家。昌发望着从死神手中抢回来的雪妮，倒抽了一口冷气，脱口而出："什么样的娘，生出什么样的女儿，做事情，都是那么极端！都是家里的晦气鬼！"

阿龙奶奶听说雪妮自杀，急匆匆地赶往昌发家。她微微颤颤地走进雪妮的房间，一把抱住雪妮柔暖有气息的鲜活身体，下嘴唇皮不由自主地抖了一下，自责万分："这都是阿龙害你的。"

满脸怒气的昌发，紧盯着雪妮，他的瞳孔不经意地微微一缩，眸底有道凌厉的光芒闪过，但很快那股怒火被强压着，他当着奶奶的面，很决绝地对雪妮说："你的婚姻大事，我们管不了。你自己决定吧。杨枝庵的生活，更适合你。"阿龙奶奶一个劲地在一旁道歉："昌发老板，实在对不住，都是阿龙的错。"

昌发家的佣人们私底下也在偷偷谈论着雪妮的自杀事件。

"听说雪妮小姐的母亲是上吊自杀的，因为老爷想纳妾生儿子，小姐的母亲坚决不同意。"

"嘘，老爷打发小姐去杨枝庵，就是嫌弃她晦气，跟她母亲一样要寻死觅活的。"

佣人以为雪妮睡着了，在外屋的说话声有点重，不料句句落入并未入睡的雪妮耳里。如同雷轰电掣一般，雪妮冲向外屋，紧紧抓住佣人身子，追问。雪妮这才知道自己母亲当年不是暴病身亡。"妈妈！"她昏倒在地。

昌发知道后，眼角的憎恶如生锈的石头驱之不去，但只淡淡地说了句："赶紧送她去杨枝庵，不要让她再进这个家门。"

阿龙悔婚致雪妮自杀事件，导致半塘街头流言蜚语漫天。

"阿弥陀佛，阿龙这样悔婚，等于杀了雪妮！"

"听说，阿龙跟李家船行的乐乐好上了，真是攀上了更高的枝头。"

"哎，雪妮怎么跟她娘一样的苦命啊？"……

无数的口沫在半塘溅飞，破坏了阿龙和乐乐花前月下的浪漫爱情画面，如同一幅水墨山水画的空白处，突然泼满了血腥的红色，一种恐怖与不安弥漫在乐乐和阿龙的心头。

"达人撒手悬崖，俗子沉身苦海。想不明白，都是苦难。雪妮不是我想要的女人。"阿龙在画室里长叹一声，那桃花眼里旷远澄净的情绪仿佛被烧焦，透着一股灰飞烟灭的无奈。

"都说女娲氏补不完离恨天，但大事难事看担当，人命最要紧，雪妮的事，还得处理妥当。"乐乐说这番话时，她凝视着阿龙，那豁达明朗的猫眼有着静里乾坤的韵味，这是阿龙最欣赏乐乐之处。他轻轻地将乐乐拥入怀中，两人默默地相拥相抱着。

他俩的眼前是阿龙的油画作品《渔港春早》。因为爱情产生的创作热情，使得阿龙这一作品的画风如明朗爱情。这幅作品的取景地在沈家门渔港的青龙山，面朝大海，春暖花开，山岩上的桃花，开得十分绚烂。渔港一侧的小岛鲁家峙，山脚下的渔家红瓦白墙，颇有特色。近处，成群的木帆船排列在渔港中。远处莲花洋上的渔船扬帆远航。整幅《渔港春早》描绘了渔港春汛时节的忙碌景象。

"但愿一切都如画面一样美好，喧嚣与宁静的美好世界。"乐乐望着画作，在阿龙的臂弯里喃喃自语。

阿龙送乐乐回家。一路上烟横树色，翠树欲流，两个相爱的年轻人眼眸里，满眼是希望的新绿。只是，家门口的老狗阿旺，向来是很温顺的，突然大老远地直蹿向乐乐，狂躁不安地叫着，从来没有的极其不祥的预感一下子涌向乐乐。

乐乐听到了她娘的号啕大哭声："兴根啊，你这叫我们娘几个，怎么办啊！"

似乎一股强烈的惊恐万分的气流卷起乐乐，她疯一般冲进家。嘈杂的悲哭声，混乱失控的家。刘妈的话语，令人毛骨悚然。"小姐，老爷出事了！老爷，人没了！"

一切来得太突然，瞬间天翻地覆。

李氏船务公司，发生海滩事故。明明是风平浪静的海面，谁知海上突如其来龙卷风，眼睁睁地看着李家的运输船"海宝"号葬身海中。整船的船员和老板李兴根就这样无声无息地消失在浩瀚的东海洋面上，绝大多数尸首都无处寻找，包括李兴根。

那一天，半塘人家的哭声在风里跌落，掠过不那么流畅的海浪，挣扎着，摇摆着，颠簸着。那些风中的海浪，一脉又一脉深入一些更多的滩涂时，很想紧紧地咬一咬沙土，但是，总是无奈地低低地呜咽着退去。支离破碎的浪花，望着凝滞的远方，默默后退，只有沉寂死亡的气息越发浓烈了。

第17章　中国民营船运界跌入低谷

　　家一下子破落。海边白缟飘舞，映着涨潮时的夕阳残红，半塘满是凄惨哀哭。李家在招魂"海宝"号的老板李兴根和一船的船员。

　　一株毛竹直插入地面，毛竹根下挖有一个地洞，毛竹枝上挂一鸡笼，内有一只公鸡。

　　僧人的黄色袈裟在风中如幡旗飘扬，钟磬铙钹法器梵贝声声，招魂仪式开始了。

　　乐乐和族人，一长串的人，一圈又一圈不断地绕着竹竿，不停地摇着竹竿，打圈走着。

　　树上的公鸡突然鸣叫，众人高声齐呼："兴根回来了，海宝船员回家了！"

　　刹那间，乐乐的心中有了一种异样的感觉，父亲的声音仿佛从天际传来："我的女儿是福星，先开花后结果，她会带来好几个弟弟。"熟悉的声音，让乐乐心中一颤，泪珠从眼眶滚落。

　　李家的丧幡，染白了半塘的天空。出殡那天，沿着半塘的海边，送葬队伍走向山头。

　　乐乐泪眼婆娑望着李氏的那些运输船："海定"号、"海发"号、"海顺"号、"鸿远"号。阳光下，这些船将灵魂都给予了大海，只静静躺在波光粼粼的海面中，温柔沉静。大海和船就这样静默无语相互厮守着。

乐乐泪流满面，看着这一艘艘船，她读得懂父亲对于船的那一份浪漫爱恋。

乐乐参加过每艘新船的下水仪式，那时的父亲就像迎接亲生婴儿诞生般兴奋，他总是站在新船的甲板上，面朝大海，豪言壮语在蓝天大海之间回荡："好男儿，双脚踏入甲板，大风大浪，无惧无怕！"咸湿的海风抚摩着父亲坚毅的脸庞，他在为新船诚心祝祷……父亲对船务一片至诚。那一艘艘船都是父亲的心血，都是李氏家族的荣耀。

她的眼前恍惚间浮现昔日繁华的情景：即将驶离码头的货船，货物和客人把整艘船塞得满满当当。父亲无限神往地对她说："爹以后要购买几条外国货轮，船上的大烟囱冒出滚滚浓烟，跑船速度更快，货运量更多。国外也有不少船公司喜欢用'Chusan'（舟山）作为船名。如美国旗昌轮船公司跑甬沪线的客货轮'舟山号'，还有一艘美国三桅帆船'舟山号'来往与中美之间。国外客货轮长驱直入我们中国，阿拉舟山人，岂可让外国人抢走这块货轮领域。"

半塘的海无声地陪伴着李氏船行的货轮，但李家资金短缺的暗潮已滚滚袭来。李氏船行公司因海难事故，一下子拿不出很多的赔偿资金，且股东开始撤资，李氏资金告急，上门讨债索赔人员络绎不绝。乐乐母亲是个温柔贤惠的女人，一直依靠丈夫这棵大树，现在大树倒了，她六神无主。堂叔更是趁火打劫，出殡仪式刚结束，堂叔就急不可待地对遗孀孤儿说："你们这套住宅，我们要收回。"

"凭什么？"乐乐的母亲问。

"凭你们没有凭据，没有祖上的分书！"堂叔一脸嚣张地答道。

乐乐的母亲一下子愣住了，她的确不清楚当年李家分家产的分书在哪里。

堂叔得意地说："你们三天内搬出这套住宅。"

乐乐猫眼发出绿莹莹的怒光，冷冷地问："你怎么知道我们没有凭据，怎么知道我们没有祖上的分书！我父亲四七羹饭那天，宗亲到场，再说吧！"

堂叔扬来而去，乐乐娘一把抓住乐乐，着急地说："我们怎么办？"

乐乐的脸如海水涨平时分，无风无浪。她一脸沉稳劝地说："姆妈，你放心。爸爸一些要紧的字据、凭据，我都有。"

乐乐望着爷爷在世时写的字画，心中策略都已定夺。

僻静的屋舍内，乐乐出示爷爷的字画，阿龙一笔一画临摹着爷爷的笔迹，仿写一份房产遗书，随后，阿龙又仔细看乐乐爷爷的印章落款，开始仿造印章。当那枚一模一样的印章落款于刚写好的房产遗书上，乐乐长长地舒了口气。

"阿龙，如何将这份爷爷的遗书做旧？"

"将这遗书置于米缸内，在米粒之间搓揉，会有年代感。"

阿龙望着乐乐的脸，那双猫眼黑漆，如波澜不惊的夜色中的海。他轻轻地将乐乐拥入怀中，两个人在这无边无际的海中，寻找着生命的慰藉与温暖。

"阿龙，有你，真好。"乐乐凄美又哀伤的声音，落入阿龙的心底，汇成无数怜爱与疼惜裹携而来的潮水，直击他的胸口，他只是无言地用力拥抱着乐乐。终于，乐乐还是在阿龙怀里低低地哭泣。

四七羹饭那天，宗亲在场。族长细细地鉴定着阿龙仿造的房产遗书，认定："这是李兴根爹的笔迹，没错。"

乐乐家的住处保住了。接下来，乐乐想保全的是李家船行。但更糟糕的事情接踵而来。账房先生汇报："小姐，我们的两艘海船'鸿丰轮''鸿运轮'被日本军队扣押了！"

时间定格在1937年7月，卢沟桥炮声响了，中国海岸线被封锁，中国船舶航行被阻断，公海中已没有悬挂中华民国国旗青天白日旗的船只在行驶。乐乐的父亲之前将这两艘海船借给了日本海运企业，被日本军队扣留了。

"这两艘船是1936年，日本大同海运株式会社向我公司租借的，价值约200万美元。现在，日本大同海运株式会社拒绝支付给我们租金。"账房先生旁边的船务代理解说着。

屋漏碰上连夜雨，原本寄希望拿到的这笔租金款，泡汤了。乐乐奔波银行贷款，找亲朋好友借钱，但效果甚微。借来的钱数目远远不够。

阿龙望着憔悴无助的乐乐，第一次感受到：无法在心爱的女人陷入困境时提供援助，是男人最大的悲哀。

他跪在奶奶面前，请求帮助乐乐，奶奶拒绝："我们救不了乐乐，我们的钱借给乐乐，就像打水漂的石头一样，悄无声息，无济于事。我们没有能力。"

李家船行公司即将破产。海盗阿发带着一大帮人，拎着一大堆彩礼，上李家求亲。他大黄鱼一般的眼睛睁得圆亮，开门见山就说："若乐乐小姐肯嫁给我，愿出巨资维持船行生意。"

乐乐很镇定地回答："谢谢阿发厚爱。但即便我嫁给你，李家船务公司也不会嫁给你的顺发公司。这一点，你得清楚。"

阿发如老虎望着笼中的猎物，笃笃定定地说："你考虑三天，再做回复。"

整个半塘都在谈论海盗阿发求婚乐乐一事，这热度跟阿龙恋上乐乐弃婚导致雪妮自杀一样轰动。半塘人都在看一场大戏：阿发老婆巧儿气得要寻死寻活，巧儿娘家人全赶到阿发家为其撑腰，阿发娘菊花正在和稀泥，"亲家，不要急，不要急，有事都可以商量。"

阿龙火急火燎地找上乐乐，急切地说："不管怎样，困难会过去的，不要答应阿发。"

乐乐凄楚地笑笑，她清楚地知道李家船行目前的处境。这一时期，所有的中国民营船运商都很难熬。一个又一个坏消息传来：

"上海黄浦江中满布着停航船舶，每日均有八九十艘商轮空抛。"

"龙头老大宁波帮老前辈虞洽卿的三北公司，所有 19 艘轮船中停航者达 11 艘。"

中国民营船运界跌入低谷。

第18章　拼死吃河豚与网里的蟹

世道乱了，半塘跑外轮的船员回家的多了。

"七七事变"后，大阪商船株式会社的"唐山丸""圣和丸""广东丸"等船上的华籍海员，坚决拒绝为日本运输物资而自动弃职返回。

这些船员三五聚众，在半塘街头谈论国事。

"一个等同于没有海军的国家，为了抵抗侵略，和世界第三位的海军国家日本作战……"

"中国民族资本能否抬头，与中国人自己能不能有资格经营轮船，完全视这次战争结果而后定。"

"倘若最后胜利是我们的，彻底地去旧建新，无疑是整理中国船运业最痛快的办法，亦可说复兴中国船运业最好的办法。"

……

街头抗日的氛围如夏天的日头一样热辣辣，船员的大嗓门穿过满街的乌贼鲞、黄鱼鲞等甜嫩嫩鲜腥腥的鱼鲞味，直飘入林德俊和缪文心的耳膜，这两人仿佛两条矫健的鱼儿游过街头，直往乐乐家。

居家的乐乐如困兽一般，左冲右突，却找不到出口。

"乐乐，嫁给我吧，我愿意与你分担李家一切的困难。"这是昨天阿龙急急赶来后的求婚词。嫁给阿龙，他分担李家困难的压力太大了。光是养李家，就不是一件容易的事。乐乐一共有四个弟弟。大弟乐鼎十六岁，在德国留学；双胞胎乐家、乐祖，十岁；四弟乐支，六岁。抚养弟们成人，已是很辛苦。"只要我们在一起，我不怕。"阿龙的承诺让乐乐潸然泪下。

嫁给阿发，目前可以保住李家船行，但无疑是饮鸩止渴，值得用自己的爱情去交换吗？乐乐摇摇头，她清楚地意识到不值得，更何况阿发杀人如麻，犯不上赔上自家性命。

乐乐发现：左冲右突，实际上都没有路，不挣扎会困死，挣扎也还是死路。她现在就是网里的蟹，动弹不了。

跟乐乐同样沉默着纠结着的，是阿龙的娘如芸。

屋子里，阿龙和奶奶正在发生剧烈的冲突。

"阿龙，你想娶乐乐，那是拼死吃河豚，你还是清醒点吧！"奶奶坚决反对。

"我这辈子想娶的女人，就是乐乐。"阿龙态度很决绝。

家中的争执之声，撕裂着如芸的胸口，她望着痛苦不堪的儿子，陷入了进退两难：阿龙想要自己的爱情，开启他美好的人生，他完全有条件达到，只要他去找自己的生父。但倘若这样做，如芸就违背了自己的誓言："我会守着王家，让王家香火不断。"这是她在丈夫去世前的承诺。王家无后，她通过典子（借用其他男子）生下了阿龙，作为王家的后代。王家再穷，阿龙也是王家之后。

"阿弥陀佛，佛祖啊，我该怎么办？"佛堂的香火，在缥缥缈缈中穿越迷雾，如芸平静的内心被搅动得神经战栗。儿子是她对这红尘最后的一丝依恋，无法放下的痛和爱。一缕香火复制着另一缕香火，袅袅而上，又袅袅而上，她的眼里一串串伤口，一串串无奈，蜂拥而来。她不知该如何处理儿子的婚姻问题，尽管她的内心是支持儿子跟真正的爱情结婚。

林德俊和缪文心也是支持乐乐和阿龙的爱情。他俩走进乐乐家里。曾经的沈家门第一豪宅，中西合璧、富丽堂皇的走马楼大院子冷冷清清，凄凄惨惨。

"刷刷刷"，院落处，一个女孩挽起袖口，正起劲地搓洗衣服，听到脚步声，女孩回头，林德俊和缪文心惊讶地发现是乐乐。她朝着两人似笑非笑。

"乐乐，我来帮你吧。"缪文心走上来。

"没事的，待会再洗吧。"乐乐的话语透着淡淡的哀伤。

为节约家庭开支，乐乐家的佣人只留下刘妈一个，乐乐的娘也病倒了，家务都是乐乐和刘妈负担的。

乐乐撸了撸头上的碎发，"我们先进去喝茶。"

乐乐手脚麻利地为两人倒茶。几天不见，德俊发现乐乐一下子成熟了很多。她的猫眼里没有了往日的淘气与顽皮，而是沉稳大气。现在的李家，也只有乐乐可以挑起重担。

"乐乐，需要我们帮忙之处，请说。"缪文心说完这话，从包包里拿出一叠银票，"乐乐，这是我、德俊还有胖明的私房钱，请收下。"

乐乐的猫眼湿润了，她没有拒绝。"他日，一定会归还你们的钱。"

"还不还，不要紧。先想办法渡过难关。"德俊安慰道。

"阿弥陀佛，有话好好说。"刘妈低声下气的声音在门口响起，紧接着是一阵喧哗声。"我们死难家属的抚恤金，什么时候给我们？这七七都超度了，剩下的一半抚恤金，给我们。"

"再等几天，钱款到位，马上发放给大家。"

"马上是多久，我们要求现在就给我们。"一群人一哄而上，冲进乐乐的家，稀里哗啦，到处乱翻乱拿。

"大家不要心急，再等几天，一定发给大家。"乐乐大声地向大家保证，但冲进来地人员很多，场面失控。

李家大院外，阿海远远地看着这出戏。

德俊一个箭步跳上八仙桌，大声说到："你们都听好了，我们林家渔行将替代李家船行发放给你们抚恤金。"

"是的，我们林家渔行将发放给你们抚恤金。同时，我们林家正式向乐乐求婚。"

一阵洪亮的声音紧跟着德俊的话语响起，说话者是林隆丰。他带着一群人进来，镇住了这批闹事的家伙。

"你们现在马上可以领取抚恤金。一个一个排队领取。"林隆丰望着乐乐说，"赶快让李家船行的账房过来，就在这里，现场办理抚恤金发放。"

林隆丰的话语刚落，跟随林隆丰的一众人，赶紧挪动桌椅，布置现场，李家院落瞬间成了抚恤金发放办公地点。

一切喧嚣都安静下来了。乐乐娘也从病床上一跃而起，她看着院子里的场景，露出了久违的舒心的脸色。

乐乐一语未发，只是直愣愣看着眼前的一切。她亮闪闪的猫眼，渐渐蒙上死水一般的沉寂，但她的眼里，却另有一种烈火燃烧的不屈与死水一潭奇迹般融合在一起的奇特光芒。德俊被乐乐的眼神所震撼。

一袭素布偏襟长衫的林德俊，皎如玉树临风，很惊讶地看着这波神操作。林隆丰意味深长地望着林德俊，儿子的心思，他看得懂：德俊最终一定会喜欢上乐乐这样的女孩。

林德俊不得不承认，父亲替他来求婚，他心中确实有莫名的喜悦。但他很快隐藏好自己的小情绪，有点尴尬地说："乐乐，爱情是自由的，请跟着你的心走，你的心里其实知道自己真正想要的东西。"

乐乐那双哀伤的猫眼望着德俊。乐乐眼里，一身清秀儒雅的德俊，犹如宣德年间青花瓷的质感，泛着蓝色的微茫，淡定而自如。这样的他让乐乐那万般动荡伤痛的内心平添了几许宁静的底蕴。德俊只是温和地望着她，满眼是支持与鼓励。

缪文心却是怔怔的，望着这突如其来的一切。她的整个心灵仿佛被一片巨大的风浪突然袭击了。失控的情感如温顺的海水狂暴起来了，冲向断崖处，无路可走之时，重重地把她的心灵摔向了天空，如玉碎，蓝盈盈的海水展露出了自己的白骨，那是极其悲伤的浪花，是海的心在哭泣。

第19章　三姑六婆热议林家求婚

　　"收乌贼鲞嘞！"夏日的半塘街头，悠长悠长的叫卖声，将海的明朗，海的美味，一浪一浪地在渔港街头回响。夏天的沈家门，是一个乌贼鲞飘香的季节，因为整个东海正处于乌贼汛期。而林家求婚一事也和乌贼鲞一样上了热搜。

　　半塘街头，以村口轩妈妈的丈夫张阿三剃头店为中心，一旁是一溜的烟酒店、小吃店、小百货摊等，这里也是半塘街头的民间新闻中心。三姑六婆们对林家求婚一事谈得热火朝天。

　　"不用脑子想，用屁股想想，都知道，李家肯定会选择和林家联姻。"

　　"说得对。篱笆对篱笆，衙门对衙门。荷叶湾的林家是大财主，林家少爷又是一表人才，和李家大小姐婚配，再合适不过了。"

　　剃头师傅张阿三一边给海哥霸剃头，一边默默地听着闲言碎语。

　　"海哥霸，乐乐小姐不是和你家少爷阿龙很相爱吗？"

　　海哥霸蠕动着厚大的嘴唇，还未回答，旁边排队等着给孙子理发的一个老女人，冲口而出："相爱能当饭吃啊！"

　　海哥霸的脸，乌贼墨汁一样黑，一语未发。

　　卖生姜糖的小脚女人阿香，拎着糖篮子，也在剃头店门口边摆摊聊天。她很快反驳："嫁给有情郎，讨饭也情愿。"

张阿三的老婆——轩妈妈低低地念叨着："阿弥陀佛，姻缘天注定。"

街头热议林家求婚一事，七嘴八舌，飘满大街小弄，一如这满街晒的乌贼鲞一样，甜香鱼腥味道在火辣辣的日头里，飘得老远，一直飘进半塘深处的阿发家，他家此刻正一阵鬼哭狼嚎之中。

那碗给孕妇滋补的乌贼炖老母鸡汤在巧儿的房间撒了一地，她披头散发，蠕动着老母鸡一样的肥厚屁股，大闹大哭，寻死觅活。

婆婆菊花火急火燎地抓着媳妇巧儿笨重的身子，浑浊浊的老眼望着她鼓囊囊的孕肚，劝道："使不得，你肚里还有我们家的骨肉。不看我这老脸，也得想想肚里的孩子啊！"

林家求亲乐乐的好消息，如超强台风，瞬间过境，巧儿那满脸瀑布决堤似的，哗啦啦沟渠纵横的泪水，一下子止住了。这明摆着，林家少爷优势更明显。

巧儿吵闹的那会儿，阿发坐在堂屋的太师椅上，听账房先生估算李家船行的资产。他双眉之间那个大大的川字，配合那凶恶如利剑一般的眼神，活脱脱一只搜寻猎物的大老虎。

他有自己的如意算盘，巧儿这娘们闹几天，也就折腾不动了，他照样娶乐乐，谅她也无奈。听到林家求亲乐乐的信息，阿发倏地一下子从太师椅上蹦起来，凶猛大老虎变成了气鼓鼓的花斑河豚鱼，那大黄鱼般圆滚发亮的眼睛瞬间也变成了发红的河豚鱼眼睛，大骂："林家敢抢我阿发看上的女人，有他好果子吃！"

菊花刚好迈进堂屋，立马怒骂："你玩多少个女人，老娘管不了，但是，不要把这家弄得寻死寻活，断子绝孙。你能摆平，娶一百个女人，我都不放一个屁。"

阿发深不可测的贪婪的眼睛，瞬间冒着熊熊的火花，粗着嗓门答道："我阿发娶女人入门，只娶有财有势的。好看女人是用来玩的。这种女人，是用来发财的。"

阿发这话一出，菊花不吭声。

巧儿暂时放下了一颗悬着的心，而暗恋林德俊的缪文心则仿佛吃了满嘴破裂的鱼胆。缪文心的第六感觉已经告知她，德俊是喜欢乐乐的。更何况现在能救起李家的只有林家了，乐乐能不选择德俊吗？

缪文心一言不发地望着乐乐。乐乐凄惨地朝缪文心笑笑，比哭更恐怖的笑，"我是不是要抢走好朋友心仪的男友？"

缪文心无语地离开李家，失神落魄地走在回家的路上，路过熙熙攘攘的街头，一鱼贩子无意中的一句话，刺中了她的心："鱼身上最苦的是胆，鱼胆破了，鱼就没人要了！人身上最痛的是心，心如果碎了，什么也都不重要了……"缪文心瞬间泪如雨下。

李家，乐乐的娘苦口婆心，一遍又一遍地对着乐乐念叨："拘鱼识潮水，做人看大局。乐乐，你不可以被爱情冲昏头脑。现在只有和林家结亲，才是挽救我们的好办法。"

第一次，乐乐在心里对德俊和阿龙进行了对比，不错，她喜欢德俊性情宽容柔和，处事不急不缓，"有匪君子"温文尔雅的模样让人感觉很舒适。因为德俊老师的出现，定海公学的女生，几乎人人都会背诵《诗经·淇奥》："瞻彼淇奥，绿竹猗猗。有匪君子，如切如磋，如琢如磨。瑟兮僩兮，赫兮咺兮，有匪君子，终不可谖兮……"女生们觉得这几句古诗文，实在太适合描述德俊老师的形象。

乐乐也是欣赏丰神俊逸的德俊老师。但阿龙给了她独一无二的美好存在。那种心悸的感觉，无人可以替代。乐乐最沉迷于看阿龙的眼睛，那里有狂风暴雨的彪悍力量，也有风平浪静的柔水之情。如果德俊是一株高洁的青竹，那阿龙则是一匹强势的狼。而乐乐就是喜欢阿龙身上特有的强悍。

阿龙家的有财晒场，雇工们也在低声热议林家求婚李家之事。大家一看见阿龙奶奶过来，立马鸦雀无声。

阿龙奶奶在屋里生闷气，"现在，外面到处说，阿拉王家穷，娶不起李家大小姐。戳进花鱼一根刺，脚烂三年无药治。李家也是无底洞，我们王家也不想与李家结亲家。"这一番闷话说完以后，阿龙奶奶开始默默地流泪。

乐乐也在半塘海边的李家船行里默默流泪。窗外，半塘风光一览无阻，李家的几艘运输船正静静地待在岸边。屋内，办公室的正中央摆放着李家的旗号：红心白边的旗帜，中间一个大大的李字。就在这间办公室里，全家人送别大弟乐鼎去德国留学的情形历历在目……

"爹，为什么我们中国人总是买希腊船东的旧船？中国人的船为什么总是又老又旧？"双胞胎之一乐祖不解地问道。

"我们中国的民营航商，资本很少，身单力薄。所以，买不起好船，更造不起新船。常常是欧洲造的新船用旧了卖给希腊船东，希腊船东用得更旧了，再卖给中国船东。"李兴根语气沉重地说着，然后话锋一转，"所以，我希望我们有能力购买新船，更有能力自己造船。"

乐鼎郑重其事地说："爹，我会好好努力，学习德国人的先进技术。"

乐家、乐祖双胞胎兄弟异口同声说："我们要做世界船王。"

李兴根欣慰地笑着，点头道："大家好好学习，加油！"

四弟乐支才六岁，也学着哥哥们的模样，挥舞着肉墩墩的小手说:"一起加油!"

萌萌的乐支,笑翻了一家人……

笑声恍如昨日,乐乐已泣不成声。

阿龙到达李家船行时,乐乐正在客房里静坐禅定。一身白衣的乐乐坐在蒲团上,静静地,只有佛香的味道随着袅袅的白烟飘散出来。悄悄地,两行清泪从乐乐的脸颊滑下。阿龙就在门外,忐忑不安地等着乐乐。

吱呀,门开了,乐乐如一朵白色的香莲,泪眼凄清地望着阿龙。从来没有见过乐乐如此柔弱无助的模样儿,阿龙有点惊愕,有点异样。

以往都是阿龙强势一把搂住乐乐,容不得乐乐挣扎,就是一阵狂吻。但是,这一刻,乐乐却像一条湿漉漉的蛇,一下子扑入阿龙的怀里,紧紧地钻进阿龙的身躯里,她在寻找最安全的依靠,她在渴求最柔软的温暖,她在做出最艰难的选择。"爹,对不起,女儿选择跟着心走。终有一天,否极泰来,李家船行可以重振雄风。"

第20章　宁波帮大佬解读中国海运业

半塘海边，湛蓝的天空俯视着广阔而深沉的大海，一浪又一浪的潮水涌上来，将雪白的海浪推入岸边礁石的怀抱，发出一阵阵哗啦啦的呼喊。

德俊静静地坐在海边，听着海浪拍打沙滩的声音，这声音很像乐乐的笑声，那样唯美又活泼，可以治愈一切的不美好。那个有着一双灵动猫眼的女孩，正朝着他调皮地笑着，德俊的嘴角也情不自禁地扬起甜美的笑意，却瞬间凝固，那个甜美快乐的可人儿，如海浪花的泡沫一般退去。德俊呢喃轻语："乐乐，看着你猫眼里的笑意，我把这种笑定义为人间烟火。"

远远地，缪文心偷望着德俊的背影，她原本恬淡的脸被大海的浪花渲染出一种跳跃的摇摆的幸福。这一刻缪文心的心踏实而柔软，如浪花细细落，润泽沙滩小贝壳。她低低自语："我知这世界，本如潮涨潮落般，自然运行，然而，然而……望你无忧，知你欢喜，就好。然而，然而，还是盼你能爱上我。"

林德俊、缪文心以及整个半塘的人们都已知晓乐乐婉拒林家求婚之事。当半塘的人们还在被乐乐的选择震惊时，乐乐早已踏上去上海的行程，与她同去的有阿龙，还有她的同学胖明。乐乐此趟上海之行，是找上海滩"宁波帮"给李家船行寻找出路。阿龙给上海画展送自己的参赛作品。胖明因为熟悉定海"宁波帮"

圈子，特意陪同乐乐拜见"宁波帮"大佬。

定海公学董事长刘鸿生是"宁波帮"巨头，集"煤炭大王""火柴大王""毛纺大王""水泥大王"等名头于一身的中国"企业大王"，也是胖明的远房亲戚。乐乐在胖明的陪同下，第一个上门拜见的，就是刘鸿生。

"中日战祸一触即发，沿江沿海，随时有被其以兵力横加封锁，无论外来接济，抑或国货出口，自必完全断绝，封锁之虞，海运实在困厄。"

听刘鸿生对时局的分析，乐乐恳求："望刘伯父给小侄女指点一条出路。"

西装革履的刘鸿生，有着海边人家的直爽性格，他的话语干脆利落："一、为免遭日方打击和保存实力，中国船舶转向外国注册，改换国籍悬挂外旗。二、为阻止日军的进攻，守住西南大后方，国民政府会进行沉船阻塞航道的行动。封锁江阴要塞的船只，政府除征用部分老旧军舰和木船外，大部分为商船。不适合行驶内河的海船，可以被政府征用，用以沉船。"

乐乐听刘鸿生这一番指点，猫眼亮闪闪，当机立断："刘伯父，时局如此，我们李家船行主要做的都是跑沿海航路，希望刘伯父搭桥牵线，我们的船可以被政府征用。"

乐乐的果敢让刘鸿生对她赞赏不已："李家有你，是福气。"

从刘鸿生处出来，乐乐在胖明的陪同下，直奔她的口头联姻穆家。穆炳元是上海大买办，精通英语，和洋人交往密集。中国船舶转向外国注册，改换国籍悬挂外旗，要办妥此事，穆炳元之子鸟叔是最合适的人选。

很快，乐乐在鸟叔、胖明一行的陪同下，与赫赫有名的怡和洋行举行商务会谈。李家船行决定挂靠怡和洋行，挂英国国旗，继续跑沿海海运业务。

乐乐忙碌李家船行生意之际，阿龙也在送他的画展参赛作品。他先登门造访恩师林隆轩，林隆轩是林德俊的堂叔，沪上知名画家。人到中年的林隆轩，外形俊朗，散发着一种与生俱来的贵族气息与艺术韵味，无法言说的名士儒雅风范。阿龙觉得自己跟林隆轩特别投缘。这次阿龙上他办公室请教，还特意带去几盒普陀观音饼。

林隆轩爽朗的声音透着欢喜，说道："好啊，老家的观音饼好吃啊！我最爱海苔味。"

阿龙脱口而出："我也是，喜欢海苔味，这次带来的观音饼，就有海苔味。"

上海美专的其他老师陆续来林隆轩办公室。这群艺术家，或长袍马褂，或西装革履，但都爱吃观音饼，并满口称赞："老林啊，你们普陀山的观音饼真好吃，不愧是佛教地出产的名品。"

同事寒暄之中，有人打趣道："说来也奇怪，可能是同乡的缘故，阿龙和你神情好像父子，真是一方水土一方人啊。"

阿龙心中咯噔一下，他的父亲是谁，连他自己都不知道。但他很快微笑着说："谢谢老师夸奖，恩师如父。"

林隆轩一行欣赏着他的画作。阿龙此次参与会展的共有三件，一件水墨、两件油画作品，绘画题材都是沈家门渔港。

大家纷纷点评："阿龙，你的水墨作品，运用'墨分五色'，将忙碌繁华的夜渔港描绘得如此愉悦欢乐，美不可言。"

而阿龙的两件油画作品，更是吸引众人的目光。阿龙的这两幅油画作品描绘的都是桅杆林立、绳索交错的昼渔港，只是绝妙之处在于，两件油画作品，同一题材，同一尺寸，却因他创意巧妙，利用左右相反的构图，而产生截然不同的效果。

林隆轩大为赏识："你的油画作品，充分发挥油彩造型的特点，如色彩之多变，块面之塑造，空间层次之丰富，特别是，还引进了现代艺术中形式美的多种因素。这种多元的创作力，这种特色，是许多艺术家所望尘莫及的。"

阿龙一举成名，成为沪上知名画家。而乐乐的上海之行，也勉强地盘活了资金，终于保住了李家船行。

乐乐和胖明走出上海滩怡和洋行时，满面春风的阿龙正在外面等候。阿龙一眼见到一身杏色法式西装短裙的乐乐，明明是极其优雅甜美的装扮，但那脸色却是有点凄美。只见乐乐朝着胖明轻轻地叹气："李家船行，只是惨淡经营之中。"怡和洋行外，黄浦江畔的一艘艘轮船，似乎也在灰蒙蒙的傍晚，跟着乐乐唉声叹气。

"三十年河东，三十年河西，岁月岂能辜负乐乐？"胖明劝慰着她，"你瞧，云还在天上，不急，一时半会，不会下雨。如果天真下雨了，我会为你撑一把遮雨伞。"胖明抬头望天，说了这段很文艺的抚慰心灵话语，让乐乐脸上的乌云顿时尽扫。

"哇，胖明，什么时候学会这么诗情画意地表述？"乐乐惊奇地发问，她那猫眼又恢复到恰到好处的俏皮。这时的乐乐，最令人动心。

胖明盯着乐乐的眼，戏谑道："终于发现我的浪漫了，我可是只在喜欢的人面前才变得浪漫。"

乐乐哈哈大笑，调皮地说："得了吧，留着哄女孩子！"说完，用她的肘子戳着胖明的肘子，胖明也笑嘻嘻地拍打着乐乐的肩膀，一起快乐地笑着。

乐乐和胖明其乐融融的场景，让阿龙的脸有点阴沉，就跟这傍晚的天空一样，灰蒙蒙的，将雨未雨，闷热的人们渴望下雨，可老天爷故意酸溜溜地不下雨。

阿龙起步上前，一把拉起乐乐的手，边走边说："胖明，乐乐是你师母，辈分不可乱。"阿龙这句话一说，空气中满是酸醋的味道。

"舟山名菜，醋熘鲨鱼羹的味道。"胖明嘟囔着，知趣而退。

"胖明，改天请你喝酒，千杯不少，酬谢你！"乐乐扭头，对着胖明大喊。

阿龙牢牢地攥着乐乐的手，将她带到了上海滩最有名的东海咖啡馆。

乐乐刚回过神，张口就想说话，阿龙顺势将一支雪糕塞向乐乐的嘴里，然后霸气十足地凝视着乐乐，"记住，只有我，可以吻住你的唇，只有我，可以冻结你的心。"乐乐满嘴都是甜甜凉凉的味道，连那猫眼此刻也是香甜度极高清凉感十足。

阿龙眉目都是柔情，对着乐乐耳语："夏日雪糕上，冰心似你我。"乐乐整个人酥软迷糊如融化的雪糕，只是反复说了两遍："你一定是，狐狸变作公子身。"

第21章　悲情人间狐狸公子已瘫痪

"狐狸变作公子身"是对帅到极致的魅力男性的最高评价，能听懂这句话的也一定是书卷之人。乐乐博览群书，绣口锦心，脱口而出的，往往都是雅言妙语。和她在一起，万事万物，都变得活泼灵动，妙趣横生。这样的乐乐，阿龙恨不得将她私自收藏起来。

阿龙盯着乐乐，邪魅一笑，一语双关说："我若是狐狸化身为俊俏公子，那么可否，灯夜乐游春？"此时的阿龙，狭长的眼尾微微上扬，媚眼如丝，道不尽的写意风流，乐乐瞬间脸红。

相恋的时刻，满世界都是甜美。阿龙和乐乐沉浸在眼前万事皆顺的美好世界。

"祝贺你，阿龙，我最崇拜的艺术家。"

"以身相许，是崇拜的最高形式。"阿龙眼神魅惑，朝着乐乐，戏谑道。

乐乐还未还嘴，阿龙突然一本正经，拿出一块沪上最流行的黑色瑞士手表，深情而凝重地递给乐乐："乐乐，我一直都很崇拜你，以后，从黑夜到黎明，从冷冬到暖春，从一秒到一生，生生不息，轮回不止，让我一直崇拜你。嫁给我吧，乐乐。"

阿龙那低沉而磁性的声音，如温润珠玉般，一粒粒滚落到乐乐的心坎上。她凝视着此刻的阿龙，他那墨黑色的眼眸里写满所有的浪漫与真心。

两个幸福的年轻人规划着未来的生活：乐乐先回沈家门，处理完李家船行事务后，和阿龙从此定居在上海。

乐乐返回半塘，所有的风言风语，在乐乐的实力面前偃旗息鼓。半塘街头流传这样一句话："乐乐这女人，武则天投胎，大本事女人。"

乐乐果敢地处置着李家所有的事务：被政府征用的轮船，开往黄浦江口，等候命令。挂靠英国国旗的船只，继续跑南北沿海航线。她亲自登门林家渔行，"林伯伯，谢谢您危难时刻给我们李家船行垫钱，偿还海难事故家属的抚恤金。大恩大德，乐乐永生难忘。"乐乐诚意满满地朝着林隆丰鞠躬致谢。

这些事办妥之后，乐乐走在半塘的海边，百感交集地望着这片见证李家船行荣耀的海湾，她心里很清楚：当前局势动荡，继续搞海运难以维持增长。但也只好走一步，看一步。

远远地，夏日的夜晚，半塘岸边，妇女们手拿鲞刀，提着小竹椅或小木凳、木桶、玻璃风灯等工具，等待渐渐靠近的墨鱼船。正是墨鱼汛期，等拖墨鱼船一到，渔夫卸下墨鱼，妇女们即刻开始紧张地剖鲞加工。半塘人家，挑灯剖鲞，往往直至深夜。墨鱼俗称乌贼。半塘剖乌贼鲞场地是阿龙奶奶开办的，与昌发渔行对接。半塘晾晒的乌贼鲞成品被昌发渔行收购。

阿龙奶奶在人群中走动，满意地看着整个剖乌贼鲞场地灯火通明的繁忙景象：点点灯光通亮，女人们坐在小木凳上，一手握着一把银亮的单刀，一手将墨鱼放在木板上，鲞刀从头部经腹部到尾部将墨鱼肚对称剖开，但不能将鱼腹内卵、蛋、囊损坏，同时防止墨囊内墨汁外流，保证鲞体完整和白净，并要防止墨鱼骨脱落，还要做到不刺破墨鱼眼睛。女人们灵巧的双手如蝴蝶飞飞，一上一下，手起刀落，白净完整的鳌体与鱼腹内脏瞬间分离，落入不同的去处，同时，她们的嘴也不空闲着，嘻嘻哈哈地神聊八卦，说着荤段子。众人的欢声笑语，很响亮地落入阿龙奶奶的耳内。

"阿发老婆巧儿，生了！"

"是男是女？"

"生出来的小毛头，是有两只乌贼蛋的。"

"哎哟，大胖儿子！看来，整个半塘都能分到阿发家送的红蛋。"

阿龙奶奶听着，不由得心中叹了口气：要是阿龙和雪妮如期结婚，不久，她也可以抱上玄孙，当太婆了。王家人丁就兴旺了。看来，也只能认同阿龙和乐乐的婚事了，早点让阿龙生儿育女。

阿龙奶奶正转念之间，海哥霸急急赶来，对阿龙奶奶一番耳语。奶奶的眼底一下子汹涌着浑浊的惊涛骇浪，她火速赶回家去，只见如芸跪在佛堂前，虔诚地祈祷："大慈大悲观世音菩萨，救我儿阿龙出这个难关，我愿终生伺候观音菩萨。"幽暗的苦难的气息，随着缕缕香火，袅袅上升，低低的祷告声在每一缕飘摇的青烟中萦绕着，久久地回旋着。

胖明刚从上海赶来，告知阿龙家里人：阿龙画画时，从高高的接手架上摔下来，在上海医院急救。这事不要告诉任何人，包括乐乐。

阿龙奶奶和如芸在胖明的陪同下，连夜赶往上海。

上海医院，阿龙无助地捶打着自己麻木无觉的下肢，发出狼一般的哀号。他向往着回到乐乐的身边，享受爱情的幸福。然而一场意外，将一切变成泡沫。医生无情地宣判：双腿瘫痪，无法站起来。

阿龙奶奶老泪纵横，如芸却出奇地冷静："阿龙，菩萨会保佑你平安无事，健健康康的。"静静的病房，只有如芸和阿龙母子俩。奶奶躲在医院僻静的角落里痛哭。如芸平静地抚摸着儿子痛苦无助的脸颊，"阿龙，你一定会平安健康的，佛祖会保佑我的儿子。"如芸温柔和软的慈悲之声，让阿龙仿佛一下子回到儿童时代。

　　"妈妈，能告诉我，我的爸爸在哪里？"

　　"你的爸爸，他在这个世界最美丽的地方，他是个了不起的男人。"

　　"那爸爸为什么不来找我们？"

　　"爸爸他会来找我们的，只是因缘未到。"

　　"什么是因缘？"

　　"长大了，你就懂得了因缘。"

　　……

　　妈妈的声音如同寺庙里飘出来的梵音，柔和空灵，神秘而美好。儿时的阿龙不知不觉在妈妈的陪伴中进入梦乡。

　　成年后的阿龙，在生命最痛苦最绝望最无助的时刻，突然明白了妈妈所说的因缘含义。因缘聚合而生的万事万物，没有一个能永恒属于自己，总会遇上无常的变化，最终如梦幻泡影，烟消云散，这一切由不得你，只是造化弄人。万般皆苦，唯有自渡。

　　"妈妈，我想去普陀山休养，菩萨会保佑我的。"

　　阿龙离开医院的那一天，空气特别清新凉爽，因为前夜下过一场大雨，而天色也恰到好处，有点阴阴的，难得的七月天居然不很闷热。阿龙望着窗外，湿漉漉的空气里，池塘内的睡莲一片片向湖面远处扩展开去，静美而水灵。周遭树之倒影，水中花之朦胧，淡淡相宜，恍如一幅莫奈的名画《睡莲》。

　　凝视窗外风景的阿龙，落入他娘如芸的眼里，那是一幅凝重而悲伤的画面。阿龙的脸上流淌着一种无法用言语形容的生命残缺之无奈之悲怆。"一花一叶一菩提，无穷般若心自在。"阿龙娘如芸的声音，恍如清晨的睡莲慢慢舒展开来，她明明心如刀割，却将滴血的疼痛幻化成佛前的莲花，"迎浮世千重变，是缘是劫菩萨令。阿弥陀佛，菩萨一定要保佑我儿阿龙。"

　　话音刚落，恰巧阿龙的恩师林隆轩进病房来送行。当林隆轩与阿龙娘如芸迎面遇见那一刻，一切似乎瞬间都凝固了。坐在轮椅上的阿龙很清楚地看到：林隆轩很是失态，他如同被使用了定身法，张着嘴巴，说不出一句话，那惊愕的眼神只是直直地盯着如芸。阿龙也很及时地捕捉到他娘如芸恬淡平和的脸上，居然飘过一丝震惊的波澜。

第22章　黑暗厄运揭开身世之谜

空气中弥漫着惊愕的味道，阿龙奶奶进病房，见到林隆轩的那一刻，她的脸明显地一下子被空气点穴，怔住了。阿龙深深地感受到那种极易识别的情绪信号。

只是这奇怪的气氛很快被如芸不喜不悲的口吻打破，她快速恢复常态，淡淡地看着眼前这个儒雅的中年男子，低低地道了声："林先生，谢谢来看望阿龙。"

林隆轩凝视着如芸纯净如白玉菩提子的脸，昔日沈家门第一美女小龙鱼，如今已是年近半百的女人，只是世俗的风尘居然从未在她的脸上留下痕迹，那双眼睛依然清亮如一剪秋水。

他突然意识到，自己不需要再向眼前这个女人发问那些过去的凡尘俗事，因为问与不问，结局都是一样。

清醒过来的林隆轩，望向阿龙，劝慰道："阿龙，好好养伤，好好作画。画布里有不屈的灵魂与生命。"

阿龙，这个在厄运中依然彪悍的男人，目光灼灼望着林隆轩，回了一句："吉凶以情迁，我命由我不由天。"然后，他突然话锋一转，提出一个请求："能不能让我和林先生单独谈一会儿？"

静静的病房，阿龙直视着林隆轩的眼睛，他俩眼与眼的交流，如两团火焰在跳舞，似乎有着莫名的契合。阿龙单刀直入，发问："先生与我的家人应该都是相识的，我想听听您和我家人的故事。"

　　林隆轩不知如何开口，沉默了一会儿，他反问："能不能告诉我你父亲的情况？"

　　阿龙不说话，沉默片刻，问道："您见过我的父亲？"

　　林隆轩很快回答："没有见过。"

　　又是一段长长的沉默，阿龙说道："我也没有见过，从来没有见过。"

　　还是一段长长的沉默，在这沉默中，阿龙的心中越来越强烈地产生一种感觉：林隆轩一定知道他的身世。

　　阿龙话到喉咙又咽回去，然后又不甘心地回到喉咙，仿佛退潮又涨潮，终于那股潮水很艰难地却又极其汹涌地冲过喉咙，一泻千里，脱口而出："我是典子，我想知道我的父亲是谁。"

　　林隆轩一下子怔住了，很快回过神来，他开始仔细询问阿龙的出生年月，而那段二十三年前尘封的往事，也翻山倒海般涌上心头。此刻的如芸和阿龙奶奶，心底不断地默念着佛经，一切皆因果，谁也躲不过。

　　那年林隆轩十八岁，在沈家门大街有才鱼货行偶遇如芸的一瞬间，立刻就被痴迷了。他这才真正领略到人们口中所说的"东海小龙鱼"沈家门第一美女的倾城美色，也切实体会到西洋油画大师们所说的"美丽的女人是上帝的杰作"。

　　如芸飘然而过，对她而言，这世间任何男人再青山灼灼星光杳杳，再春风翩翩晚风渐渐，也抵不过她已故丈夫王正良眉目间的星辰点点。

　　林隆轩无可救药地喜欢上了美丽的寡妇如芸。既没有事先的通知，也没有刻意的准备。如芸，就那样出现在林隆轩的视线里，让他此前所有的信仰与全部的笃定俱在一瞬间轰然瓦解。

如芸已侍佛，很少出现在公众场合，而林隆轩的身影总是在如芸家周边徘徊。

　　如芸的婆婆看在眼里，心生一计。

　　如芸的婆婆突然跪在如芸面前，如芸不知所措，忙去搀扶她的婆婆。

　　"我们王家需要后代子孙，如芸，我们典子吧！"

　　"妈，我心中只有正良，他一直在我心中。我们去抱养一个孩子吧。"

　　"如芸，还是自己亲生的好。典子，生一个吧，那一定是正良送给你的孩子。你不答应，妈就不起来了。"

　　婆婆苦苦哀求中，如芸终于点头了。

　　"妈，典子的条件是：男方人品要好，日后不会纠缠。男方个人条件也要好，身体健康，头脑聪明。"

　　"妈已看好了荷叶湾渔行老板的小儿子林隆轩，这个后生还是读书郎，长相俊，人聪明。他又那么迷恋你，肯定能成事。只要你一怀孕，就让你失踪，他找不到你，也就不会纠缠此事。"

　　如芸沉默了一会，点头答应。

　　林隆轩在半塘海边画画，如芸的婆婆上前问道："小伙子，你会画灶神爷吗？"

　　"会的。"

　　"能否给我家灶台画一幅灶神爷？"

　　林隆轩跟着如芸的婆婆回到了她家。静悄悄的院子里，如芸在抄佛经，神色淡然。林隆轩一阵心跳，按捺下激动的心境，他开始在纸上起笔勾勒画灶神画像。

　　"如芸啊，妈去你舅母家有事，记得给这画师付工钱啊？"

　　婆婆出门了。家里只有如芸和林隆轩。

六月天，很热。林隆轩画完灶神像，如芸端茶上来，轻声细语，吹气若兰，"天热，喝杯自家做的酸梅汤吧。"

如芸将茶杯放在桌上，那葱白般的纤纤十指，仿佛一朵白莲盛开在林隆轩的眼前，恍惚之中，他轻轻地触碰到了那迷人的手指，一阵心悸。如芸并未收回那纤纤玉指。

空气很热，很闷，远远传来沉沉的雷声，很快电闪雷鸣，眼看就要下大雨了。院子里一筛子的鱼鲞正晒着，如芸急忙冲向院子去收拾鱼鲞。

雨点如豆点下来，林隆轩也忙着帮如芸收拾鱼鲞。当两人收完鱼鲞，入屋内，雨水早已打湿了两人的衣衫。如芸曼妙的身子在湿答答的衣服之下，更显玲珑凹凸。

林隆轩一下子抱住了如芸的身子，曼妙的小龙鱼的沉香之味和夏季雨天的潮热味，还有涨网鱼鲞的鲜美味，让林隆轩忘记了周遭一切。窗外大雨滂沱，屋内林隆轩忘情地吻着如芸脸颊上的雨水。

此后的一段日子，林隆轩总是从王家的后门虚掩处进入。如芸在屋内抄写经文，林隆轩从后背怀腰而上，抱住如芸，如芸身上淡淡的檀香味，让林隆轩沉醉迷离。他抱着如芸，宛如抱着一尊女神。

王家的佛堂间，如芸的婆婆跪拜在观音菩萨佛像前，低声祈祷求菩萨送一个男孩给王家，让王家后继有人，香火兴旺。

转眼到了农历七月三十夜晚插地香的时光。黑的夜，家家户户插地香，无数点点红晕的香火，串成了无数条流动的光点的河。

"插地香了！插地香了！"孩子们挥舞着香火，在漆黑的夜里划出一道又一道美丽的光的弧线，闪亮了夜空。如芸的婆婆贪恋地听着孩子们的叫声，那是多么灵动而愉悦的声音。

如芸和婆婆将一把把点燃的香棒插在自家屋子的门槛上、屋檐下、小路边。突然，如芸感到一阵恶心，她伏在墙角呕吐着，婆婆轻轻地拍着她的背。

"如芸啊，你有没有特别想吃的东西？"

"娘，我觉得嘴里很淡，想吃点酸酸的东西。"

"好的，等下，娘给你拿些白糖腌制的杨梅干。"

如芸吃着酸酸甜甜的杨梅干，脸上的神情舒展开来。婆婆满心欢喜地看着香火袅袅上升，心里暗暗感念佛恩：地藏王菩萨开眼，王家有后了！但婆婆没有马上告知如芸有喜，而是知趣地离开了如芸，去佛堂念经。

如芸走在点满香火棒的院子里，她袅娜的身影晃动在这条闪亮的光点之路上，香火如潮水般，汹涌澎湃地朝林隆轩涌来。

林隆轩推门而入的那刻，眼前是一幅绝美的画面：走在香火丛中的如芸，一身白衣，处在天与地的两个世界之间。她的身后是冷色迷人的深蓝天空，星星汇成的银河像是一把利刃把天空切开，又像一条天路连接着这条地上香火的河流，天与地互相呼应着，深蓝的天空与红亮的地面强烈对比着，犹如梦幻世界，如此深沉神秘与无法预测。

此后的一生，烙在林隆轩记忆中的如芸，就是七月三十夜晚，走在那条点点香火汇成的无比光亮的河流边的人间仙子。

王家的后门再也没有为林隆轩打开过，他再也找不到如芸的踪影。林隆轩发疯似地蹲在王家的门口，可如芸就是没有出现。他闯入王家，哀求如芸的婆婆告知她的下落，婆婆只是无奈地摇头，最后，才交给林隆轩一封如芸的辞别信，信间字字句句如匕首，直刺林隆轩的胸口：

"原谅我的不辞而别，我选择了在一个安静的角落里沉默地生活着。从此青灯一点，楞严一本。能了诸缘如幻梦，世间唯有妙莲花。"

撕心裂肺的失恋之苦袭击着林隆轩，那真是生不如死的感觉。即使一切理智都告诉林隆轩应该坚强，可是他的精神依旧软弱，失恋的痛苦是人的肉身所无力承受的那种，林隆轩无法接受这一切。他实在想不明白，那么美丽的如芸，为何抛弃他，为何走向青灯佛经。

他发疯一样在所有的寺庙里寻找如芸的踪迹，可是犹如在无花果树上寻找不到花朵，如芸始终无影无踪。不久，绝望的林隆轩踏上汽笛鸣响的轮船，返回上海读书求学。他就像一条受伤的野狗，在一个寂静的角落，默默舔舔自己的伤口，并将一切往事都冻结在过往的岁月里。

回想往事，林隆轩满心疑惑，既然如芸那时已经皈依佛门，何来阿龙这个儿子？阿龙是如芸亲生的吗？阿龙一定是如芸亲生的，那眼睛长得跟她一模一样。怪不得，自己一看见阿龙，就有一种莫名的熟悉感。按时间推算，阿龙极有可能是他的儿子。一腔热血涌上胸口，林隆轩夺门而出，如芸就在门外。二十多年过去了，面对面正视如芸，林隆轩的胸口依然如此疼痛，如此郁闷，他一字一句地问："阿龙是我的儿子？"

如芸瞬间泪下，直接承认：阿龙是你的儿子，但更是王家的香火。

林隆轩一个趔趄，却坚定地又站稳了，泪流满面的他，每一个呼吸都带着刺痛，每一分钟都是巨大的煎熬，肉体尚在，精神却被撕扯得七零八落，拼凑不起来。从未知道自己有一个儿子，但在知道他存在的那一刻，命运却给了他最残酷的真实：一个才华横溢的儿子，却在花样年华双腿瘫痪；一个正享受着爱情美好的儿子，却无奈忍痛放弃最爱。生，何以欢？

第23章　淞沪大战轮船自沉江阴要塞

1937年8月2日，农历七夕，如芸选择出家。

普陀山梅福庵佛坛庄严，梵贝萦绕，她长跪在佛像前，一缕又一缕的长发如"无边落木萧萧下"，飘然落地，如芸的发间瞬时出现了一条又一条青白色的道道。

她满脸神圣与庄严，心中一遍又一遍地发大愿：观世音菩萨能闻声救苦，行慈运悲，求菩萨发大慈悲，救度我儿阿龙，我愿出家为尼，终生伺候观音菩萨。

林隆轩目睹这一切，一种前所未有的悲凉与无奈，积压在胸口中，却无处可宣泄：为何要让如此美丽的如芸了结尘缘？为何要让那么年轻的阿龙双腿瘫痪？为何自己对这母子俩如此无能为力？

他茫然地转身走出梅福庵，却又忍不住回望。梅福庵一副对联吸引了他的目光。"梅花馥馥，苦历三冬香更远；福寿绵绵，莲开九品德无穷。"

他定定地看着那副对联，听着悠长旷远的诵经梵音，好一会儿才回过神来，自言自语："梅花馥馥，需要三冬苦寒；福寿绵延，需要修心修德。"

缓缓地，他合掌，祈祷："菩萨开眼，保佑我儿阿龙。"

阿龙被送往梅福庵附近的农舍。农舍主人冬梅阿婆上了年纪，慈眉善眼，皱纹如菊，背如驼峰，但手脚很利索。她在院子里走动着，一条黄色小狗在她脚边嗅闻着亲昵着，然后跑到阿龙一行人脚边，也是围着大伙的裤脚一阵亲热。

冬梅阿婆介绍道："这小狗名叫久保，跟小孩一样，人来疯。"然后，她对小狗好言好语地说着："好好修行，下辈子投胎做人吧！"小狗久保听了这话，居然不闹了，乖巧地蹲在阿龙的床头边。

阿龙一个人静静地躺在床上，那条小狗眼巴巴地望着阿龙。

远远的，梵音阵阵传入耳内，他闭上眼睛，喃喃祈祷："观音大士助我康复，我将画一百尊观音佛像，报恩佛门。"

一行清泪从阿龙脸颊悄然滑下，他还是思念乐乐，记忆中乐乐那双温柔尽显的猫眼正深情望着他。曾经如胶似漆的爱恋，此刻却是万劫不复的折磨。

他绝望地闭上了眼，他和乐乐的一切，都已是前尘往事。阿龙不知此刻的乐乐也在普陀山。

普济寺海印池旁七夕日在放生。穿着红黄袈裟的僧人一行，从寺庙出来，走向放生池，梵音如天籁，回荡在四周参天的佛光树树梢上，飘落在海印池的莲花丛内。

紧跟在僧人之后的是放生的善男信女，人群中，一眼就看到了乐乐和缪文心的身影。她俩神情虔诚，双唇默默启合，跟在僧人之后，在海印池的石栏杆旁站定，然后在僧人的指点下，俯身，弯腰，捧起一口木盆，将盆中的鱼放入莲花池内。

海印池内，景色美不可言：连绵的远山，四周的参天古樟，近旁的庙宇亭台，连同秋日的蓝天一起跌落到水池中，树影、亭影、桥影、云影，倒映在空灵的水中央，错落有致，与一池莲花相依成趣。

恍惚间，乐乐似乎看见了阿龙正从东面的永寿桥快步走向她。望着满池莲花，乐乐祈福着。

这莲的清香，袅袅缕缕，全化作璀璨的爱的表白。无须任何诗情画意，但借这放生仪式来表达最美的爱意，足够尽兴尽情。这份美妙的情绪在乐乐的心中一直徜徉着，陪着她回家。

"我和阿龙将在上海大饭店，举行婚礼。你也快点和德俊老师好事成双吧！"

"我不知道该如何做？哪像你，阿龙老师还没有正式到学校任教，就给你半路上拦截了，你不知道这学校，有多少女生暗中喜欢硬朗帅气的阿龙老师。"

"因为我比其他女生跑得快呗！所以，我在半路上捡到阿龙了。"

"姻缘天注定，祝贺你，乐乐。"

"你和德俊也是天造地设的一对。今天七月初七，快用槿树叶洗头吧，很快德俊就会成为你的如意郎君啊。"

乐乐和缪文心一路欢快地聊着，路过半塘村口的理发店张阿三门口。张阿三顶着一头白发，望着篱笆旁的一树槿树花，自言自语："牛郎织女相会，槿树叶洗头。"张阿三的老婆——慈眉善目的轩妈妈陪坐他一旁，朝着她俩打招呼："好漂亮的两个小姐啊，天上下凡的仙女一般。今晚槿树叶洗头，很快就可以嫁给如意郎君。"

槿树是一种矮矮的树木，在半塘随处可见。菜园子的篱笆，家家户户的后院，到处都有。它们郁郁葱葱地生长着，到了秋天，开着淡紫或粉红的喇叭形状的花，花色很美。老底子的风俗，七夕节那天，半塘妇女采摘槿树叶，揉成汁液，槿树叶汁水滑溜溜的，用它洗头发，女人们那一头黑发洗得顺溜溜的光滑。

115

乐乐也是喜滋滋地披着一头刚洗过的黑发，准备第二天去上海的行囊。

她母亲在一旁碎碎念："乐乐，你和阿龙的婚事，不可草率，女人嫁人，一定要风风光光，堂堂正正。我和你爹成婚时，十里红妆队伍，足足有一个沈家门渔港长。夜里，李家一百零八盏电灯都点亮了！皇宫一般！"她母亲说着说着，就落泪了。

乐乐搂着母亲的身子，话语柔和甜美："姆妈，放心，我一定是一个让你骄傲的女儿。"

一阵晚风吹来，乐乐用手捋起了黑长发，抬眼间，发现胖明来她家，捎来一封阿龙的信。乐乐看信的那一瞬间，那滑溜溜的黑长发似乎瞬间惊愕得竖起来，犹如刮起一股阴冷的黑旋风。

信中只有短短几句："乐乐：对不起，我和我更爱的人一起去了法国，忘了我吧。"

这不可能，阿龙怎么这么快就爱上了别人？乐乐一下子陷入空白之中，她接受不了如此荒唐的结局，疯狂地抓住胖明的身子，摇晃着，一遍又一遍地问："为什么？"

乐乐实在想不通阿龙为什么会突然弃她而去。而胖明只是沉默着。阿龙曾对胖明说过，"乐乐，是个很要强的女人，她可以应对我对她的抛弃。"

最后，乐乐只是发呆发愣，一切都变得死去一般的沉默。

"他能抛弃青梅竹马的雪妮，为什么不会抛弃你呢？"乐乐母亲的话此刻在耳边响起，很是刺耳。

乐乐情不自禁地捂住了自己的耳朵，她呆呆地立着，如木雕一般，但很快就清醒过来，凄惨地朝着胖明，勉强挤出一丝坚强的微笑，然后对着她的母亲，神情镇定地说道：

"逢山开路，遇水搭桥，累了就休息，天亮了就出发。人生没有过不去的坎。想不明白，才是笨蛋。放心，我没事。"

胖明知道，这就是开心果乐乐的真实心态，这也是乐乐身上独有的气质与魅力。

但乐乐还是一夜未眠，她的心刺痛，一遍又一遍地对自己说："乐乐，泰山崩于前也应色不变，镇定。你得撑起李家的产业，你得撑起自己的人生。未来不可知，爱情可以天长地久，也可以昙花一现。凭什么不能接受阿龙的背叛？"

就这样，整个晚上，乐乐无数遍地说服自己，但无法止住心中的刺痛。人生的道理都懂，真正碰到时，却无法解脱出来。

此刻的她感受到了雪妮当时的痛苦，往事又浮上心头。

半塘海边，血色夕阳一半已沉入海平面，一半映入雪妮孤独绝望的眼里，她乞求着："乐乐，我求你。请你放开阿龙哥哥，我和他从小就是娃娃亲。"阿龙匆匆赶来，拉起乐乐的手，绝情地回答："对不起，雪妮。我爱的人是乐乐。"

雪妮踉跄地走了几步，昏倒在路边。乐乐和阿龙惊慌失措之际，阿龙奶奶赶来，直骂乐乐："你不放过阿龙，你会有报应的。"乐乐忍不住落下委屈的泪水。

阿龙奶奶披着夕阳最后一抹惨淡的红，直接来到李家，还直接找到李家，当着乐乐母亲的面，明确表态："做人要讲诚信。不管乐乐小姐有多出色，但阿龙要娶的人，只能是雪妮。"

"乐乐，不许你和阿龙再接触。没有父母祝福的婚姻不幸福。"乐乐的母亲气急败坏地训诫她。

只是越是阻挠的爱情，越是牵挂，越是甜蜜。拥有时有多美好，失去时有多痛心。乐乐一夜未眠，她想了一夜，心痛了一夜。

第二天，眼前的乐乐，当胖明再次见到乐乐，瞬间惊呆。她居然精神抖擞，尤其那双漂亮的猫眼出奇明亮而宁静，仿佛她的眼睛里面有整个宇宙，可以直接把你吸进去。

胖明见到这样的乐乐，突然之间有一种冲动，愿意为她做一切力所能及的事，愿意单恋她到天荒地老。

乐乐还是按计划准备去上海，她专程去上海的日本大同海运株式会社，讨要租给他们的轮船"鸿丰"轮、"鸿运"轮。大同公司租船期满，到了交船的日子。

"这是个了不起的女人，比一般的男人还强悍。"胖明心中暗暗说道。他对这样的乐乐肃然起敬。

然而，乐乐动身启程的那一刻，战争的消息传来了。"不好了，上海出事了，中国和日本开战了！"

1937 年，七夕节后，爆发了"八一三"淞沪战役。

尽管乐乐从宁波帮大佬刘鸿生处，早已知道中日要开战，但没有想到战争如此快地就到来了。她心里很清楚，李家船行的两艘轮船"海定"号、"海发"号，早晚一定会自沉于有"江海门户"之称的长江江阴要塞。

她仿佛看到了燥热的江风里，传来一声又一声沉闷的爆炸声，一股又一股浓烟冒出，那些巨大的轮船像一个个醉汉般地摇晃着，然后开始慢慢下沉，从此沉默在江底。轮船自沉江阴要塞，是为了阻遏日军沿江西上的企图，为中国军政机关、工矿企业向大后方转移赢得时间。

乐乐知道这场战争不会很快结束，但不知要打多久。她闭上了眼睛，喃喃自语："中国海运业进入了困厄期。但愿挂靠英国国旗的'海顺'号、'鸿远'号顺顺利利，让李家船行得以勉强生存。"

第24章　昌发瘫痪阿海趁火打劫

八月桂花开了，蟹子肥了。

"快来买，都来买，小娘蟹变门蟹，大肚脐，圆肚脐，红膏蟹。"

"秋风起，蟹脚肥，门蟹（母蟹），巴蟹（公蟹），梭子蟹，要买否？"

鱼贩子的叫卖声如庙会唱戏一般，又嘹亮地响起来了。

但与往年不同，弥漫在大街小巷的，除了年年相识的桂花甜香味，膏蟹鲜美味，到处都是从上海飘来的战火硝烟味儿。淞沪战役爆发，日军狂轰滥炸上海，舟山由于与上海相近，许多去上海求学和做生意的，纷纷从上海逃难回到舟山。

八月的半塘，日子照旧。海鸥飞翔、海浪涌动、桂花飘香、寺庙祈福、海鲜叫卖……人们穿梭在大街小巷，熙熙攘攘，依然是烟火人间的况味。只是每天，半塘街头码头人流集中的地方，人们都在讨论战况，尤其是返乡的船员，讲述自己亲身经历江阴要塞沉船事件，更是吸引众人围观，倾听。

张阿三的理发店，这个半塘街头民间新闻中心，船员们的大嗓门如海浪拍打礁石一般响亮。

"我亲眼所见，国民政府海军舰队驶向江阴。那艘'甘露'号军舰将江阴下游航路标志，如灯塔、灯标、灯椿、灯船、测量船标等一律炸除。然后,海军舰艇'通济''大同''自强''德胜''威胜''武胜'六舰,还有'辰''宿'两艘鱼雷艇,依次自沉江阴。"

"我们亲手将李家船行的两艘轮船'海定号''海发号'沉入江阴江底,与我们一起沉入江底的还有其他运输公司被征用的船:'广利''泰顺''通利''源长''华富''大宝''通和''华新'等商船20艘。那个场面,惨烈啊!"

船员们绘声绘色地描述壮烈的沉船封江场景,众人听得目瞪口呆,面色极其凝重。大家很是害怕接下来的局势。

海哥霸挪动那宽大厚实的嘴巴,开始插话:"东洋人太厉害了,南京政府肯定打不过东洋人,死蟹一只。"

张阿三满脸皱纹的脸上,那双眼睛,却像半塘海水一样汹涌,不肯认输的神情。他不服气地说:"死蟹都会吹吹白泡,民族危难之际,老百姓、国家都要有骨气。"

又有一个船员补充:"听说,军事当局现在还加急从江苏、浙江、安徽、湖北等省,征用民船、盐船,还要不断沉入江阴水道。"

聊着聊着,半塘人家对于国民政府实施沉船封江的目的,也都明白了。这是为了阻止密集在吴淞口的日本舰队向长江上游行驶,为大后方转移赢得时间,为打赢整场战争做好准备。

最后,那些船员长长地叹口气,说道:"中国海运业,真的是死蟹一只,阿拉撑船人都要失业了。"

战争的爆发,也影响了整个沈家门渔港的海鲜生意。失去了上海作为沈家门海鲜销售的大市场,沈家门的海鲜就开始积压滞销,各大渔行生意一落千丈。

昌发渔行院子里,桂花树下,一张小板桌上放着一盆刚出笼的烤蟹，只只肥圆的蟹披着枫树红的外壳，成为餐桌上最炫目的主角。周边配角是白色龙头烤（豆腐鱼晒干）、红色虾干、青黄色梅童干（小梅鱼晒干）等。

昌发夫妻俩坐在桂花树下，一边从无线电收音机收听战争消息，一边喝着杨梅烧酒，说着生意场上的事。

昌发啜点杨梅小酒，脸色有点微红，叹了口气，说道："这战事已经打了一个月，上海客户订购的这批乌贼鲞，没有办法送上去了，只好折价卖给福建客人。"

"打仗晦气老百姓！这突如其来的战争，让上海老板生意做不成，都要跳楼了！还是我们这里好，有观音菩萨保佑，无灾无难。平安就是福，做人要心平。"穆氏语调柔和如桂花落下，轻声细语劝慰着昌发。

穆氏一边说，一边将手伸向冒着热气的蒸笼，剥开蟹壳，那灿灿流油的蟹黄，透明丰腴的蟹膏，便露了出来。穆氏递给昌发一半的蟹股，说道："趁热快吃。老酒醉醉，鱼蟹吃吃，南风吹吹，做人赛神仙。"

穆氏将另一半的蟹股塞到自己口中，那梭子蟹肉一丝一丝的，尤其是极其鲜香的蟹膏，在唇齿间铺天盖地地绽放，舌尖上的鲜甜，一直滑到心中，此时此刻，穆氏的心都被美食填满，眼里只有蟹。

当穆氏的手再次伸向烤蟹时，耳边突然扑通一声，穆氏被吓一跳，抬头，却见昌发倒在地上。院子里一片慌乱。

郎中上门诊病，告知："昌发老板，中风了！"昌发瘫痪在床，嘴角弯了半边，半天才啃出几个模糊不清的字。

"哎！明明好好的一个人！突然之间就碰到无常。"昌发旗下的观音饼店老师傅摇着头说，"做人，还是想明白点，想吃吃

121

点，想用用点，万贯家财都是空。"

"哎，昌发渔行，现在死蟹一只！"熟悉昌发渔行的内行人，知道昌发渔行即将面临生存危机。

合伙人、昌发的小舅子满仓、账房阿海都想趁火打劫。

"阿拉（我们）走过三关六码头，吃过奉化芋艿头，也接触过不少大老板，但昌发老板是最不可捉摸的人。"这是长期供货商，拎鱼船老大对昌发的一致评价。

昌发老板和他们谈生意的场景如下：昌发携带账房阿海和小舅子满仓而来，一切由阿海和满仓交涉，他一言不发，坐在宽大的太师椅上，只看着他们讨价还价。那一刻，那些供货商感觉自己仿佛是笼子中的一头猎物，没有平等对话的权利。

昌发老板的小舅子满仓对姐夫也深怀不满。昌发老板对属下的要求近乎苛刻，是出了名的。昌发渔行每年销售乌贼鲞收入增长都是惊人的，但满仓却仍然诚惶诚恐，因为他从来没有达到过昌发老板提出的目标。前两天，满仓被昌发骂得龟孙子一般。

"满仓，你脑子进水了？这一批从朱家尖、白沙一带里港收购到的乌贼鲞，叫你千小心万小心，保存到位，不要潮湿，就可以成为一级'明府鲞'。你看看，这损失大了！"

昌发口中说的明府鲞，是乌贼鲞中的极品。因舟山群岛在古代长期地属明州（即今宁波市），旧时渔民加工生产的乌贼鲞都就近运往明州府销售，并转销国内外，因此外地消费者把舟山最好的乌贼鲞称为"明府鲞"。

"明府鲞"，是昌发渔行的品牌产品，也是做乌贼鲞生意人的抢货。这种乌贼鲞，肉质泛红，表面泛着一层白白的沙花，散发着浓浓的乌贼鱼的甜香味。乌贼鲞的保存要密封。满仓手下的工人，一不留心，让乌贼鲞返潮，造成失误，导致放一缸乌贼鲞上的白沙花变少，品质降低。

昌发勃然大怒，当着一大群工人面前责斥满仓："我对你说过多少遍，你就是不听，就是不用心干活。"

满仓开口争辩："百分之一百没有差错，这不可能。"

昌发脸色更难看，大吼一声："错了，还要嘴硬！"

昌发如父母训斥犯错的小孩一般，对着满仓发火，满仓最终一声不吭。

穆氏也在现场，她一言不发。事后，她私底下对满仓说："你姐夫就这脾气，你是了解他的。火气上来，六亲不认，火气一过，风平浪静。他发发火，心里舒畅了，就没事了。"穆氏何尝不知自己的丈夫昌发个性很强势，对下属要求苛刻，尤其是得理不让人，让下属心生怨气。

账房先生阿海是个聪明人，他的脸上永远是欢喜谦卑的神情。昌发训斥阿海做事不妥当时，阿海总是态度极其恭敬，默默接受责骂，并能严格遵照昌发的要求去做事。

阿海深知，昌发强硬作风的背后其实是一种唯我独尊的霸气。这种霸气令他的商战能力很强。但这也是他的致命弱点，令他难以相信他人，包括他的小舅子满仓和自己老婆穆氏。昌发这一性格的劣势也成了阻碍昌发渔行继续发展前行的重要因素。

阿海在默默地壮大自己的商战能力之时，也在等待脱胎换骨的机会。机会终于来了，昌发瘫痪了，不会言语。昌发渔行的商务，最熟悉的人就是阿海。

昌发瘫痪的那一夜，阿海睡得实在太甜美。梦中，夕阳下的半塘海滩，他正吃着儿时最向往的超级美味的海苔观音饼，很香很脆很酥。饼干碎末落了一地，他弯腰捡拾那些饼干碎末，抬头，却见一个蒙纱的美丽女人，正仙气飘飘地缓缓地向他走来。是谁？

123

身影渐渐清晰，可始终没有看清女人的脸。突然起风了，风撩起那块缥缈的白纱巾，露出了雪妮的容颜。他狂喜地奔向雪妮，却一脚摔倒。

终究是梦一场，阿海醒过来，但他还是沉浸在这个无比美好的梦境中，心满意足地暗暗欢喜着。渐渐地，一个关于得到雪妮的计谋，也在心中形成。

第25章　中秋大潮汛劫色又谋命

荷叶湾山顶的杨枝庵，蓝色的天空亘古不变，彩色的经幡在桂花飘香的风中摇摆，袅袅香炉佛香浓郁。

雪妮一行人沿山路，步履匆匆赶往昌发渔行。

尽管已经知道父亲瘫痪的事实，但雪妮见到父亲那一霎间，还是无法接受父亲的现状。那个昔日如老虎般威严的父亲，此刻是如此衰弱，他一动不动地躺着，嘴角努力开合着，却说不出话，昔日那犀利的眼神，此刻满是无奈的悲怆。

雪妮蓝天一般的眼神与父亲浑浊苦痛的眼神对视着。父亲如一条濒死的老狗在喘息。

血浓于水的亲情，一下子如洪水决堤，袭击着雪妮心灵的堤坝。

对于父亲，雪妮一直很害怕，不敢靠近，但又特别渴望亲近。

雪妮默默地站着父亲的床边，望着父亲病弱的身躯，心里一遍又一遍地念着药师佛心咒："求药师佛，护佑我父亲大人脱离疾病的苦痛，身体康健、延长寿命，远离生命的灾难、障碍，解脱一切苦恼忧扰。"

瘫痪的昌发，浑身散发的病痛之苦，牵动着雪妮的每一条神经。她陪在父亲身边，小心翼翼，亲手为他翻身擦拭。

她终于以这种方式，与自己的父亲有如此之近的接触。触摸着父亲的身体，雪妮心中第一次产生一种很踏实的感觉，那种直抵心中的柔软与依恋之情，是雪妮一直渴望拥有的父爱。

"小姐，老爷发脾气了，不肯让我喂饭。"

"小姐，老爷发脾气了，不肯让我为他翻身擦拭。"

每每这个时刻，只要雪妮到场，昌发就会变得很温驯，女儿轻声细语哄着病重的父亲，父亲乖巧而听话。

"昌发老板从来没有对其女儿关爱过，没想到，他女儿竟然对他那么孝顺。到底是亲生女儿啊！"雪妮的孝心，在街坊邻居中传颂。

账房先生阿海，这几天那贼溜溜的眼睛只贪婪地围着雪妮打转，如鲨鱼见血一般，无法从雪妮的身上移开。儿时那美味的观音饼味道似乎总是在舌尖与口水纠缠着：跟雪妮好，有吃不完的观音饼。

转眼就是八月十五。那天大潮汛，海水涨得跟渔港堤岸一样平，然而海水还是不断地往上涨，爬过渔港的堤岸，码头两边的路面全是湿答答的海水，已经没过行人的脚面。

沈家门东横塘西横塘的店家和住户都用沙袋包堵着漫上来的海水。渔港的中秋节一旦碰上大潮汛，就是这般景象：海边皓月当空，清辉洒满海水浸泡的家家户户，和着满城的扑鼻桂香。

起风了，桂花树纷纷飘落。一场桂花雨，落在海水漫过的地面上。

"海上潮汐涨悠悠，路边桂花落纷纷；哥哥轧轧橹声急，妹妹五更相思调。"昌发渔行的伙计们一边快活地哼着民间小调儿，一边用沙袋包堵住门口漫上来的海水，荤段子总是让这群男人干劲十足。

账房先生阿海看着脚边涨起来的海水，说："涨潮六个小时后就会退潮，现在已经涨潮五个多小时，这海水已经涨到高潮了，不会再涨高太多了。"

他回望着昌发渔行内院，那张从不生气的脸上似乎也隐隐约约涌着大潮汛的高位，他知道自己的好事也快临近了。

昌发渔行院子内，月中桂子落。这夜的桂花仿佛特别浓郁，甜香的味儿让雪妮很快就沉沉睡去，她睡得比往常早了一个时辰。

落潮时刻，阿海来了。女佣海燕守在门口，低眉顺眼，一语未发。阿海走近睡梦中的雪妮，浑身的血液由下而上直冲，这个时刻，他终于等到了。

雪妮只是沉沉地昏睡着，任凭阿海的处置。她不知道，她家的女佣海燕出卖了她，在她的饭碗里下了迷药。

桂花雨落了一夜，大潮汛也退了。满地金灿灿的桂花粒，黏在湿漉漉的地面上，裹着细细的黑污渍。

满世界依然还是桂花香甜，天也醉桂花，晨光也醉醺醺地跌跌撞撞地闯进屋内。雪妮醒了，惊慌万分地发现自己全裸着，身旁正酣睡着同样裸露的男人。

"啊！"雪妮尖叫着坐起。阿海醒了，一下子又压住了雪妮。雪妮痴呆呆地，不哭也不闹。阿海在她耳边说的话，仿佛很是遥远，"雪妮，我从小就喜欢你，我会对你很好的。"

雪妮一声不吭，昏沉沉地，如死去一般卧床不起。整个昌发渔行都知道"小姐病倒了"，但这家本来就已经忙乱不堪，无人顾及雪妮的事。女佣海燕一直陪着雪妮，寸步不离。

早半天儿，男佣一脸凝重地过来，告知："昌发老爷死了！"

一大颗泪珠从雪妮憔悴无神的眼眶里滚落下来。她摇摆晃晃地起床，穿过长长的回廊，踏着满地的桂花粒，听见继母穆氏凄惨痛哭的声音在院子里回荡。

雪妮几乎失去了所有的痛觉嗅觉味觉，就这样空洞地无知无觉地走着，如游梦般望着眼前的一切：白布缟衣的灵堂，进进出出的人群。她昏倒在堂前。

家，不再是原来的家，大家都看阿海的脸色过日子。昌发小舅子满仓爱赌牌九，他赌钱欠了很多债务，挪用了昌发渔行的巨款。现在昌发过世了，满仓如释重负。尽管阿海知晓内情，但两人各怀鬼胎，心知肚明。昌发渔行的业务全由阿海打理，满仓和穆氏姐弟俩没有能力去争抢。

昌发老板死得很惨烈：昌发躺在病榻上，阿海支开了穆氏。然后，阿海将满仓赌钱挪用的巨款一笔一笔向昌发汇报，昌发浑浊的眼睛直勾勾地盯着账户，怒火燃在眼里，却如困兽一般，想说又说不出口。穆氏进屋来，惊恐地望着这一幕。她想要拦住阿海的业务汇报，但已经来不及了。昌发的眼睛发红冒火，往上蹿，燃点爆发，面目狰狞，活活气死。

阿海的如意算盘达成：假借满仓，气死昌发，昌发渔行实权落入他的手中。

雪妮的憔悴与异样的沉默，阿龙奶奶以为是丧父之故。她劝道："雪妮啊，生死由命。活着的人还得好好活着，这日子还得过下去啊！"奶奶说完这话，自个儿就开始默默流泪，她想到了自己的苦命，想到了阿龙的苦命，悲伤不已。

昌发出殡后的当天傍晚，雪妮自己剃去了一头秀发，着一身青色的海青尼姑服，在众目睽睽之下，旁若无人一般，走出大门。

众人只是怔怔地望着，奶奶拦住雪妮。雪妮的脸色平静而决绝，说："从此逃离六道轮回，青灯一盏度西天。"

阿海如疯一般狂怒："谁让她这么干的？你们怎么没拦住她剃度？"

第26章　日侵占嵊泗列岛殃及"海顺"号

半塘的秋与天光，依旧无云清爽；东海的红膏蟹，依旧"壳凸红脂块块香"。但战火纷飞的年代，白脂红膏蟹再美味，也只能积压滞销，价格低廉。

荷叶湾林家渔行的老板林隆丰，正指挥手下的雇工用卤水一缸又一缸地腌制红膏蟹。一筐又一筐的活蟹们，顽强地吐着一圈又圈的白沫，那白沫儿好像海边滩涂的海浪花。但它们最终被浸泡在咸得不能再咸的卤水中，并压上大石头。这就是过年时节美味的呛蟹，舟山海鲜名品。

林隆丰望着一缸又一缸的呛蟹，望着缸里压着的一块又一块的大石头，他的脚步也如被大石头压着一般，缓慢而沉重地挪移着，深深地叹了口气，说："蟹旺发，但是海鲜生意难做。只能走一步算一步。"林夫人跟随在丈夫身后，说道："要是我们也能跟上海'跑单帮'做生意，多好。"她的话语在这一片吹着白泡泡的呛蟹缸里飘着，很快变得无声无息。整个沈家门人都知道，这笔生意早就被阿发、阿海两兄弟垄断了。

原本战争爆发，海运业崩溃，阿发海上抢劫勒索过往商船的生意也变差。但是，他意外地找到了发财的机会：在枪林弹雨中，往上海租界运输物资。

淞沪会战始于闸北区，后扩散至全市，而租界却成了唯一的乐土。尽管租界外炮火连天，英法租界却因为骤然间涌入数百万人，变得空前繁荣。但租界生活无法自给自足，米、面、油等生活物资奇缺，价格奇高。那些沦落成难民的破产商人，凭着敏锐的商业嗅觉，开启了一个新兴行业，俗称"跑单帮"。这些"跑单帮"商人冒险穿过战区，到上海周边乡下收购生活物资，返回租界兜售，然后在租界购买洋货返回乡下贩卖。

阿发之类的强盗土匪与上海的这批"跑单帮"联合运营。阿发负责将生活必需用品先运往宁波，然后通过陆路送往嘉兴，再由上海的"跑单帮"送往租界。由于这些商品都是刚性需求，不可能不买，又是在战时，因此售价往往是平时的十几倍，利润空间极大。而随着淞沪战争进一步扩大，上海租界内不管什么样的家庭，都开始囤积物资，大户人家大囤，小户人家小囤，只要还有点余钱的，都在囤积一些紧俏物资，这进一步拉高生活物品价格。"跑单帮"反而因战争而生意大发。

阿发的岳父，沈家门海鲜王大饭店缪老板也想跟女婿合伙，做"跑单帮"生意。阿发老婆巧儿，在床头边跟阿发说起她爹想合伙做生意之事，阿发黑着脸，一口拒绝："咸鱼放生！嫁出去的女儿，泼出去的水。"一句话将巧儿噎得无话可说。

阿发阿海兄弟俩"跑单帮"生意发大财。桃花岛密室里，秋日的阳光肆意地闯入，照得一箱箱金条闪闪发光。海盗头目阿发望着金条，两眼和金条一起发金光。而他的兄弟阿海却在一旁，两眼无光，只是发呆。阿海的脑海里还在想着雪妮。

月亮如眉，挂在杨枝庵的寺庙屋顶，那大就是雪妮出家为尼的当晚，阿海去杨枝庵找过雪妮。雪妮始终不肯见他。他在雪妮的房间外一遍又一遍地苦苦哀求："雪妮，我对你是真心好，我从小到大，只想要的女人是你。"屋内传出来的只有念经文的木鱼声，"笃、笃、笃……"，沉闷而厚重。

秋夜的杨枝庵，星空沉寂，不言不语，只有木鱼声，一声又一声，飞向澄净的深蓝色的夜空，散发着与生俱来的能量，让世界变得无比寂寥。

师太慧心过来，双手合十，念了一声："阿弥陀佛！一念放下，万般自在。"

"不就一个女人，有什么好想的。女人，西横塘，多的是。有钞票，就有女人。"阿发扯大了嗓门，将无精打采只是发愣的阿海从往事中拉回满屋金条闪闪的现实世界。

阿海不作声。阿发继续说："我看巧儿的妹妹莲儿，这朵黑牡丹，漂亮，又是女学生，你把她娶过来吧。"

阿海长叹一声，没有说话。

阿发的小姨子莲儿就是缪文心。此刻的她正和心仪的林德俊老师一起在定海真神堂从事抗日宣传活动。

真神堂的牧师名叫陈德宏，温州人，年近四十，是定海城里很有名望的抗战人士。"八一三"淞沪战役期间，一批躲避战乱而从上海返乡的定海人，为岛城民众带来了民族危亡、国土沦丧的惨痛消息，定海公学的进步青年师生和这批从上海返乡的爱国人士，一起投身抗日救亡运动的浪潮之中。

牧师陈德宏将教堂作为宣传队的活动场所，同时还提供了稀有的无线电收音机让大家收听战争消息。林德俊和缪文心是抗日宣传队成员，他们用收音机收听战争消息、编写宣传标语、排演抗日节目等。

教堂里，缪文心出神地看着林德俊编写标语。奋笔疾书的林德俊那硬朗又儒雅的气度，如大海深沉，似皓月清亮，让缪文心几乎屏住呼吸，她舍不得轻轻吐纳，因为一呼一吸，便是时间一分一秒地流逝。她真的不忍心就这样让时间溜走，与林德俊独处的时光连空气都是甜美无比。

林德俊抬头，刚好与缪文心凝视的目光对上，缪文心的脸仿佛是热锅上的烤蟹，瞬间潮红，少女惊慌失措地将笔掉在地上。

林德俊看着缪文心，心头微微一颤，被此刻少女含羞带怯的神韵之美吸引：这个羞赧的女孩如明朗的阳光穿梭于林霄之微隙，飘逸绵长的光影，弥漫在秋日里，把天地间一切空虚盈满。

真神堂的牧师陈德宏正巧进门，看到此景，他在一旁一语点破，并调侃："林老师，你写的每一个字迹，都在一个美丽的心灵上发芽安家。"

缪文心口齿伶俐，马上辩解："是的，林老师写的每一个字迹，都闪闪发光，都在呼唤每一颗心灵的爱国情怀。"

牧师陈德宏看着缪文心，暗想：明眼人都看出了你的暗恋，你明明对林德俊很在乎，却偏偏摆出无所谓的姿态。他干脆爽朗地笑着说："尤其是呼唤着文心小姐的心灵啊！"

此话一出，林德俊与缪文心都有点窘迫。缪文心偷瞄到林德俊的双眸，郁郁地闪烁着，似乎在诉说着什么，但很快一闪而过。林德俊笑呵呵地说："梧桐树边梧桐树，不开花果不犯红。"

听此诗句，缪文心心中一颤，黯然失神，她全听懂了林德俊的婉拒之意。只是很快，缪文心淡淡地若无其事地对着下联："天边很高天边高，不上九天不揽月。"

缪文心文思敏捷，出口成章，对答之快，让林德俊不禁露出赞许的眼神。

林德俊与缪文心两人，这言语一来一去，看似在拒绝爱的表白，但莫名的情愫却如秋日的阳光透过窗帘进入室内，丝丝缕缕地被拉长，被延伸。

"不好了，乐乐又摊上大事了！"胖明急急地进来，对林德俊和缪文心说，"李家船行挂靠英国怡和洋行旗帜的'海顺'号，途经嵊泗泗礁岛附近海域，突然音讯全无，电台联系不上任何信号……消息传出，船员家属的情绪非常激烈，都去李家船行讨说法，李家船行被打砸了！"

林德俊瞬间大惊失色，他立即意识到：途经嵊泗泗礁岛附近海域的"海顺"号，极大概率是遇上了灾难。

嵊泗列岛，位于上海口外及长江与钱塘江的交汇处，是我国东南之门户、淞沪之屏障，兵家必争之地。自 1932 年冬起，日本军舰、航母就已经群泊陈钱山（嵊山）岙，为日寇海、空军侵略淞沪之根据地。在淞沪大战前，1937 年 7 月 6 日，日军两百多名海上陆战队队员，在嵊泗菜园的高场湾沙滩登陆，占领了泗礁岛，并在菜园基湖沙滩拉起了铁丝网，创建水上飞机场，使之成为进攻上海的桥头堡。淞沪大战期间，白天，日军飞机军舰侵扰淞沪，夜返嵊泗列岛。

淞沪大战的第五天，1937 年 8 月 18 日上午，日本军舰、航空母舰一百三十多艘侵入泗礁洋面，六十多架飞机入侵泗礁基湖沙滩上空。随后，日军在朝阳、外山嘴、东会城三个岙口放火，一百零八间房屋被烧毁。战火中的嵊泗列岛多灾多难，途经这片海域的"海顺"号，也肯定难逃厄运。

第27章 危难中"以你之名，冠我之姓"

半塘岸边的李家船行，悲痛欲绝的家属们哭喊着自己的亲人名字，撕心裂肺的痛哭声在静静的海边回旋着，飘散在海鸥一声声尖锐的"欧欧欧"叫声里。

半塘的海，却是无风无浪。翡翠蓝的海水，出奇的静。那细腻光滑的海面，呈带油脂的强玻璃光泽，晶莹剔透，没有一丝一毫的波澜起伏，只是水润清透，亮泽安静。

老天没有怜悯这群可怜的人，"海顺"号还是没有任何信息联络，就这样无声无息地消失在茫茫的大海上。定海旅沪同乡会在《定海舟报》上发布为"海顺"号失踪通告："……查该轮于八月十日下午五时许，驶出天津港，一直与地面保持联系，直到八月十八日失去联系……"

战乱时刻，又逢船只失踪，乐乐已经没有精力去顾及被阿龙抛弃的痛苦，只是想尽一切办法寻找失踪的"海顺"号。

淞沪大战持续近两个月。日军强敌大举入侵，中国航海界在遭受灭顶之灾。随着战局的变化，日本军的大举入侵，为了抵抗侵略，为了保卫国上，中国的轮船商毫无吝惜地献其所有米进行神圣抗战。

上海为了阻止日军在南黄浦口登陆，载重吨位约在数千吨以上的商船，无奈地一艘一艘自动往下沉。接下去，青岛、福州、宁波、甬江等地的商船都将步入后尘。

中国沿海港口即将被日军控制，上海航运业在往重庆或香港迁移。局势还在进一步恶化。乐乐想找上海宁波帮帮忙，寻找失踪船只的可能性越来越小。

而按照保险索赔惯例，"海顺"号还不能认定是失踪的船只。律师告知她："现行的船舶险条款中的船舶失踪责任是指船舶在航行期内，从被获知最后消息的地点起，满六个月后仍没有获知其下落的称为失踪。船舶失踪视为实际全损，但必须具备下列条件：船舶在航行中失踪；船员和船舶同时失踪；失踪满六个月以上。"

这就意味着，李家船行又一次深陷海滩危机，这六个月内是拿不到船舶失踪的赔偿金来抚慰家属。

"海顺"号的船员绝大多数来自半塘村里，情绪失控的女人们，将污秽的言语泼向乐乐，将疯癫乱舞的手臂扑向乐乐，乐乐任凭女人们发泄着，没有任何的抵抗。

她的脸跟半塘的海一样，出奇的安静，那猫眼一般的眼睛里注满了所有的宿命，曾经清亮透明的眼，已没有了光泽，只是如空洞的深渊一般阒寂。

管家刘妈护着乐乐的身子，哭着央求："阿弥陀佛，放过我家小姐吧。"

歇斯底里的痛骂声、凄厉的哭泣声、万般无奈的哀求声交织起来的一片嘈杂混乱之中，乐乐整个人如一片秋叶在寒风中飘零着，慢慢地昏倒在刘妈的怀里。

德俊一行人正好赶到，手忙脚乱地送乐乐去了同济医院。医生告知他们：乐乐怀孕了。

"阿龙呢？"缪文心急急地说道，"快将这消息告诉阿龙。"

事已如此，胖明才说出乐乐被阿龙遗弃一事，但他遵守对阿龙的承诺，没有说出阿龙瘫痪一事。大家都沉默着，静静地等待着乐乐醒过来。

乐乐醒过来，得知自己怀孕后，她那空洞无神的眼里，蒙上了一层哀伤的云雾，但很快雾气消散，只是沉默着。

胖明静静地看着乐乐，他白胖的脸上所有的胶原蛋白都很诚恳地弹跳着，然后一本正经地说："乐乐，和我一起去香港吧，在那里重新开始航运业吧。"

乐乐朝着胖明凄惨一笑，说："谢谢危难时刻如此仗义。"

起风了，一阵凉爽的海风吹来，撩起林德俊青灰色的偏襟长衫，衣袂飘起，散发着悠悠的净朗与脱俗。

缪文心的目光一直萦绕着那一袭长衫的德俊。她看到德俊弧度分明的喉结在颈间上下跳动，自己的心跳也不由自主地跟上它的节拍，浑身的血液酒醉般地上涌，那颗"亚当的苹果"在显眼的脖子位置，却承担了最神秘的诱惑地带，缪文心仿佛掉落在男性荷尔蒙世界里，心醉神迷。

德俊望着低头发愣的乐乐，欲言又止，终于，最后一次喉结上下滚动后，他声线低沉又雄厚地说："乐乐，我来解决'海顺'号之事，如果你愿意，可否以你之名，冠我之姓？"

国文老师林德俊正在向乐乐求婚，求婚词古朴典雅。此话犹如电闪雷鸣，一下子击中了缪文心，也惊呆了乐乐。

"不可以，缪文心喜欢你，非常喜欢你。"乐乐不假思索，冲口而出。

林德俊只是深情地望着乐乐，时间在此刻凝固。

缪文心瞬间冲出病房，如东海飞鱼一般，从这场爱情的大海里快速飞翔，逃离。鱼并非只有在童话中才会飞，美丽的东海渔场有一种真正会飞的鱼，叫魟鱼。只是真实的世界里，缪文心这条飞鱼的飞翔没有那么如梦似幻，而是以一种极其悲伤的方式在逃离。

胖明也很知趣地慢慢退出病房。此时的胖明，感觉自己就是海里游得最慢的那一条鱼——翻车鱼。翻车鱼号称海中的蜗牛，没有什么游泳能力，仅仅依赖两片特长的背鳍和臀鳍的摆动来控制方向缓慢前进。而单恋的他，凭什么唤醒乐乐对他的爱意，他找不到和乐乐恋爱的能力。

"可这孩子只是我的，与你无关。"乐乐执拗地回答。

"你的孩子，不就是我的孩子？"林德俊的回答掷地有声。

乐乐心中筑起的那道防御堤坝，开始摇摇欲坠。

林德俊望着乐乐的那双猫眼，那里有一湾澄净的海，泛着梦幻的深邃蓝和天空蓝混合着的色泽，起着丝丝缕缕的涟漪。

"请让我先理清思路。"乐乐沉默了一会儿，缓缓地答复着。

"袭上心头的第一行诗，决定我们的思路。"德俊低头俯视着乐乐，语气如琼浆玉液，"请不要让我等待太久。"

德俊温润与诗书气息浓郁的爱情表白方式，温暖着落难时刻的乐乐，德俊的真心让一直沉浸在"海顺号"事件中的乐乐，感受到了久违的诗情画意的美好时刻。

"好，我愿意，嫁给你。"

乐乐快速做出抉择，她那猫眼里重现一眸清澈的水，她就这样闪亮而坚定地望着德俊。因为，德俊现在是她唯一的救命稻草。然后，慢慢地，那一眸眼里清澈的水开始起雾了，但乐乐努力克制着自己内心的波澜，她实在也顾不了缪文心的感受。

第28章　花好月圆里合掌的莲花手

定海城，刚下过一场秋雨，状元桥上的石拱有点冷清，桥下蜿蜒的小河静静地流淌着，周遭重重叠叠的白墙黛瓦和西洋风格混搭在一起的建筑群更是默然无语。

定海城有着传统明清建筑和西洋海派建筑融合之美，状元桥这一带聚集了上海"宁波帮"大亨的祖宅，如刘鸿生、董浩云、穆炳元等大户人家，庭院深深，古典而华美。

真神堂也在状元桥附近。定海公学的几个学生在真神堂二层的檐廊上，俯瞰雨后定海城街市清新古雅之景致。

远远地大伙儿望见缪文心穿着阴丹士林蓝旗袍，缓缓地走来，青苔斑驳陆离的石板路，拖长了缪文心落寞的身影。

这些天，林德俊不再来真神堂参加抗日活动，缪文心的失落，大家都瞧在眼里。

"缪文心一直单恋林老师，她呀，做事总是犹豫，比不上乐乐，果断爽朗，可以快速从情伤中走出。"

"想当初，乐乐和阿龙老师爱得多轰轰烈烈，这不，乐乐很快就斩断情丝，嫁给德俊老师。乐乐做事，从不拖泥带水。"

"缪文心是情痴，哎，问世间情为何物？任世间无限丹青手，也画不成缪文心这一片伤心。"

"哇，原来你是恋爱专家啊，你的感情经历是如此丰富，真看不出来。毕竟是历练过来的，百毒不侵。"

"没有没有，都是从书中看来的……"

定海公学的这些男女同学互相调侃打闹着，他们很快就要奔赴皖南新四军。

"我们决定推迟出发日期，参加完明天林老师和乐乐的婚宴后，再走。"

"好，闹新房去！嘘，缪文心快到了。"

"缪文心，也想跟我们一起去皖南。"

缪文心走进教堂，这批定海公学的爱国学生开始讨论未来的行程安排。"我们一起去皖南，看看那里的新世界，去追求不一样的人生。"

缪文心心绪不宁地点头称是。逃离这场无望的爱情，离开这片伤心地，是她的本能反应。

傍晚时刻，缪文心回家。一封火红的婚宴请柬在她爹肥厚的手中，热辣辣地绽放。

沈家门海鲜王缪老板，胖胖的脸上泛着海边人家特有的健康红润色，他用海边男人的大嗓门向缪文心发话：

"莲儿啊，你的好友乐乐都结婚了，你也该结婚了。"

莲儿是缪文心的原本名字，缪文心不吭声。

她爹继续说："我看看，你姐姐巧儿的小叔子阿海，不错，是合适人选。你们姐妹俩成为妯娌，也就掌控了整个沈家门。据说阿海很有可能当上镇长。你嫁得比乐乐更风光。"

"他有德俊那么有才气吗？"缪文心冷冷地问道。

"能赚大钱，那才是有财！德俊就是一个没用的教书先生，都说读书做官，他连个七品芝麻官都没有。他能力比不过阿海、阿发。这兄弟俩都是人中之王。"

"打打杀杀的本事，溜须拍马的能力。"缪文心讥讽道。

"你以为，谁都敢打打杀杀去抢夺，那是英雄胆量。你以为，谁都能溜须拍马，哄当权者开心并达到目的，那是为人处世之道。"

"窃钩者诛，窃国者侯，真是一个乱世。"

"你总算书没有白读，懂得这个道理，就好好地适应社会吧。我让你姐巧儿张罗一下你跟阿海的婚姻。"

"我不要这样的婚姻。"

"女大当嫁，由不得你。"

父女俩的谈话很不愉快地结束了，而那封红红的婚宴请柬，一整夜都在刺痛缪文心的胸口。

第二天，整个沈家门人倾巢而出，观看林德俊和乐乐的婚庆典礼。

长长的十里渔港向东，接近尽头处，是荷叶湾。福建籍渔民的代理——林家渔行就坐落在荷叶湾的山脚下，此处背靠山，南朝海，是风水宝地。每年东海鱼汛期，尤其四大经济鱼类——大黄鱼、小黄鱼、乌贼、带鱼汛期，福建一带渔民就赶往东海来捕鱼，林家渔行提供渔船的补给及鱼货的收购等。

秋日阳光中的林家渔行张灯结彩。一场盛大的婚礼，让整个渔港沸腾。十里渔港桅杆如林，海天一色澄净如镜，一艘艘渔船静卧水中，睁着乌黑灵气的船眼睛，看着岸上的吉祥喜庆景观。

成亲队伍洋洋洒洒，排队足足有十里长，一路上鞭炮锣鼓震天响，满眼望去，十里皆红。十里渔港落满十里的炮仗红屑儿，宛如一条披着红袍的金龙，一直蜿蜒向东。

新郎官林德俊的笑眼儿注满海蓝蓝的天。乐乐在不远处的花轿下来，戴着凤冠霞帔、蒙着红盖头，缓缓走来。这个可人儿，从此，就在他的视野中。

阿龙家的长工海哥霸也在看这十里渔港的婚庆排场。挤挤挨挨的人群，不时传来七嘴八舌的热议。

"李家和林家，本来就是世交，好福气好姻缘，郎才女貌。"

"墙门对墙门，厂笆对厂笆。婚姻就是门当户对。"

"乐乐小姐不是很喜欢旺财晒场的少爷阿龙吗？最后，却是嫁给林家少爷德俊。"

"姻缘天注定，是你的躲不过，不是你的求不来。"

海哥霸默默地退出了婚庆现场，去海边等待从普陀山返航的阿龙奶奶。

缪文心没有参加乐乐的婚宴，她只是落寞地望着不断往东延伸的长长的宽大的红色鞭炮屑铺就而成的路，一直在渔港边漫无边际地走着。

那条长长的红色婚庆之路，在熙熙攘攘的人群中，更显得喜庆喧哗。唯有码头边一排排渔船，在海的静谧中，默默无言地陪着缪文心，往渔港东边的尽头——半圣洞码头走去。

涛声柔软细语的海，收纳了林家渔行肆意快乐的噼噼啪啪作响的鞭炮声，喜气洋洋的奏乐声，以及所有的喜庆之声，它们全都热情洋溢地跌进海浪与礁石的你侬我侬的温柔乡里。

一直在海边踽踽而行的缪文心，落入了海哥霸的视野中。"阿发的小姨子，怎么没有去喝喜酒？"他自言自语说着。

这时，普陀山返航的客人上岸了，海哥霸刚接过阿龙奶奶的包裹，却见前面人声喧哗，"有人晕倒了。"

海哥霸和阿龙奶奶上前，看见缪文心昏倒在地。他俩急急地将缪文心送到医院。缪文心发高烧了。

"病人家属呢？"

"应该在喝喜酒。"

阿龙奶奶嘱咐海哥霸快去通知缪家人。就在海哥霸要离开病房的那一刻，缪文心突然咿咿呀呀地说起胡话：

"阿龙，你太坏了，怎么可以抛弃乐乐？她都有你的孩子了！乐乐，你也太坏了，带着阿龙的孩子，却嫁给了林德俊！"

缪文心的这番话，如一阵响雷，惊呆了阿龙奶奶和海哥霸，还有旁边的医生和护士等一众人。

阿龙奶奶很快回过神来，立马恳求大家："阿弥陀佛，这孩子在说胡话，请不要乱传话，造口孽。"

缪文心嘟嘟囔囔着，反反复复说着这几句话。

缪家人也急急赶来，缪文心的一片胡话，在场的每一个人都听得清清楚楚，谁也没法捂住缪文心的嘴。

阿龙奶奶反反复复地双手合十，说着："阿弥陀佛，这孩子在说胡话，请不要乱传话，造口孽。"

林家依然花好月圆。婚宴散场，一弯圆月挂在洞房的窗框内，俊德挑开乐乐的红盖头，乐乐与之相视，泪光闪闪，浅笑。

"林老师，谢谢你娶我。我会努力成为你的好妻子。"

乐乐话音刚落，她的神情被眼前所见震撼了。

洞房内张贴着一帧帧乐乐的素描画：在海鲜王饭店猜拳的乐乐，一只眼开一只眼闭，萌态万千；春日校园林荫道，骑行自行车的乐乐摔下来的那一刻，身手灵活敏捷；山坡上烤吃乌贼鲞的乐乐，嘴角炭火黑痕线如猫咪般滑稽可笑；沉浸在抉择中的乐乐安静而睿智的神情……

此刻的乐乐不再是李家船行那个决策果断的很有魄力的强势女人，而是一个柔软的楚楚可怜的小女人。林德俊对她深沉的爱意，突然扑腾腾地向她飞来，她措手不及地望着这爱的表白，眼里慢慢地注满了泪水，"我是沈家门最贵的新娘，愧对你们林家。"

德俊心里一阵刺痛，他很清楚，乐乐选择和他结婚，不是因为爱他，而是需要他的帮助。

林家渔行替乐乐支付了"海顺"号的所有赔偿金。李家船行破败不堪，乐乐手中只持有最后一艘运输船，那艘船停泊在香港，没有任何海上运输业务。和国内所有的航运业一样，李家船行无路可走，几近破产。

"乐乐，你永远是自由的。因为我爱你，所以我会让你有爱的自由。"

乐乐迎着德俊凝视的目光，第一次透过他的眼眸，看到了一片澄静的海，那片海里正倒映出澄澈的自己。

窗外，明月在天，秋声在树。屋内，德俊和乐乐站在一地的红烛摇曳中，默默相视。

许久，德俊对着乐乐耳语："今夜的海，不说话，今夜的月，正开花。而我一直在等待，等待你接受我的那一天。"

肚中的胎儿不经意地滑动了一下，乐乐泪流满面。

月光如水，映照林家院落。德俊的父母入寝，他母亲林夫人在床头抱怨："乐乐，早知如此，何必当初？前段日子，到她家去提亲，她还拒绝呢！她和阿龙的事，弄得满城风雨。如果不是儿子执意要娶乐乐，我是不同意这门婚事。"

林隆丰劝说道："你呀，说这些气量小的话，对你儿子有什么好处。这婚都已经结了，你认清形势，凡事往好处想，不利于儿子的事，不要做。让他们俩欢欢喜喜过日子，早点生儿育女。"

夜终于沉寂入睡，万籁俱寂，阿龙奶奶却是无眠。一缕如水的月光，一双合掌的莲花手，一抹浑浊而虔诚的眼神，在天心月圆的世界里被紧紧地绑在一起，融为一体。

第29章 西风鱼鲞传播超级绯闻

"秋风起，晒鱼鲞。"沈家门渔港的深秋，西风四起，气温逐渐走低，气候干燥，是晒鱼鲞的最佳时光。这一季节的特点雨水少，晴天多，鱼鲞被晒得鲜嫩透亮，口感极好，为上好的年货。

穿大街走小巷，橘色的秋阳下，家家户户的屋檐下、顶楼天台上、院子里、所有的旮旯，随处可见一排排色泽鲜亮的鱼鲞，晒得透透亮，喷喷香。海风和阳光制成的扑鼻鱼香，是沈家门渔港特有的味道。

有财晒场晒鱼鲞的场面相当壮观。半塘海边，蓝天之下，方圆几里，密密麻麻摊放着一排排、一列列的竹筛，上面晒满色泽鲜亮、排列整齐的鱼鲞，宛如千万条鱼儿游归大海。那一层又一层的竹架子上吊挂着风鳗、风带鱼，犹如千万条佳人的流苏在风中招摇。

有财晒场的男女短工们忙活着为鱼刮鳞、开膛破肚、洗清内脏，晒制鱼鲞。人们在忙碌的劳作过程中，也在交流着爆炸性的头条新闻。

"听说，乐乐怀有阿龙的种，却嫁给了林家渔行。"

"我也听说过这件事情，真的吗？估计，无风不起浪。"

"哎，你们连阿龙的爹是谁，都不晓得。真是海蜇撑凉伞，太婆管裤裆。"

一阵笑声如浪花四起，这群男女短工们笑得快活而自在。

海哥霸和阿龙奶奶走过来，大家一下子鸦雀无声。他俩心知肚明，但都缄口不提。海哥霸那扁平而宽大的厚嘴唇，紧紧地闭合着，只是默默地跟着阿龙奶奶。他知道事情的真相。

海哥霸的思绪飞到了乐乐婚后的第一天：

缪文心高烧退后，阿龙奶奶想单独询问缪文心，但是缪文心拒绝见任何人。阿龙奶奶无奈，只好让海哥霸找来胖明，验证缪文心所言是否属实。

"这件事情，只有缪文心、林德俊和我知道。"

胖明糯米般白胖的脸上，红润润的嘴巴刚吐出这一句话，阿龙奶奶瞬间老泪纵横，双手合十，朝天而拜："苍天有眼，阿龙有后，王家有后，列祖列宗，请保佑王家之后。"阿龙奶奶苍凉浑浊的老眼一下子布满光亮，恍如七月夜空的北极星。

"最近，小黄鱼、鲳鱼、带鱼等家常鱼类的价格普遍上涨，接下来，冷空气来了，鱼只会越来越贵，趁天气晴，我们晒场多晒鱼鲞多囤货。"阿龙奶奶的指令，打断了海哥霸飞扬的思绪。

"大当家的，哪里进鱼货？"海哥霸小心翼翼地发问。

"哪里便宜，哪里进货。"阿龙奶奶的回答很干脆。

海哥霸的发问是有针对性的。往年，有财晒场只进昌发渔行的鱼货，而有财晒场的鱼鲞也全部供应给昌发鱼货，两家合作了近二十年。阿龙奶奶嘴里常挂着一句话："海蜇无眼睛，全靠虾领路。有财晒场全靠昌发渔行啊！"

但今年昌发老板去世，阿海掌握昌发渔行的实权后，立马对有财晒场提高了鱼货的卖出价，压低了鱼鲞的收购价。阿海深邃的眼神里满是算计，但话说得很客气："老太太，今年生意难做啊，这兵荒马乱的，我们也是没有办法，您老人家就多体谅体谅我们的难处吧。"

海哥霸决定前去林家渔行进货。此刻的林家渔行生意异常红爆，售卖海鲜的摊位前围满了挑选新鲜鲍鱼、带鱼、鳗鱼、杂鱼的人群。

林家渔行的伙计高叫着："我们的鱼货只批发不零售。"

林家渔行的鱼货都是按筐销售，一筐有很多条鱼。围上来的家庭主妇们和邻居、朋友一箱一箱合买，然后再按鱼的条数分开。那些女人一边分着鱼货，一边八卦："听说，林家渔行新娶来的少奶奶怀着有财晒场少爷的种，有没有这回事？"

关于林家渔行少奶奶乐乐的绯闻，在众人的眼里，就像满大街透亮的鱼鲞一样，舞在阳光里，飘在海风中，鱼香万里，谈资无限。

"轩妈妈，外面风言风语说，少奶奶乐乐已经怀有阿龙的孩子。"

"话不可乱传，当心割舌头。"

"轩妈妈，你是半塘人，跟李家管家刘妈又是发小，你应该最知道内幕。"

"阿弥陀佛，不可乱说话，不可乱管闲事。"

林家渔行的老佣人轩妈妈，正在阻止其他佣人谈论少奶奶乐乐之事。

"可为什么外面都在疯传，乐乐已经怀有阿龙的孩子。"

这句话刚好被路过的林夫人听到，她目瞪口呆，当即让人叫来林隆丰。夫妻俩火急火燎地喊来乐乐和德俊，询问此事。

乐乐的脸跟往日一样，风轻云淡。林家夫妻怒火即将燃烧，乐乐的猫眼却是一汪清水，透彻静默，她只是转身，静静地望着德俊。

德俊被此刻的乐乐彻底折服。"泰山崩于前而色不变"，描述的就是乐乐此刻的神情，这个遇事淡定从容、不慌不忙的女人，她的眼坚定而沉稳，分明第一时间对这个事情有了准确的应对策略。他欣赏着这样的乐乐。

乐乐迎上了德俊温柔又宠溺的目光，她第一次意识到林德俊的面容如此英气逼人却又柔情万分。他的眉眼很圆润，他的瞳正水润含情地看着她，突然，乐乐心中怦然一下，君子温润如玉的模样，这是林德俊现在这模样。

乐乐终于明白为什么全校女生都迷恋德俊，进而迷恋《诗经·淇奥》："瞻彼淇奥，绿竹猗猗。有匪君子，如切如磋，如琢如磨……"

空气里全是这新婚夫妻相互凝视而迸发出来的你侬我侬的甜蜜气息。

德俊的眼像晶莹透亮的天上的星星，绽放着闪亮的笑意，他温柔却坚定地牵起乐乐的手，大声宣告："是的，乐乐已经怀孕，是我的孩子。"

"这成何体统？怪不得，你俩急吼吼地匆忙结婚。"林夫人的话如连珠炮，"为什么街头流传着乐乐已经怀有阿龙的孩子，快说！"

"那是人家造谣，见不得我和乐乐的好事。"

"人家是谁？谁在造谣？"

"够了！"林隆丰黑着脸，阻止母子俩的对话，厉声说道，"你们想让整个沈家门人看我们的丑闻吗？这对所有的人有好处吗？对林家有好处吗？对德俊有好处吗？对乐乐有好处吗？让事态平息的最好方法，就是不去理睬流言蜚语，过好自己的日子。日后，谁要是再提及此事，逐出林家大门。"

林夫人依然怒气冲冲，但她被封住了嘴，不再开口说话。

德俊拉着乐乐的手，穿行在林家的回廊间。甜蜜美好的一对新人，如同林家院落小池南畔的那一树木芙蓉，秋日里的花骨朵，明如霞光，正含苞欲放。

"乐乐，你看，水里的莲花谢了，可是树上的莲花，不久就会开了呀！"

乐乐循着德俊的方向望去，秋意已浓，林家水池内早已残荷败枝，而岸边的一株木芙蓉摇曳饱满，含苞欲放。西风越紧，它们开得越旺。

乐乐触景生情："莫怕秋无伴醉物，水莲花尽木莲开。"

"那些花骨朵有梦可依、有心可归。即使心头蒙上层层秋愁，也可一一消解。"德俊的温情话语在乐乐耳边响起。

乐乐的小手一直被德俊紧紧地牵着，她的小手在德俊的手中柔情地扭动着，变成了深情的十指相扣。两个人相视而笑，眼里全是花开缱绻的美好。软软的，柔柔的，酥酥麻麻的甜美，静静地在一树花开的世界里弥漫。

深秋，岛城到处是木芙蓉花开的景象。秋日的普陀山，木芙蓉花开的农家小院里，深红如血的芙蓉花下，响起了一声低沉的太息："木末芙蓉花，山中发红萼"，是阿龙的声音，但很快就在空旷寂寥的梵音里消失。坐在轮椅上的阿龙，望着一树又一树的木芙蓉，他那剑一般的桃花眼没有了往日的明媚与匪气，注满了悲情与坚忍。

一只流浪猫，不知什么时候，居然在阿龙轮椅旁的画作上打瞌睡。流浪猫将画中的佛陀膝盖当作了枕头。恍惚间，乐乐温柔地如猫一般蜷缩在他的怀里，那猫一般清亮的眼神里有一种异样，阿龙的心，莫名地刺痛起来。

第30章　雾里梵音唱人间悲欢

1937年11月12日，农历十月初十，秋阳高照沈家门渔港，满大街通透的鱼鲞，映照着纯净的蓝天。只是，一尘不染的蓝天，亮得太清澈，太明晃晃，有着一种不是人间真实之感。

"上海沦陷了！东洋人攻进了上海！"这个坏消息如黑色幽灵在大街小巷游荡。明朗的岛城每一缕阳光中，仿佛都飘来了淞沪之战的杀戮之声和血腥之味，无尽的悲伤与极度的恐惧蔓延到每一个角落。

荷叶湾，黄花遍地开。山顶的杨枝庵，在袅袅香火和梵音中传递着佛门特有的庄严和肃穆的气息。众多身披海青的佛教徒，跪立于蒲团之上，举行大型祈祷活动，追悼阵亡将士，祈祷世界和平。

寺院唱诵的声响——佛音梵唱，从一个个虔诚的躯体里飘出，汇合成唱诵的河流。那河流，寂寥而凝重，带着佛的谆谆教导，奔向汹涌的抗日浪潮：上马杀贼，下马学佛，出世入世，都是慈悲人间。

满山坡都是梵音。病恹恹的雪妮，躺在床上，听着屋外的诵经声，默默跟着吟诵："听吾今日称扬赞叹地藏菩萨摩诃萨，于十方世界，现大不可思议威神慈悲之力，救护一切罪苦之事……"

近期，雪妮总是浑身无力，犯困，厌食。这天一早，她胸闷，然后就是呕吐得厉害，吐了好几次。杨枝庵住持慧心师父托人捎口信给阿龙奶奶，让她请泰来街葆仁堂的老中医给雪妮看病。

阿龙奶奶带着老中医急急赶来，看到雪妮孤零零一个人躺在病床上，几日不见，那清瘦的脸变得脱骨，奶奶一阵心酸，快步上前，颤巍巍地抚摸着雪妮的额头，说着："好孩子，奶奶来看你了。"

老中医把脉后，面色有点奇怪，他一言不发地看着雪妮，空气有点凝滞。

阿龙奶奶小心翼翼地开口询问："先生，这孩子得了什么病？"

老中医沉默了好一会儿，终于发话："这是有喜了！"

外面梵音阵阵，屋内是死亡一般的寂静。阿龙奶奶那干瘪的嘴唇犹如一口枯井，发不出一滴水声，只是愣愣地看着雪妮。

雪妮的脸瞬间煞白得令人心惊，似乎浑身的血液被抽空了，厄运再次降临到她的身上。

清醒过来的阿龙奶奶，再三叮嘱葆仁堂的老中医保守秘密。

雪妮哽哽咽咽地诉说着八月十五中秋夜阿海强暴她的真相。

阿龙奶奶这才知道雪妮出家为尼的原因。"我可怜的苦命的孩子。"阿龙奶奶紧紧搂着雪妮。

慧心师父知道这件事后，掐着手里的一颗颗念珠，好久才说话："阿弥陀佛，该来的，躲也躲不过，这就是命啊！雪妮尘缘未了啊。"

雪妮只是无声地流泪，然后一个人长时间地发愣。半夜，阿龙奶奶醒来，不见雪妮，慌慌张张地出去找她。

杨枝庵的后门不远处是一道挺拔的悬崖。银色的月光之下，悬崖很大，黑洞洞的，赤裸裸地露着嶙峋的黑魆魆的岩石，几株疏疏稀稀的松树，将树根像刀子一样插进石隙缝里，那粗壮的骨干贴着石壁往天上长。几根褐色的藤蔓，在崖的一半处耷拉下来，又绕上去，跟松树苦苦地纠纠缠缠地绕在一起。

雪妮站在崖边。阿龙奶奶一下子抱住了雪妮，失声痛哭："可怜的孩子。不可以这样的！"

雪妮的眼里绝望而空洞，没有一丝一毫的光亮。

"我的两个孩子，命怎么都会这么苦啊！"奶奶死死地搂着雪妮，跌坐在崖边，终于忍不住，痛哭不停。

在奶奶断断续续的哭诉中，阿龙的灾难震撼了雪妮。

"你至少身体还是健康的，可是阿龙的下肢瘫痪了！他在苦苦挣扎着，活下去。你，不该糟蹋自己的身体啊！活下去，和阿龙一起好好地活下去！"

"如果可以，我愿意倾家荡产，换回我儿子和丈夫的性命，让我和阿龙他娘两个不再成为寡妇婆媳。可是，没有如果。命没有了，就没有了！"

奶奶撕心裂肺地痛哭着，她怀中的雪妮也紧紧地抱着奶奶，哭得泣不成声。

第二天清晨，大雾笼罩着杨枝庵，一切都变得朦胧了，白了，淡了，缥缥缈缈，似乎掩盖了人间一切的丑恶与血腥。

阿龙奶奶带着雪妮，与慧心师父告辞。慧心师父告诫雪妮："去一个阿海找不到你的地方吧。自从你出家来杨枝庵后，阿海是本庵最大的施主。"

林家院落。早起的乐乐望着窗外迷茫的雾气，忧心忡忡地说："好大的雾啊，今天可是要给胖明送别的。"

德俊走向乐乐，接过话头："雾大不见人，大胆洗衣裳。等着吧，很快雾散，旭日东升。"

乐乐瞧向德俊。德俊含情脉脉地望着乐乐，在她耳边低语："大雾四起我在无人处爱你，云雾散尽我爱你人尽皆知。"说罢，俯身吻向乐乐。乐乐迎着德俊温柔的嘴唇，闭上了亮晶晶的猫眼。

这对如花美眷相拥相吻的幸福模样，刚巧让德俊的娘林夫人撞上了，她慌慌张张回避着，差点撞到门厅上。

林夫人一边走一边小声念叨着："床上是夫妻，床下是君子。反了反了，老祖宗的古训都违背了。"

德俊对乐乐的心意，如秋冬的大雾，慢慢散去后，将一切都表露得清楚明了。林家府里上上下下都知道乐乐未婚先孕，更知道德俊非常爱乐乐，并目睹德俊对乐乐的关怀备至。

餐桌上，一家四口吃饭，德俊将饭菜夹到乐乐的碗里，说："乐乐，多吃点。"德俊一个劲地让她多吃。直到望着乐乐吃得空空的饭碗，这才满意。乐乐怎么都觉得自己如过年集市出售的鹅，塞满一脖子米糠的鹅。

德俊的殷勤劲儿让林家夫妻觉得他俩是多余的，仿佛他们都是空气。以前可都是林夫人给儿子夹菜。乐乐很敏感地触碰到了林夫人身上酸酸醋醋的目光。但德俊的眼里只有乐乐，从未有过的热情和满脸的幸福，都写在他的脸上。

"你儿子娶了媳妇，忘了娘。"林夫人私底下对林隆丰抱怨着，"早知道如此，德俊一出生，就放到李家去养着吧，反正都是李家的女婿。"

"我们没有穿透未来的眼睛，命运总是如那深不见底的海。你还是多拜拜菩萨。让该来的来，让该去的去。放下该放下的，做好该做的。"

"跟你说话，你总是跟我绕圈子。"

"如果所有事都知道结局，世上就少了很多遗憾和来不及。话又说回来，你真舍得把你这一宝贝儿子送到李家去养？"

　　林家只有林德俊这么一根独苗，而且是长房长孙。所以，作为林家渔行的唯一继承人，德俊从小就被长辈宠爱万分，而他的母亲林夫人更是亲自一手将他带大，自然是"含在嘴里怕化了，捧在手里怕碎了"。

　　"少奶奶乐乐真是好命，少爷对她真是好得不能再好。"林家佣人私底下都羡慕乐乐，她们的话语也成了最好的辟谣方式，"乐乐未婚先孕，那孩子绝对不可能是阿龙的种，肯定是德俊少爷的。"

　　定海码头边。阳光早已将雾气驱散。德俊和乐乐送别胖明。

　　"国难当头，上海的企业在往外地撤离，我舅公在上海的一些企业撤往香港，我家人也让我一起去香港发展。"

　　"刘鸿生先生是中国企业大王，我们定海公学的校董，我们舟山人的骄傲。听说刘先生的儿子刘公诚，抗战爆发后毅然从日本归国，奔赴抗日战场。"

　　"日军很快就会攻占沿海城市，形成封锁，现在也只有香港港口是自由的，安全的。"

　　"世界潮流，浩浩荡荡，一切都是往好处变，我们总有一天像潮水回归大海一样，回归和平生活。"德俊伸开臂膀，拥抱胖明，玉面书生的他，突然看上去极其豪迈。

　　"万众一心，誓灭倭寇。胖明，爱我中华，实业救国！"乐乐抢起手臂，起劲地朝胖明挥动着，阳光坠入她的眼里，如同这一江海水，金光闪闪。

　　鸣鸣的汽笛响起，缆绳解开，水花奋进，轮船即将远离。在轮船的一个不起眼的角落里，一双晶莹的黑眸子在悄悄地往外张望着，是缪文心的双眸。她看到了德俊和乐乐的身影，又慌张地躲了进去，再次张望，船已离岸，德俊和乐乐的身影越来越远。

缪文心无限惆怅又无限向往的眼眸里，越来越辽阔的海面只留下轮船驶过的一行又一行雪白的浪花。海的波纹向南，船的浪花向北，缪文心空荡荡的心渐渐被这茫茫的大海所填满。

"永别了，我的过去生活。"缪文心喃喃自语。她和定海公学的一批进步青年正奔赴皖南新四军，加入抗日的洪流。

第31章　冬至带鱼羹里看琉璃世界

夕阳西下，梅福庵缓慢清灵的诵经声，一声又一声，穿过满地落红的农家小院，落在一只白色的流浪猫身上。它倾听着梵音，舔食着一块银白锃亮的带鱼，"咋咋咋"的舔食声，应和着空灵的诵经声，竟是如此合拍，如此妙不可言地描述着鱼的美味。

流浪猫就在阿龙的轮椅旁边。阿龙在画画，流浪猫陪在一旁，舔吃鱼块。流浪猫不愧是吃鱼专家，很快，整块的带鱼变成了几近透明的鱼骨头。这是匀称饱满的带鱼骨头，一行行平行的大刺，被直直的一条脊椎骨拦截，恍如几何图形中的一组平行线，却透着冬至带鱼特有的气息。

"冬至带鱼，赛人参"，这几天冬梅阿婆总是一边嘴里念叨着这句话，一边忙前忙后为阿龙烧煮时令带鱼。

冬至前后二十天，是舟山带鱼一年中最肥最油最嫩的时候。煮熟的带鱼冷却后，那银白的鱼冻，铺着一层厚厚的油乎乎的白色油脂，尝一口，满嘴流淌着油乎乎的美味。猫更是知道这银白带鱼有多味美，肥鲜鱼腥之香，萦绕猫之鼻端。闻其香，它吃得欢快，尝其肉，它惬意地咂咂嘴。

"喵呜！"白色的流浪猫，突然叫了一声，从阿龙轮椅旁的鱼碗上抬头，迟疑地看了一下门口。

阿龙父亲林隆轩从里屋走出来，刚巧，阿龙母亲如芸从梅福

155

庵回来，而农舍主人冬梅阿婆和她的小狗久保也从集市上回来了。小狗久保朝着流浪猫，狂叫了几声，似乎在宣布它的地盘和它的主权。流浪猫吓得连窜了好几步，但没有走远，它留恋那盆还未吃完的鱼。

"久保，不可以对猫咪那么凶恶，说不定，以后你俩都投胎做人去了，结个善缘吧！"

身材佝偻的冬梅阿婆，手里拎着银色的带鱼，絮絮叨叨地对小狗久保讲着道理。冬梅阿婆的声音如天上飘着的云丝，轻轻的，淡淡的，柔柔的，小狗久保竟然安静下来，慢慢走向阿龙，流浪猫却倏忽一下跑走了。

冬梅阿婆边说边走过来，俯身欣赏阿龙的画作：观音坐岩石上观望大海，无边瀚海，风起潮涌。观音手中宝瓶倾斜，琼液垂流，涌现一朵白莲。画中岩石之粗糙，海之厚重，越发衬托出观音的空灵慈悲之容、豁达自在之态。阿龙所画的观音汲取了吴道子的画风，观音菩萨衣褶飘举，线条遒劲，天衣飞扬，仿佛满壁风动。

众人进了里屋，室内全是一帧又一帧的观音画像。阿龙来到普陀山休养近四个月了。他生命中最绝望的时刻，他的父母亲一直陪伴在他的身边。母亲如芸日日在梅福庵为他诵经祈福。父亲林隆轩为阿龙请了最好的康复按摩师，他自己更是辞去了上海美院的工作，日日夜夜陪伴着阿龙。

父子俩沉浸于观音画像创作之中，日复一日，阿龙一帧又一帧地画着观音画像。投入绘画中的他，神情也如观音大士一般，仿佛他是无限的安静，这种安静不是无声的安静，而是内在的安静，但静到极致，却回响着通天彻地的声音，它来自所有躁动平息后的内心，来自宇宙人生的最高真实。

室内所有阿龙的画作，都在呈现阿龙在痛苦不堪中挣扎着，历尽浮躁而动荡着，却渴望走向澄澈明净、纤尘不染的心路。

冬梅阿婆虔诚地看着观音画像，只是一个劲地说着："阿弥陀佛，救苦救难，观音菩萨。"

远远地传来空旷的梵音声，悠长如山那边的海，缓慢如天那边的云。

突然，小狗久保又躁动起来，窜向屋门口，阿龙奶奶和乔装打扮的雪妮出现在大家的视野里。

苦命的雪妮与厄运的阿龙相逢在普陀山梅福庵附近的农家小院。见到阿龙瘫痪的模样，雪妮一下子震住了，尽管她从奶奶那里早已知道事实，但大滴大滴的泪水还是从雪妮的眼里滚落。

阿龙不说话，朝着雪妮淡淡地微笑着，还是那双纯粹的桃花眼，但已没有昔日满眼的春风拂面，而是沧桑过后的厚重凝练。

雪妮愣愣地看着阿龙，熟悉又陌生。阿龙眼里的雪妮，出奇的消瘦，下巴尖锐凸出，一行行清泪正划过她那高耸的颧骨，却仿佛一下子跌入了万丈深渊。雪妮整个人瘦骨嶙峋，整张脸如瀑布飞流。

"傻丫头，再哭，要拉大潮汛警报了！"阿龙朝着雪妮戏谑道。

阿龙话音刚落，突然屋内一片黑暗，众人的视线朝向屋外，只见瞬间天空乌云密布，黑压压的乌云直直地滚向西边，电闪雷鸣，暴雨如注，宛如黑夜来临。

暴雨来得快，去得似乎也很快。随着黑云的飘移，西边又散发出金黄色的夕阳余晖，四周天际也慢慢地恢复天亮，这一刻，就像是黑夜与白天同时存在。

冬梅阿婆在厨房间，惊讶地喊了一声："哎呀，居然出现了阴阳天。"

雪妮的泪水也止住了，冬梅阿婆带着她去客房安顿。

望着雪妮离开的身影，阿龙奶奶长长地叹了口气。一家人从奶奶低低的讲述中，得知雪妮的悲惨经历。

"孩子，这里就是你的家。"如芸走进雪妮的房间，搂着雪妮的肩膀，"佛说生活，就是生下来，活下去。我的孩子，要好好地生活下去。"

阿龙摇着轮椅，来到雪妮门口，送来一幅字画"此生历劫，豁然以往"。那幅字画，是阿龙自己亲手写的，在他痛苦的时光里，一直挂在他的卧室内。

雪妮再次融入阿龙家的生活。

冬梅阿婆烧的萝卜丝带鱼羹，香味飘满小院。流浪猫那洁白的身影又在小院转悠。小狗久保站起来，望着流浪猫，居然没有狂叫。流浪猫，迟疑着前进，又迟疑着后退。

夕阳的余晖，一丝一缕，在天边慢慢褪色，暮色渐重。小院内木芙蓉整朵整朵地往水里坠落，啪嗒啪嗒，一声又一声，一朵又一朵，树底下清澄透明的水塘托着密密麻麻深红浅红的木芙蓉。小院恍如一片玲珑剔透的琉璃世界。

第32章　大黄鱼汛期里的奇迹来临

清明一过，沈家门街头一片"满城尽带黄金甲"的灿烂黄颜色，东海大黄鱼汛如约而至。

东海大黄鱼的汛期，发生在每年四至六月，清明至夏至。这黄鱼群，在春日里正是发情期，"咕咕"的求偶鸣叫声，因鱼多势众，声如滚滚春雷。

"黄鱼'咕咕'叫，吵死灯塔守夜人，乐坏海边捕鱼人。"金色的晨曦，洒在半塘村张阿三远眺的双眸里。他在自家的理发店门口，张望着一艘艘驶进渔港的木帆船，自言自语着。远远地，他老婆轩妈妈步履匆匆地疾走着。女人、木帆船、渔港，全跌进一片金色的晨光中。

一艘艘吃水线压得低低的木帆船，满载着大黄鱼归来，靠在渔港码头卸货。一股股冰鲜大黄鱼的鲜腥味，弥漫了整个渔港。人声鼎沸，家家渔行一片忙碌。渔港沉浸在金光闪闪的大黄鱼丰收季节里。

林家渔行老板林隆丰满脸喜色，陪着上海客户，来仓库看货。

卸鱼工的劳作犹如一场盛大的武术绝技表演。只见卸鱼工一弯腰，右手铁钩便勾住了鱼箱的搭扣，左手随即拎起另一头搭扣，起身之际，仿佛一股急流猛浪，"咔嗒咔嗒"，一箱又一箱鱼货叠放得整整齐齐。

鱼箱叠到高出人头后，他们便开始一箱箱地飞抛上去，空中掠过一条完美的弧线，不偏不倚，正好落在前一个箱子之上，稳似磐石。嗖嗖嗖地，鱼箱越抛越高，很快，放眼望去，一箱箱大黄鱼一排排地高高地垒着，高得快接近天花板，最后，整个仓库只留出一条走人的小通道。

卸鱼工飘逸灵巧、快如霹雳的劳作过程，让上海客户惊叹："哇，这卸鱼的功夫，出神入化，箭无虚发，非一日之功。"

林家渔行林老板接待完上海客户，带一身鱼腥，直赴宝贝孙儿的满月宴。

乐乐生下了一个大胖儿子，声音洪亮地哭着，与黄鱼的咕咕声相呼应，让林家欢喜万分。新生儿刚出生，林隆丰就喜滋滋地望着襁褓里的小婴孩，念着家谱字派："隆德从景，朝廷友绍……"他立马就给孙子取好了名字，"这孩子属于从字辈，又是卯时出生，旭日东升，就叫林从旭。"

从此，林隆丰回家第一要事，就是看望摇篮里的小孙子。林夫人打趣自家的老爷："黄鱼咕咕叫，小囡哔哔跳。新生孙子家中宝，阿爷欢喜得个宝，整日眯眯笑，孙子拉屎又拉尿，他的屎尿也是宝。"

林家孙儿的满月宴席很是盛大。老佣人轩妈妈进进出出忙碌着，几个年轻的佣人长嘴妇窃窃私语。

"双满月，才办满月酒。这其中的奥妙，你懂的。"

"呵呵，鸡蛋只要生在自家窝里，就是自家的。"

"不要瞎聊，快点干活，今天，客人多。冷菜先上盘。"轩妈妈手脚麻利地指派人员。

满月宴上，阿龙的父亲林隆轩也出现了。

"哎哟，隆轩啊，难得见你回老家啊。"亲朋好友围着林隆轩寒暄。

"让小爷爷抱抱这小祖宗吧！"林夫人望着小叔子林隆轩，话语热情绽放。

林隆轩满眼慈爱，目光久久地落在小婴孩身上。骨肉血亲，近在咫尺。林隆轩心中默念着：阿龙的孩子！我的亲孙子！

林隆轩的怀里，那散发奶香的粉雕玉琢的小肉团，亮晶晶的黑眼睛看着他，一下子让林隆轩浑身都是麻酥酥的，血亲如一股电流直穿心房。

命运的情绪像潮水般瞬间淹没了林隆轩的脑海，他心中的隐痛顷刻跌至无名的深渊。世界太沉重，命运的推手何其残忍？

阿龙是这孩子的亲生父亲，却无法说出真相。父与子都是同样的命运啊。作为阿龙的父亲，他没有超能力，没有拯救阿龙命运的能力。林隆轩现在连公开宣布他就是阿龙的亲生父亲，都无能为力。

深深的悲哀在林隆轩无底的内心深处，加速坠落着，失控的眼泪在林隆轩的眼眶里打转。他失态的样子，让乐乐有种很奇怪的感觉。

"小阿爷真喜欢小孙孙。隆轩啊，早点把在法国留学的女儿喊回来，早点抱外孙。"亲戚们调侃着林隆轩。

"隆轩啊，你女儿阿凤，要不是这战争，也早回上海了。"

亲戚们谈论着林隆轩的宝贝女儿阿凤，也叹息着林隆轩前些年病逝的妻子。"隆轩也应该再娶妻，大家帮忙找找，有合适的否？"

乐乐听着亲戚们的谈话，不知怎的，突然闪过一种莫名的感觉，林隆轩身上有着一种熟悉的神情，酷似阿龙，但那念头迅速被德俊深情凝视的目光覆盖，夫妻俩双眸相视，甜蜜而笑。

"雪菜黄鱼汤来了，乐乐，你多吃点。"林家夫人喜盈盈地看着刚端上来的黄鱼汤，对乐乐说道。

"是的，多吃鱼汤，多催奶。"轩妈妈随声附和着。

雪菜黄鱼汤是海边人家的时令名菜。熬煮东海大黄鱼时，放入切成末的雪菜（雪里蕻）、切成片的薄笋片，一直熬到汤色成乳白色。大黄鱼汛期，几乎家家户户的饭桌上都会上一盆雪菜黄鱼汤。

普陀山农家小院。临盆的雪妮和冬梅阿婆也在厨房里熬着雪菜黄鱼汤。雪妮看着冬梅阿婆用汤勺在锅里慢慢地搅动着雪菜黄鱼汤，一阵涟漪轻轻地在锅里一圈圈扩散，仿佛一池荡漾着春天柳绿的湖水。

"阿龙哥哥，喜欢喝黄鱼汤。"

"多喝黄鱼汤，强健骨骼，早点下地走路。"

"菩萨保佑阿龙哥哥早点站起来。"

"喵喵！"猫的叫声响起。"小白，又在嘴馋黄鱼。"冬梅阿婆准备猫食。流浪白猫已经被阿龙收养，因为一身白，就给它取名小白。

白猫出现在厨房门口，紧跟着小狗久保也出现了。它们俩一前一后，一白一黄，一派和平共处的氛围。

佛堂墙脚的僻静处。阿龙被按摩师扶持着，拄着拐杖，靠着墙角站立着。

阿龙的眼，正安静地享受着佛堂里那一种间接的柔和的光线美。室外的光线透过微白的窗纸，柔弱无力地洒落佛堂内，却让室内的事物呈现出一种朦朦胧胧的明暗不分的混沌之美，尤其是室内那些漆器、字画、盆栽等器物，在暗淡的光泽中散发着一股独特的美感，连按摩师都感受到了那种光的美学，他只是静静地扶着阿龙，不言不语。静默的他俩，一起融入了这混沌之美的光。

瞬间，一片光亮闯入进来，如芸和阿龙奶奶推开了佛堂门。

"孩子他娘，这是阿龙儿子的照片。"阿龙奶奶忙不迭地递给如芸，"哎哟，长得跟阿龙小时候一模一样。"

"这事不要再隐瞒阿龙，他和乐乐今生无缘，但他的亲骨肉，还是要让他知道的。让阿龙的人生也有寄托。"阿龙娘如芸的声音，随同室外那缕亮堂堂的光线，一起跌进阿龙的心房。

阿龙整个人都震住了，哐当一声，拐杖落地，按摩师来不及扶住阿龙，阿龙却站得稳稳的，没有如往日一样整个人倒在地上。

阿龙一动不动地站着。

"天哪，阿龙，你可以站起来了！"按摩师惊叫。

巨大的狂喜袭击着如芸婆媳俩，她俩顿时跪在佛堂，喜极而泣："阿弥陀佛，谢谢菩萨！"

此刻，厨房间却传来冬梅阿婆急促的叫声："啊呀，雪妮要生了！"

第33章　满滩海蜇难掩相思泪

　　湿答答的梅雨天。

　　雪妮生下一对龙凤胎。那两个皱巴巴的刚出生的小肉团，在她一旁睁着黑豆的眼，小嘴巴不停地蠕动着。她空洞麻木的双眼，看都不看一眼，只是默默地流泪。

　　一个老妇人抱起了双胞胎，也没有说一句话。

　　冬梅阿婆陪在一旁，劝说："坐月子，眼睛若哭坏了，月子里落下的病，一辈子都医不好的。"

　　"这辈子，这一刻，就让我哭个痛快吧！"雪妮说完，大哭。两个婴儿也躁动不安，跟着大哭，小嘴巴小鸟求食一般，不停地张开着合拢着。

　　"阿弥陀佛，孩子饿了，要吃奶！"

　　雪妮不理睬。孩子洪亮的哭声，在梅雨天的烟气里渐渐变弱，渐渐远去。雨，依然满天满地地下着，洗刷着世上的尘埃，归于流水。

　　世界安静下来，雪妮仿佛浑身被掏空，轻飘飘地随着雨水，飘零打落。她没有过问孩子的下落。遗忘悲惨的过去，只为了活下去。

　　"雨打黄梅头，四十五日无日头。"讨厌的梅雨断断续续，时大时小地下个不停，陪着雪妮度过她的产褥期。雪妮话语很少，只是望着窗外的梅雨纷纷，氤氲愁伤。

阴霾的天空，泼洒了无数穿肠愁魂的雨水，将世上一切都弄得发霉，连记忆都透着一股旧事的霉味。

不管怎样调控自己的情感，触景生情仿佛是一种习惯，尤其是在梅雨季节的伤怀中。林隆轩望着雪妮，有那么一刻，他也和雪妮一样，绵绵雨丝绵绵忧伤。

他望着烟雨中从寺庙归来的如芸，轻叹一口气："一季梅雨几度伤心，忘了青春，误了青春。"

傍晚饭点，冬梅阿婆、如芸、雪妮、阿龙，还有猫咪小白，小狗久保，都在饭厅里。

雨霭重重。滴滴答答的水珠可以从玻璃、柜子，甚至墙壁上滚落下来。木门变紧了，声音也不再清脆。吱嘎一声，林隆轩推门进来，他的脸似乎也被湿气浸泡得特别柔和，他望向雪妮的眼神满是怜惜。

"雪妮，你可以尝试一种新的生活，去香港或去法国，见见外面的世面，也许再也不回来，也许还想回寺庙。"

雪妮抬头，怔怔地看着林隆轩沉稳儒雅的面容。她第一次感受到林隆轩的眼里有着一种父亲般的怜爱之情，一种她从未得到过的父爱之情。

所有人都读得懂林隆轩眼里表达的含义，尤其如芸，她何其不知林隆轩内心的痛与无奈，只是口里默念：阿弥陀佛。

雪妮空洞的眼里，终于飘过一丝润泽的光芒。

阿龙望着雪妮闪烁的泪光，接口道："雪妮，跟我们一起走吧。"

同病相怜，同忧相救。阿龙继续极其真诚地劝说："雪妮，我们一起去看外面的世界，一起好好地活着。珍惜每一天，过好每一天。"

冬梅阿婆也在一旁附和:"孩子,出去看看这个很大的世界,好好地过好每一天。"

雪妮暗淡的脸色,渐渐起了亮光,她朝向沉默的如芸。

如芸默默地捻着手中的佛珠,一颗两颗三颗,她的话语中飘着若有若无的檀香味:"孩子,跟着自己的内心走吧。"

屋外,依然下着黄梅雨。但,希望也像一身烟雨覆了天下,无声地向雪妮滑来,它仿佛来自茫茫的天际,带着一股慈悲、祥和安宁的气息,伴随着青蛙漫天的叫声。雪妮深深地吸了口气,心中萌生了一种寻找自己尘世幸福的勇气。

终于出梅入伏,夏日火辣辣地来临,东海海蜇旺发季节也正是时候。

"海蜇水多,阎王鬼多。"阿龙奶奶在阿龙的陪同下,望着半塘海边旺发的海蜇,说着老话头,她超大超厚的眼袋如海蜇的伞盖,随着说话声一抖又一抖。

半塘海边满是人,大伙都觉得眼前所见很诡异,不可思议。

刚刚梅雨季结束,强台风就光临了,刮了一夜的干台风(干台风:台风天,只刮风,不下雨)。早上风停了,吹上岸的海蜇布满了整个海滩,脸盆大小,密密麻麻,水汪汪透明一片。

渔夫忌讳海蜇旺发,一旦海蜇过多,海水就会变色发臭,而且海蜇还会糊满渔网,无法捕捞。这时,渔民们只能齐集跪磕,向海龙王递状子"告海蜇"。但是令人们惊异的是,海面上海蜇不多。

"谢天谢地,龙王开恩,今年海上的海蜇全吹到海滩上,好足了。"众人对海龙王千恩万谢。

海边人家都知道,搁浅在海滩上的海蜇,要赶快清理,否则,暴晒在太阳底下的海蜇，会迅速化成一汪汪的水，整个海滩将腥臭扑鼻。

半塘家家户户出动，捡拾海蜇，人声鼎沸。

一身藕色旗袍的乐乐和抱着婴儿的德俊在岸上看热闹，他俩的身影很是显眼。

阿龙一眼就望见乐乐，轰的一下，喧嚣的世界瞬间定格，天地间只有乐乐闪闪发光。神采奕奕的她，微笑熙然地站在德俊身边。

乐乐身材变得圆润，好像刚出笼的馒头，暄软甜香。那双猫眼写满世间所有的柔情，散发着初为人母的独特女人味。

乐乐与德俊肩并肩紧紧地站着，小婴孩头靠在德俊的肩头，挨近母亲的方向，甜甜熟睡。那是一幅美好温馨的家庭画，是阿龙小时候向往的画面。

阿龙就这样远远地看着，慢慢地，泪花蒙上双眼，却硬生生地卡在眼眶里。可以掩饰外表，却无法控制内心。阿龙的心在告诉他：刻骨铭心的爱情，不是他想走出就可以走出，因为它就是如此震撼心灵，无法自控。

幸福的乐乐和德俊望着渔夫捡拾海蜇，斗嘴秀恩爱。

渔夫挑着海蜇过来，德俊赶紧把乐乐往自己一边拉："小心，海蜇虽美丽，但分泌出的毒素与眼镜蛇毒相似，剧毒。"

乐乐猫眼圆睁，一副不认可的神情："越美丽越有毒。但你见到这些渔夫被毒液蜇伤了吗？"

德俊眉宇含笑，摸着乐乐的头，很乖巧地说："我知道，你是我的毒，是我此生此世都找不到解药的毒。"

乐乐妩媚的猫眼甜蜜蜜地微眯着，大大咧咧地补上一句："放心，毒不死你！"

两人相视而笑，仿佛天地间只有他俩，任何人都不复存在。

德俊肩头的小婴儿突然醒来，小脑袋循着热闹的声音转动。乐乐温柔地望向小婴孩，突然，她的猫眼怔得如铜铃一般，整个人愣住了。

德俊顺着乐乐的视线，发现阿龙呆呆地望着他们。满脸沧桑的阿龙，一动不动，失神落魄地直盯着乐乐。

失态的乐乐，很快回过神来，她柔柔地对德俊说："海蜇无眼睛，全靠虾领路。我好像变成了海蜇，德俊，能带我回家吗？"

德俊一手抱着小婴孩，一手温柔地搂着乐乐的肩膀，一家三口离开了熙熙攘攘的人群。

漫天的人声渐渐隐去，海滩上如江南的绸伞一般透明水蓝的海蜇，也渐渐变少。海滩又恢复往日的空旷。

阿龙的身影在海滩上缓慢地移动着，离别家乡的时候，他想抓一把家乡的土，带着去远方。

管家海哥霸走过来，只见阿龙满脸泪水，他终究还是没有忍住自己的眼泪。

第34章　刀光火海普陀山沦入日军铁蹄

冬日暖阳里，海水拍打着半塘沿海岸的石块，老百姓远远地望着阿海一行人陪着新任定海县长苏本善，走在半塘海堤上，视察海塘修筑工作。

老百姓私底下的谈论也是浪花拍打，一阵又一阵。

"半塘半塘，国民党只修了半条海塘，没钱再修筑海塘，这就是半塘的由来。"

"新官上任三把火，不知这次新任县长能否将整条海塘全部修筑完工？"

"政府工程多做一次，官员钞票多赚一次。阿海镇长发大财！"

"做官不贪财，哑巴能说话。"

"听说，新任县长苏本善，黄埔军校毕业，很正气。"

"他还不是得巴结定海大族丁氏的丁淞生。阿海跟丁淞生是结拜兄弟。"

"丁淞生的父亲丁紫垣，可是当过定海县长，势力大着呢。"

"丁淞生有着深厚的帮会背景，门徒众多，与上海的杜月笙也有联系，历任县长都不敢得罪他。"

"新任县长苏本善，就是通过丁淞生来整合各路游杂部队。苏本善把县国民抗敌自卫团参谋主任、第二大队长的重要职位授

169

予丁淞生。"

"现在，新任县长苏本善和丁淞生，两人正处于'蜜月期'。"

"呵呵，县官不如现官，来官不如去官。"

官员视察工作如潮水般退却。

半塘人家依然沉浸在暖洋洋的冬日里。阳光追赶着学童们放学回家时的笑声，夹杂着远处传来的小商贩叫卖声。"海蜇要否？三矾海蜇顶顶好！""海蜇如酒，越陈越好，崩脆崩脆。"人间烟火味道，在街头巷尾间肆意穿行。

乐乐的双胞胎兄弟乐家、乐祖，放学路上，学着小商贩的叫卖声，玩乐着，说笑着。

"天上落雨，大雨砸出的水泡，就变成了小海蜇。"

"水泡也会变成海蜇。真的吗？"

"阿龙哥哥告诉我的。他说，天空里的雨非常非常地思念海洋，不想离开海洋，于是雨落入海里，变成水泡，水泡又变成了海蜇，永远不离开海洋。"

"我怎么不知道。乐家，阿龙哥哥什么时候告诉你的？"

双胞胎路过阿发家门口，阿发的儿子蹒跚着去追赶乐家、乐祖，摔倒在地，阿海弯腰去抱。乐家、乐祖的话飘到他的耳边。

"海蜇吹到半塘海滩的那天晚上，在我家后院门口，我见到了阿龙哥哥，还见到了漂亮姐姐雪妮。"

阿海整个人一个激灵，立即紧紧地抓住了乐家的身子。乐家睁着惊恐的眼神，哇哇大哭。乐祖赶快回家搬救兵。

刘妈和刚巧回娘家的乐乐，闻讯赶来。

在大家的劝慰和询问中，乐家忽闪着稚气的黑眼睛，断断续续地说着：

"阿龙哥哥说了一些很奇怪的话，他说，在梦中都思念乐乐姐姐，他说，想做一只永远在海里漂着的海蜇。"

"阿龙哥哥还说，他要去非常非常远的地方，带着雪妮姐姐一起走。"

听着乐家的话，乐乐沉稳内敛的猫眼里瞬间飘过一丝颤动，但很快她只是淡淡一笑。

她当然记得，被阿龙无情抛弃的那种耻辱感，曾深深地刺痛过她。那种滋味，是看不透理不清又无法彻底忘怀的痛苦与折磨。但她很理智地选择了快刀斩乱麻。因为她十分清楚：不可以让被分手这种耻辱感久居心灵，伤害自己。让过往的一切风轻云淡地过去。每个人都有自己的生活，不想也没必要被过去所打扰。

阿海则马上追查阿龙的来往去向。旺发晒场的海哥霸被抓进警察所。海哥霸不得不说：阿龙和雪妮的确是一起离开的，先去香港，再去法国。

阿海的眼睛，死鱼翻白一般，望着海哥霸宽大厚实的大嘴巴。他仿佛看到，雪妮和阿龙乘着火轮船，那甲板上立着的醒目的细长烟囱，浓烟滚滚，越来越远。

他狠狠地直跺脚，破口大骂："娘希匹，晚到了一步！阿龙偷生胚，贼了儿子！"

失意的他去西横塘海鲜坊买欢。

海鲜坊老板娘碧玉，昌发老板的老相好，曾是东海小龙鱼如芸的替代品，依然徐娘风韵。她扭动着曼妙的身躯，在调教海鲜坊的女人："女人上半身是风景，下半身是陷阱。所以，你们要充分利用好全身上下的魅力。"

阿海一到场，碧玉立马呈上他喜欢的款式：雪妮款的妹子。

雪妮不见踪影的这一年，阿海不知使用过多少雪妮款的妹子。阿海在那些漂亮的躯壳上，宣泄着他对雪妮的拥有快感，但始终虚无缥缈，无法释怀。

海鲜坊有个常客，略懂文字，写过一首酸溜溜的打油诗，成为整个海鲜坊的传唱——"活水码头沈家门，阿海撑船捉海鲜。青蟹肥，红虾跳，独缺一条美人鱼。"

碧玉低头哈腰，一脸歉意："谢谢镇长大人光临，招待不周，还望见谅。"

望着阿海扬长而去，碧玉立马吩咐手下："镇长大人需要的女人必须满足以下特征：雪白高挑的处女；圣洁而饱满的额头；仙气清澈的眼眸。快去寻找！"

初冬夜晚的沈家门渔港，月亮很圆很亮，一如中秋节那晚的圆月。阿海虎视眈眈朝着月亮，神经分兮，骂骂咧咧："月亮亮，亮也没用，没用也亮。雪妮，天涯也好，海角也罢，我一定要将你捉回来。"

阿海家。一大早，他娘菊花，肥胖的身躯挤出了一个响屁，屁声未落，她睁大了下垂的三角眼，亮闪闪地紧盯着在堂屋里发呆的阿海，口放连珠炮："你兄弟阿发，儿子都可以打老酒了。你嫂子巧儿，又怀上第二胎了。你打算什么时候成亲？来我家说亲的人，可是排着长队。"

菊花家已经一跃而上，成为沈家门第一豪门。沈家门被她两个儿子掌控着。小儿子阿海当镇长，大儿子阿发也刚被收编为定海县国民抗敌自卫团司令部下属的沈家门独立中队队长。

"菊花放屁，无人能比！"是半塘的流行话语。菊花老太太一出现在半塘，前呼后拥，都是阿谀奉承之人。菊花老太太对谁放一个响屁，那人就会幸运临头。美差使，好生意，就降临了。

菊花在阿海耳边絮絮叨叨地说着："上次，张老板的女儿，你不喜欢，这次，王老板的女儿，卖相更好看，嫁妆更厚实，时辰八字，都与你很相配。你去看看，如何？"

阿海置若罔闻。

下属进来，汇报收集到的阿龙信息。

"阿龙去年七月在上海画画时，从接手架上摔下来，就瘫痪了，一直在普陀山疗养，大概今年五月左右，突然恢复身体。"

"呵，阿龙奶奶口风真紧，瞒得真牢。"菊花听得瞠目结舌，回过神，就立马愤愤然地说着。

"雪妮七月初在普陀山医院生下一对龙凤胎，但出生当天就送给人家。"

菊花听着，又硬生生地打断下属的汇报，插嘴："哪有人不宠爱自己的孩子，雪妮将孩子生下就送人，很奇怪。"

下属继续汇报："但可以肯定的是，孩子的父亲，不可能是阿龙。因为雪妮怀孕前，阿龙早已瘫痪。"

阿海立马惊得跳起来，眼睛睁得滚圆，目光如电，厉声说道："跟我一起，赶快去普陀山医院。"

阿海上船，船头缆绳还未解开，却见海那边的普陀山，突然一片火海。时间定格在 1938 年 12 月 6 日。一艘日本军舰窜入普陀山潮音洞外海面，二十余名日军分乘两艘汽艇在千步沙强行登陆。佛门圣地普陀山被日军侵占。

第35章　普陀山战火熊熊难觅龙凤双胞胎

整个沈家门城震惊。岸边疲惫的水鸟，慌恐地乱飞，惊叫。

静静的莲花洋海面，映着火光冲天的普陀山。火光抖动着巨大的翅膀，凝重，伤痕遍布，烧尽天空中所有的湛蓝，吞没海水中的静谧深沉，天地都一起坠落在血肉横飞的火海中。观音菩萨的千百年香火，被厚厚的罪恶的炮火覆盖着，佛国不见了，人间地狱就在眼前。

火光熊熊，密集的枪炮声击落在阿海的心坎上。阿海的眼球如腐败的黄花鱼的眼一般，干瘪浑浊冒红丝，他一转身，就狂奔旺财晒场。

菊花和阿龙奶奶正扭打在一起。

得知事情真相的菊花，直接冲向阿龙奶奶家。两个女人纠缠在一起。菊花的眼睛绿荧荧的，母老虎一般，揪着阿龙奶奶的头发，厉声说道："赶快交出我的孙子孙女！"

阿龙奶奶年老，不敌菊花，披头散发，跌倒在地。

阿龙奶奶浑浊的眼底，充满了极度的愤怒，大骂："作孽啊！孩子是无辜的。我答应过雪妮，永远保密。"

菊花也坐在地上，眸底依然是嚣张的光芒，回骂："你良心被狗咬了！你自己可以弄个野种来续香火，我家正宗的香火，你要掐断！"

半塘满街头突然涌起恐惧的喧哗声。"不好了！不好了！死人了！东洋人打进了普陀山。"

阿龙奶奶和菊花一阵惊愕。

阿海冲进来，吼着："奶奶，我的孩子在哪里？日本人攻进了普陀山，现在一片火海。"

阿龙奶奶惊恐地伏在地上，口中一直祈祷："阿弥陀佛，菩萨保佑。"

烽火四起的普陀山很快被日方的媒体装扮成："不见烽火的安静寺院，听白眉僧人说缘起缘灭的人间净土。"

到处可见日军扛着太阳旗，在普陀山佛教圣地耀武扬威地走动。法雨寺，全副武装的日本兵在翻译的陪同下，围着一位僧人听讲佛法：

相传五代后梁明贞二年，日本高僧慧谔从五台山请一尊观音菩萨，欲东渡回日本。船行至普陀山，即有无数的铁莲花从海中生出，三天三夜，阻道不前。慧谔知晓观音不肯东渡去日本，就在普陀山上筑庵安住，呼名曰"不肯去观音院"。从此，慧谔和尚一直留在普陀山，也不再回日本。

日本军人一阵咿咿呀呀的赞叹声。僧人胆怯，咽下了该介绍的几句话：当年高僧慧谔从五台圣地恭请的这尊菩萨，是不与而取，偷来的，故观音菩萨不肯去日本。

阿海一行装扮香客，进入普陀山。

冬梅阿婆的小院，燃烧的秋色，红透院落。烧焦的椽柱，横在倒塌的房屋上，碎瓦片七零八落。冬梅阿婆呆坐在矮凳子上，猫咪小白和小狗久保陪在一旁，惊恐不安地望着这片废墟。

阿海的耳中回响着冬梅阿婆的话音，绝望而悲伤："那两个孩子送给了我的亲戚，普陀山百步沙附近卖香火的一对夫妻。百步沙的房屋，被东洋人烧成一片火海，死了很多人。这一家，下落不明。"

百步沙一带有过激烈的交战，到处是废墟，包括附近的普陀山医院连同旁边的普陀山警察所。

海水用潮声和暮色，将沙滩上的一切埋葬。潮水越过回声，退回到不可知的时间深处。鸥鸟的翅膀上，最后的暮色泫然欲泣。阿海寻找雪妮所生的龙凤双胞胎的线索也断了。

日军大举进犯，冬日的舟山群岛日危。年关将近，日军往舟山本岛行政中心定海城的轰炸日趋频繁。县长苏本善进行抗日总动员。

东海边，风吹飞雪，雪借风势。凄冷阴森的风雪，穿透刀瘢的寒冷，县长苏本善豪迈而激昂的话语，在寒风中熊熊燃烧："文官不要钱，武官不怕死，则天下太平。"

寒风裹着雪花，凄厉地呼号着。"誓死保卫定海！"国民抗敌自卫团喊声如雷，在肃杀凛冽的海风中回响。

国民党军队死死地守着定海城。日军企图用小艇登岸，遭到中国军队狙击后，未得逞，就疯狂地用军舰炮击定海城。

停泊在港内的商船被炸毁，行驶海上的运输船被焚毁，城内一片又一片民居被炸为废墟，到处是尸体，血肉模糊，惨不忍睹。

春节的大红灯笼在炮火中恐慌地坠落，燃起一团又一团魔鬼的火焰，夹杂着难民们的哭声。千年古城难逃战乱的宿命。

到处是战火，到处是难民。逃亡上海是人们的首选。荷叶湾林家，乐乐挺着微隆的孕肚，整理细软，她也在做逃离的准备。

"宁作治世犬，莫作乱离人。"乐乐朝着德俊说话，那双晶亮的猫眼忧心忡忡。

德俊不敢正视乐乐那双明亮又哀伤的眼睛，只是低着头，沉闷地说着："今天日军旗舰'出云'号巡洋舰，指挥两艘日舰，又在东海崎头洋面检查来往民船，还扣押了三四十艘民船。"

"不管逃离到上海，还是宁波，都必须走海路。可是海路都让日本人控制了，怎么逃难？"乐乐无奈地说着，长长的叹气声在卧室里回绕。

"三四十艘民船被扣押，老百姓怎么过日子！这人，总得干活，才能活命，得想想办法。"德俊只是自言自语，说完这话，就一个人陷入沉思中。

德俊奇怪的举动，落入了乐乐的眼里。

德俊已经担任定海公学校长，公务很繁忙，早出晚归成为常态。但德俊曾对乐乐允诺："回家的我，只属于乐乐你一个人！"但此刻的德俊，似乎属于另一个沉重的世界，而不是乐乐的温柔乡。

"爸爸，妈妈。"乐乐的儿子小旭，不到一周岁，会喊妈妈爸爸了。这小婴孩不谙世事，小开心果一枚，喜滋滋在屋子里爬来爬去，球一样地滚动着。

可爱的小旭，让满屋生机盎然。德俊抱起小旭，望着乐乐微微隆起的腹部，温和地问道："小旭，妈妈的肚子里藏着小弟弟，还是小妹妹？"

"小妹妹。"一眨眼的工夫，小家伙又改口，"小弟弟。"

"不管是男是女，都希望孩子能平安地生活着。这孩子就叫安安吧。"林德俊深情地望着乐乐说道。

乐乐觉得此刻的德俊似乎有千言万语要跟她诉说，但德俊的眼只是紧紧地盯着她看，仿佛千年万年地看着。德俊的眼，如此深情，让人震颤，却也蒙着一层厚厚的悲凉，乐乐甚至产生一种想哭的感觉。

乐乐永远不会忘记，那一天是 1939 年的 2 月 25 日，农历正月初七。德俊向她隐瞒了一件大事：

次日早晨，他将和真神堂的牧师陈德宏冒死赴日舰，与舰队司令交涉：要求日舰立即撤离舟山海港，停止开炮、开枪骚扰伤害百姓，并立即释放被扣的全部民船。

第36章　两男人赤手冒死赴日舰

沈家门荷叶湾林家，过年时段，凄清冷静。日军炮火之下，早已没有年味，只有天天担惊受怕。

飞雪飘进院落，林家墙角的梅花还是如期开放。放眼望去，白雪红梅，一种寒艳之美，似乎将凛冽的寒风撕开一个个口子，让人在寒冷中感觉春的气息。冬春之交，梅花开了，是个好兆头。

"东洋人，强盗放出良心，扣押的民船全归还了。"

"阿弥陀佛，菩萨开眼，日本军舰全退出了港口。"

"菩萨保佑，保佑我们无灾无难。"

突然街头小巷欢天喜地传播着好消息，林家上上下下，瞬间也是一派喜气洋洋。

轩妈妈面露喜色，走进乐乐的房间，将一枝清雅疏朗的红梅，插在素净陶瓷花瓶上。

"瓦罐插梅花，一年又一年。"轩妈妈自言自语着，她苍老的音色，也是一年比一年沙哑。

轩妈妈还顺手将《定海民报》摆放在房间的梳妆台上，一身洋红色旗袍的乐乐正对着梳妆台装扮。

小旭跟跟跄跄地走向梳妆台，胖胖的小手伸向《定海民报》，没有拿稳，报纸落在地上。

乐乐的眼睛一下子直了，她看见林德俊的姓名，非常醒目地

179

出现在报纸的头版头条。那几行字，让她的后背如长蛇爬过一般，直发冷发辣。

"定海公学校长林德俊、真神堂牧师陈德宏冒死赴日舰交涉，全部民船释放，全部日舰撤出。"

乐乐直愣愣地盯着这几行字，她无法相信也无法接受眼前的一切，但一切都是真的。

乐乐不敢想象德俊和日军交涉的场景，但她还是想象着那幅生死较量的画面：

日本军舰上，一群荷枪实弹的气焰汹汹的日本军人，两个手无寸铁的中国男人。

这两个中国男人，一个是沪江大学中文系的高才生林德俊，一个是沪江大学神学院的高才生陈德宏，他们用智慧用胆识，在跟日军据理力争。

两具血肉之躯，毅然站立于强大的侵略者的军舰上，无畏无惧，慷慨陈词。那一刻，气壮山河，大海静默。

那是一场人类战争史上惊心动魄的生死较量，那是一场人类文明史上正义与邪恶的较量。两个手无寸铁的中国男人，最终赢了。

德俊进门的那刻，仿佛如血雀鸟骤然打开的翅膀，一道红色一下子紧紧地环住了他，是乐乐的双臂，她低低地说着："以后做危险的事，请先告诉我。"

小旭见状，赶紧手脚并用爬过来，搂着德俊的大腿。

林夫人刚巧经过，瞥见这相亲相爱的三口子，欣慰地笑着，走开了。

德俊望着紧紧相拥的乐乐，目若朗星，亮晶晶的眼里却蒙着一层暧昧的光晕，他在乐乐耳边低语："夫人，现在可是大白天。"

梅花寒香袭来，德俊壮气盎然。看不够的雪中梅，闻不够的寒里香啊。乐乐不言语，只是紧紧地抱着德俊。

德俊是这座城市的英雄，但乐乐更希望德俊只是她的丈夫，她只想一家人平平安安地生活着。

日军撤离了定海城，东海洋面也暂时安定了。日子如水，冲淡了战火的硝烟。

三月泥螺爬滩，五月黄花鱼咕咕叫着，紧接着墨鱼汛期也结束了。眼看夏至快到了，杨梅树枝上已是点点红。

"今年杨梅大年，多做几坛杨梅酒。老爷和德俊都喜欢喝。"

林夫人和乐乐婆媳俩一起送林家父子俩出门，林夫人望着满树的杨梅，向往着杨梅新酒的美味。

院子里的杨梅树，已是长满粒粒红果。清新鲜灵的果子，晶莹剔透，极像了红色的玛瑙。满树凝翠流红，煞是好看。

杨梅树下，轩妈妈抱着小旭，唱着儿歌：

囝囝宝，侬要啥人抱？我要阿爷抱。阿爷嗤嗤困晏胶。
囝囝宝，侬要啥人抱？我要阿娘抱。阿娘腰骨伛勿倒。
囝囝宝，侬要啥人抱？我要阿爸抱。阿爸出门赚元宝。
囝囝宝，侬要啥人抱？我要阿姆抱。阿姆纺花做棉袄。
囝囝宝，侬要啥人抱？我要阿叔抱。阿叔劈柴磨柴刀。
……

小旭跟着轩妈妈学唱歌，乐得哈哈笑，见到爷爷和爸爸出门，就球一样地飞奔过去。

跟往常一样，这一天，林隆丰跟着冰鲜船去上海送货，林德俊去外地参加教育考察活动。父子俩在跟家人告别。

"来，跟爷爷亲一个。小旭的爷爷没有嗤嗤困晏胶（宁波方言，睡觉的意思），爷爷出门赚元宝。"

林隆丰一脸慈爱地蹲下身子，小旭很乖巧地亲着爷爷的脸颊。

"来，跟爸爸也亲一下。"德俊抱起儿子，与小旭亲吻着。

一家人甜甜的笑语声旋转着，飞扬着，落入结满红果实的杨梅树上。

夏至过后的两天，没有任何征兆，日军突然进攻定海城。

1939 年 6 月 23 日清晨，一千四百余名日军，在七艘日舰、多架飞机的掩护下，由海军大佐来岛茂雄的指挥，先后兵分三路进攻定海，强行在舟山岛登陆。

第一路由定海青垒头登陆，第二路由定海道头登陆，第三路由定海西乡盐仓螺头门登陆，一部分在沈家门墩头登陆。

日本海军"出云""八重"两舰炮轰定海城。

战火瞬间纷飞。满天的飞机掠过，炸弹投下，火光四起，爆炸声，哭叫声，一片血光，海天佛国变成人间炼狱。人群惊恐乱逃。

林家父子不在家，乐乐跟着婆婆和轩妈妈，仓促逃难。

挺着孕肚的乐乐行走不便，林夫人照顾着她轩妈妈抱着小旭，三个女人在炮火中躲闪着，步履踉跄。炮火如蛇一般追赶着她们。

轩妈妈怀里的小旭睁着惊恐不安的眼睛，望着炮火连天的世界。

一发炮弹落在轩妈妈的前面，她脚底一滑，身子前倾，小旭从她的怀抱里飞了出去。

乐乐魂飞魄散地惊叫一声："小旭！"真的是母子连心，救子心切，她想奋不顾身地扑向小旭。

却见一个人影，疾风一般扑向小旭，在小旭还未落地的时刻，接住了小旭。那人，就是海哥霸。

众人惊魂未定，小旭"哇"的一声大哭。"嘘"又一发炮弹飞来，眼看小旭和众人都要被流弹击中。

瞬息之间，又有一个人影直扑向小旭。炮弹炸裂，人影中弹而倒下，那人和轩妈妈、海哥霸一起被炸得血肉模糊。人墙下的小旭哇哇大哭，却安然无恙。

众人看清了，扑在最上面的那个人是阿龙奶奶。她浑浊的眼里依然留着无限的宠爱，望着哭泣的小旭。

乐乐和林夫人被奶奶舍身救小旭的壮举震撼了。

"奶奶。"乐乐哽咽了，她说不出话来。

又是密集的炮弹落下，人群尖叫着，四处逃避。

奶奶、轩妈妈和海哥霸的遗体留在炮火纷飞之中，还有很多被流弹击中的尸首，横七竖八，血水一滩又一滩，沾满路面。

那些凄厉悲苦的呼救声，淹没在呼啸而至的炮弹炸裂声中。

一天的逃难，乐乐动了胎气，傍晚时分，她出现了早产的症状。

高大的树丛中，炮火乱窜，生死攸关，乐乐撕心裂肺地喊叫着，艰难地生产着。

终于，哇哇，小猫一般的早产儿出生了，是个女孩，她的哭声纤弱无力，但是从她出生的那一刻起，炮击声却停止了。

定海县国民抗日自卫团拼杀抗敌，但无法抵御日军的强势进攻，定海县长苏本善率政府官员及军、警、民四百多人，于当天晚撤至宁波大榭岛榭南乡，定海城沦陷。

第37章　难产时刻母女俩幸遇急救

乐乐飘乎乎地，行走在黏糊糊的世界，很炎热很血腥，满地是血，浑身是血，小婴孩的哭泣声，仿佛遥远的，却也是耳近的。

"乐乐，醒醒啊……"

"阿弥陀佛，阿弥陀佛，阿弥陀佛……"林夫人的祈祷声就在乐乐的耳边回响。

朦朦胧胧中，一双黑深的眼睛在凝视着她，清亮而坚毅，温柔而爱意，那眼神很熟悉，是谁？乐乐却一时半刻想不起来。

"谢天谢地，多谢缪小姐相救，乐乐从'鬼门关'回来了。"林夫人千恩万谢的声音清清楚楚地传入乐乐的耳内。

乐乐终于从昏迷中清醒过来。缪文心正目光柔和地望着她，她心头一热。

"好久不见了，乐乐。"分明是胖明的声音，熟悉的调侃戏谑声。

只是站在缪文心旁边的年轻男子，没有胖明那白胖如面粉团一般的脸，没有胖明那肥厚如熊的身躯，是个身材匀称，结实高大的男子。

仔细分辨，是瘦下来的胖明。都说胖子是潜力股，瘦下来的胖明，长身玉立，甚是英俊。

乐乐难产晕厥，恰好缪文心和胖明路过，对她进行必要的抢救，并将乐乐婆媳和孩子送回家。

黑魆魆的夜，战争的枪炮声停止了，但被炮火点燃的一切，依然还在燃烧着，跳动的火花闪闪烁烁，鬼火一般，死亡与血腥弥漫着人间，但温情与友情一样也在人间流淌。

"生产后出现了昏迷的症状，有可能和失血过多有一定的关系的。尽快用药来补血调理，并配合食疗。"

缪文心给乐乐注射完药剂，叮嘱胖明快去药铺拿补血药。她留在乐乐身边，观察母女俩的身体状况。

德俊连夜赶回家，如疾风一般直奔乐乐的房间，他的眼中只有乐乐，其他的旁人仿佛空气。他把头深深地埋在乐乐的怀里。"谢天谢地，母女平安，一家平安。"

德俊激动地望着熟睡的早产女儿。"安安，我的女儿。愿你平安。"

尽管已近两年光阴过去，见到德俊的那一刻，缪文心的心脏还是狂跳不已，最美好最狂热的感觉瞬间往上直涌。

德俊一袭淡色长衫，如松林间的明月清风。他倚在乐乐的床榻上，修长挺拔。缪文心看着他，一些细细密密的酸甜痛楚慢慢地从心底蔓延开来。

爱情的美，在于感觉上的美。每每见到德俊，缪文心的心里总是忍不住地惊叹，世间男人，唯有德俊公子如玉，只是可望而不可即。

缪文心望着德俊和乐乐夫妻相拥相亲的情形，她故作镇定劝慰德俊："尽管比预产期提前了半个月出生，但新生儿的身体状况正常。"

德俊这才抬头看见缪文心，他一下子愣住了。缪文心清亮的双眸水汪汪地望着他，恬静温婉。一切无语，但尽在无语中。

胖明拿着补血药从外面回来，见到德俊，正想很兴奋地喊声"德俊老师"，见此情景却缄口不语。

"可怜的单相思的女人。"胖明在心中长长地叹了口气。

曾经，三年前在那条离别舟山的轮船上，胖明问过缪文心："你那么痴迷德俊老师，可否是因为德俊老师长相英俊儒雅。"

轮船快速前行，浪花如白色锦缎般向后闪开。缪文心望着海面上那条白色泡沫串成的水路，幽幽而言：

"貌如唐僧，美则美矣，却只会一天到晚念经，让人味同嚼蜡，无聊无趣。女妖们喜欢他，无非是惦念他的长生不老肉，可有倾慕的成分在里头？"

阳光下，缪文心清亮通透的眼睛望向茫茫的海面，"男儿的好，在于气度，在于性情，在于触动内心的那刻。"

一语击中胖明的内心。女人的好，不也如此。他喜欢乐乐，不是因为乐乐美如天仙，而是她的灵动有趣。

"哇哇"小婴孩的哭声响起，胖明一下子回过神来。早产儿的哭声有点弱小，却让这黑魆魆的夜，充满了新生命的气息。众儿围着小家伙开始忙活着。

阿龙奶奶、海哥霸舍生救小旭的事件，震惊了林隆丰夫妇。

林夫人私底下对自己丈夫林隆丰说："只有亲生骨肉，才做得到以命换命啊！"

林隆丰沉吟了半晌，说道："总有一天，乐乐和德俊会告知真相。一切就顺其自然吧。"

林隆丰夫妻俩什么也没有向乐乐和德俊发问。林家厚葬了阿龙奶奶和海哥霸主仆俩，还有轩妈妈。

白幡飘飘，梵音声声，和着人们悲哀的泪水。林家为阿龙奶奶、海哥霸、轩妈妈做了七日七夜的法事。

乐乐从病床上起身，虚弱的她跪在林隆丰夫妻面前。

"爹、娘，小旭是阿龙的儿子，但也是我和德俊的儿子。"

"对不起，德俊，我再不说真话，对不起为小旭而死去的那些人。"

乐乐跪在林家夫妻面前，她泪流满面承认了事实。

林隆丰和林夫人默然，德俊也跪了下来，抱着哭泣的乐乐。

海哥霸的老婆绣花和阿龙的娘如芸，事发之前去宁波天童寺礼佛，躲过了舟山沦陷日一劫。等她们闻讯赶来，已是一个月后。德俊夫妻带着小旭上门看望阿龙的娘如芸和海哥霸的老婆绣花。

血缘很神奇，如芸见到小旭的那一刻，泪眼盈盈，情不自禁地抱住了小旭。小旭也不认生，乖巧地任由如芸相拥相抱。

"小旭，喊奶奶。"

"奶奶。"小旭奶声奶气的叫声响起，如芸瞬间泪流满面。

她望着德俊夫妻，终于说出实情。"阿龙当时在上海画画时，从接手架上摔下来，瘫痪了。当时胖明从上海赶来，告知的。"

乐乐整个人都震住了。往事涌上心头，那留在内心最深处的被莫名抛弃的耻辱感，事发当时无法与任何人倾诉的那种痛楚感，撕心裂肺的痛，痛到极点的心痛，那些情感纠缠之结，一下子释然了。因为命运的无奈，阿龙才选择放手。

"阿龙在普陀山养病，当他知道小旭是他的孩子，那一刻，他重新站起来了。"

乐乐的泪水如瀑布滑下，德俊紧紧地搂着颤抖的乐乐。

乐乐的脑海里一下子跃出：在半塘捡海蜇的那天，阿龙失神落魄的眼神，一眼万年的失落。乐乐的心中有一种隐隐的痛。

"小旭是王家的子孙，等他长大了，我会送他回到王家，认

187

宗归祖。"德俊郑重其事地对阿龙娘如芸承诺着。

"小旭也是你们林家的子孙。只要他健健康康平平安安长大，就是对阿龙奶奶最好的报答。"

如芸的话音被屋外噼噼啪啪的一阵枪声盖住，街头响起了杂乱而急促的脚步声。

外面又是枪战，德俊下意识地抱起小旭，乐乐、如芸等一众人赶紧躲到里屋。

德俊抬头往屋外望去，眼尖，只见一个帅气挺拔的人影，身手敏捷，闪进院子里，他手中拿着驳壳枪，转过身来，那人眼光如寒星，是胖明。

外面，阿发的声音响起："快追，快追！"他正带着一群伪军追来。几十个伪军，个个彪形大汉，荷枪实弹，在阿龙家门口停了下来。

第38章 妙手丹青血迹化为墨梅

明晃晃的太阳下，胖明一袭纯灰色的长衫上，几处零星的血迹，十分抢眼。

德俊眼疾手快，从厨房间捡来几根烧焦的木头，三两下，零星的血迹处，瞬间化为几朵墨梅的花瓣，很快，胖明的整件衣服上，或是大朵的墨梅，或是飘零的花瓣。灰色的长衫立马改观为灰底黑花的长衫。

德俊神速的画作，让乐乐那双纯澈的猫眼，瞬间惊讶，凝滞。

"快去里面搜一搜。"阿发在门口大声命令着，一双眼睛瞪得圆溜溜，比大黄鱼眼睛还圆，贼溜溜地四处探扫了一番。

"干什么？"乐乐抱着小旭出现在门口，猫眼发威，似乎有一团火在闪烁，像要把人吃掉似的。

乐乐这一声大喝之际，顺手狠狠地掐了一下小旭的小屁股，小旭哇哇大哭。

"宝宝别哭，妈妈给你唱歌。"乐乐挡在门口，手忙脚乱地哄着小旭。

"两只老虎，两只老虎，跑得快，跑得快。一只没有耳朵，一只没有尾巴，真奇怪，真奇怪！"

乐乐朝着小旭，挤眉弄眼，唱着最流行的儿歌，歌声欢乐，动作滑稽。

"咯咯咯！"小旭停止哭闹，带着满脸的眼泪，笑脸如太阳花开。

一群荷枪实弹的伪军，面面相觑。

"别浪费时间，进去搜。"阿发彪悍结实的身躯，如一座大山，挡在乐乐面前。

"搜什么？"乐乐不依不饶地盘问着。

"剿灭游击队。"

"这里没有游击队。"

乐乐声音响亮，没有丝毫的急慌。她英气逼人的猫眼直直地盯着阿发，坚定而明亮的眼眸，气场如女王。

阿发愣了一下，很快回过神来，大喝一声："进去搜！"

"这么多人追捕，不要看花眼，你确定在这里？"

穿一身淡色长衫的德俊出现在院子里，温文儒雅的他，那双黑亮的眼睛，平静地望着阿发。

荷枪实弹的伪军进入搜索。屋内只有三人，穿灰底黑花长衫的胖明和阿龙娘如芸、海哥霸老婆绣花。

进来的阿发和一群士兵有些懵。

这群人开始上上下下地打量着胖明。不好，乐乐眼尖，望见胖明鞋脚边有几痕血迹。

"哗啦啦！"众人的目光被突然发出的响声吸引。

蟹酱甏被乐乐踢翻了。红的绿的，黑不溜秋的汁水满地流淌。

大伙赶快躲闪鞋脚。蟹酱的咸味鲜味腥味，弥漫一屋。蟹酱是舟山地道美味，好吃。但黏在身上，一身海腥味，不好闻，也不雅观。

小旭很是兴奋，踩着蟹酱的汁水，"啪"一脚踩下，"啪"另一脚，又踩上去，蟹酱的汁水四处飞溅，小旭嘻嘻地笑着，起劲地鼓着小手掌。

"哎哟，小旭不可以这么调皮啊！"绣花冲进蟹酱的汁水里，去拉小旭。

胖明也在躲闪到处乱溅的蟹酱汁水，乐乐却一把将他拉过来，弄着他双脚都沾满了蟹酱。

"胖明，你瞧，阿龙家的蟹酱，这味道，这色泽，货真价实的好货！"

乐乐说完这话，亮闪闪的猫眼瞧着阿发说："阿发哥的娘，菊花婶娘做的蟹酱是我们半塘最有名气的，手艺最好，可惜，老人家不再做蟹酱了，阿发娘的秘方，我们得不到。"

乐乐的话语飘荡在蟹酱的咸味鲜味腥味，一下子勾起了阿发小时候的回忆——

"轰"，一声巨响，阿龙的大石头怒砸在他家的蟹酱瓮上。满院子，满地是蟹酱，流着卤水，蘸着晚霞，散着腥味。

阿发的母亲菊花高声的尖叫声："我的蟹酱瓮！你赔我蟹酱瓮！偷……"

画面相似，只是蟹酱流一地的场景，从昔日的阿发家换成了今日阿龙家。这画面的转换，足足隔了近二十年的光阴。

而曾经的主角阿龙，不知去向。关于阿龙的身世之谜，也慢慢地淡出了人们茶余饭后的话题。

胖明蹲下来，细细地打量着满地的蟹酱，好奇地发问："为什么得不到阿发哥娘的秘方，可以出重金收购，也可以合伙做生意。"

胖明的话语，将阿发的思绪拉回现场。

"把这两个男人都带走。"阿发阴贼，打断了胖明的提问，向伪军发号施令。

"慢着。"门口传来尖细而有穿透力的女人声音。一个身穿蓝色旗袍的女人，亭亭玉立地出现在门口。

阿发大黄鱼一般的圆眼睛，不可思议地望着面前这个女人，竟是他的小姨子缪文心。这个离家出走的小姨子，人间蒸发两年后，突然一下子出现了。

缪文心肤色黝黑的脸蛋上，一双古典韵味的杏眼儿，透着犀利而深幽的目光，像一潭清冷至极的池水。因为那潭水池中，只有一条鱼儿，那条鱼很明显就是胖明。

缪文心径直走向胖明，口吐连珠炮：

"乐乐有那么迷人吗，她到哪里，你就追到哪里。人家已经是两个孩子的妈。你不要忘记，我们俩也是结过婚的人。"

缪文心此话一出，惊呆大家，包括阿发。静静的院子里，只有蟹酱的气味浓浓烈烈，鱼腥味十足地飘荡着。

阿发一下子没回过神来，愣了几秒。

记忆中，他的小姨子是个书卷味很足的文静女学生，没想到，她突然现身的瞬间，居然宣布自己已经结婚，还如此火爆地当众争风吃醋。

"文心，不是这样的，你听我解释，我是来阿龙家……"胖明棱角分明的脸庞上，浓密的剑眉急速向上扬起，火急火燎地辩解着。

"花心男人！"缪文心打断胖明的话语，指挥着阿发，"姐夫，只抓一个人，把胖明给我抓起来。"

"凭什么抓胖明，我约他来，是合伙做生意的。"乐乐冷冷地说着，但声音很清朗，极其干脆利落。

"恐怕是一场误会吧。"德俊对缪文心微笑着，"我们和胖明在谈论收购旺财晒场一事。"

说话间，外面又是一阵枪响，阿发立马撤离阿龙家，带着伪军寻枪声而去。

舟山沦陷后，日军在县城定海建立了"大日本海军舟山岛基地司令部"，驻扎了日军一个连队，兵力 1000 余人，并备有飞机和舰船。

一群民族败类则组成伪自治会。原定海国民抗敌自卫团苏本善部下的丁淞生未随大部队撤离，留在舟山，他收编各路游杂部队，实力日增。其父丁紫垣，已被日军收买，任定海日伪政权的维持会长。与丁淞生结拜兄弟的阿海、阿发，在沈家门的势力更是强大。

为打击日伪的气焰，中共游击特工多次潜入县城，惩处日伪头目。日军又以剿灭游击队为由，肆无忌惮，滥杀无辜。岛城枪战是常事。

第39章 沦陷的沈家门走私特别区赚爆钱

"娘希匹，沈家门码头都是东洋人的船只。侬看看，码头上停靠的日本商船'岱山丸''白鸟丸''安通丸''海通丸''兴亚丸'……"

"日商还成立了华东海运局沈家门分局，作为日军向华东地区推进的物资转运站。"

"日本人还在东大街设立新民洋行，垄断竹木柴炭等物资经营，控制大米、桐油等，以补充军用或运往日本。"

"阿拉（吴方言，我或我们），通要饿死了！"

"饿不死的，现在正是赚钱的大好时光。东洋人把沈家门划为'特别区'，就是走私。"

"沈家门已经成为私运货物入中国内地的中心地。商人都涌入沈家门，钞票赚爆。"

"侬看看，沈家门成为小上海，闹热，西横塘火油箱也多啊！"

"哎哟，火油箱，南来北往，都有，年轻，卖相都很好。"

"做人弄点吃吃，做鬼弄点锡箔。上上下下都吃饱，死了也不做饿死鬼。"

"乌贼黑炭，今晚去不去西横塘？"

"哎，阿拉摇小舢板的，西横塘火油箱，太贵了。"

"哎，发财的发财，做火油箱的做火油箱，饿死的饿死。"

半塘张阿三理发店门口，人们望着沈家门渔港，咒骂着这世道。

张阿三自从老婆轩妈妈在战乱中去世后，他金鱼一般的水泡眼袋，垂得更厚重了。他只是安静地听着顾客的谈论，娴熟地剃头。

头发丝，随着人们的话语声，一缕又一缕落下，一缕又一缕叠盖上。头发上还残留的气息，摇曳在夕阳霞光照射下的空气里。

时间的流逝，已将死难者慢慢遗忘。今天的日子淹没了昨天的日子，日子就这样依旧过下去。

半塘海边四野的春色依然如期而来，海涂上孩子们依然在疯玩，玩着祖祖辈辈玩过的滩涂游戏。

"小旭、乐家、乐祖、乐支，吃观音饼了！"乐乐抱着女儿安安，在半塘海边喊着。

滩涂正落潮。三岁的小旭跟着舅舅乐家、乐祖、乐支三兄弟踩着泥马船，顺着泥螺痕迹，赶泥螺潮。

这泥马船其实是一种小巧的木质滩涂行走工具。整个造型类似长长瘦瘦的迷你小船。小旭满头满脸满身都是海边泥涂的污渍。他握住把手，一条腿跪在船上，一条腿在船外，两条腿一跪一划之际，泥马船在滩涂上划行如飞，追着泥螺潮。

春天时机，桃花开泥螺旺，春天的泥螺没有泥筋，味道纯美，四季之最。海边人家只要一看这片滩涂，就知道泥螺潮在哪里。海边滩涂的泥质很是稠黏很是细腻，泥螺爬过会留下一条痕迹，这条痕迹如同人脸上的"人中"一般，纵而细长。

乐家、乐祖、乐支这群大孩子追着"人中"泥螺潮，捡着泥螺。小旭随后紧追。

孩子的世界里，欢声笑语掩盖了战争留下的创伤。

春日的半塘海边，涛声温柔旖旎。乐乐怀中的安安，睁着黑宝石一般的眼睛，小肉身在乐乐怀中扑腾着，小胖手欢拍着，咿咿呀呀兴奋地叫着。

"我们安安啊，过段时间，也快一周岁，很快会走路会说话了，也可以和哥哥、舅舅一起玩了。"刘妈在一旁笑眯眯地看着安安，她欢喜的话语声如她手腕里拎着的那一篮观音饼，甜美飘香。

"嗨，小家伙们。"

岸边一阵熟悉的男子声音传来，乐乐心头一颤，嗓音太像去世的父亲。

循声望去，胖明、德俊和一个熟悉又陌生的年轻英俊男子正走向她。乐乐怔怔着望着。那个年轻男子朝着她笑，满眼的笑意，让人一下子甜到心坎的温暖味儿，那神情像极了去世的父亲。

"哎哟，我的祖宗啊，那不是乐鼎吗！"刘妈尖叫起来，手腕里那一篮观音饼也跌落在地。

"乐鼎！"乐乐大叫一声，一下子拥住了英姿勃勃的大弟乐鼎。安安夹在中间，黑眼睛不停地打量着这个从未见面的年轻男人。

"乐云乐云，钟鼓云乎哉。"乐鼎泛着激动的泪花，喊着姐姐名字串起来的顺口溜。

"乐鼎乐鼎，一言九鼎乎。"乐乐热泪盈眶，接口而上。

"乐家乐祖，子嗣延绵兮。"乐家、乐祖、乐支冲上岸边，手舞足蹈，跟上唱和。

"乐支乐支，李家乐不可支。"乐乐和弟弟们齐声喊唱着，欢天喜地。

这首吟唱的顺口溜，串着乐乐姐弟五人的名字。

乐乐的真实名字叫乐云，她出生之时，父亲李兴根刚好在《论语》中偶见"乐云乐云，钟鼓云乎哉"，便取名乐云，小名叫乐乐。

父亲希望女儿乐乐能给李家带来幸运，带来一群儿子。乐乐果然不负父亲的期盼，她之后，便是四个弟弟的降临，依次分别：乐鼎、乐家、乐祖、乐支。幸福的父亲李兴根便为自家的孩子编了这首顺口溜。

半塘风景依旧。昔日俊俏少年郎，今日已是青年才俊。远渡重洋的乐鼎，此刻实实在在地站到半塘春日的岸边。

半塘的桃花开得正繁盛，映在乐乐猫眼里的朵朵桃花都闪着喜悦的泪光，"我们的小弟乐支，都上学堂了。"

德俊、胖明在一旁，静静地望着李家姐弟们的重逢。

"姐姐，我们的'鸿远'号也回来了，在泰来道头那里。"乐鼎回望沈家门渔港，用手遥指着泰来道头。

泰来道头，整个沈家门渔港最繁华之处。

夕阳西下，一片火红的霞光笼罩着整个渔港。大海淹没了所有的过往，只是很平静地泛着天空的晚霞。

码头边整齐地排列着一艘艘日本轮船，宽而"胖"的船体，耀武扬威地挂满国际信号旗，船上配有救生圈、救生艇。旁边是很多沈家门本地绿眉毛帆船，棕色的风帆高高地撑起。而一条条灵巧的小舢板，则如水老鼠一般在轮船与帆船之间穿梭着。整个港口都是密密麻麻的桅杆和帆影。全副武装的日军在港口进行巡查。

沿港口码头，胖明的豪大商号，招牌甚是显眼。胖明的岳父海鲜王大饭店就在隔壁。

缪老板胖乎乎的圆脸从饭店二楼的窗口探出，望着泰来道头上岸的熙熙攘攘的客流量，欢快地哼着越剧小曲儿，"天上掉下个林妹妹，似一朵轻云刚出岫。"

缪老板做梦都没有想到，沦陷后的沈家门一举成为中国最大的走私中心地，大量商人云集沈家门。他的饭店出现前所未有的生意火爆。他的小女婿胖明，这个商业奇才，居然也同时从天而降。

"婚姻，父母之命，媒妁之约。岂可乱来？"缪老板第一次见到胖明与缪文心，不问青红皂白，怒火冲天。

"爹，梅公子（胖明姓梅）是定海大户人家，宁波帮老大刘鸿生亲戚，我们携巨款来沈家门做大生意的。你同不同意我们的婚事，根本不会影响我们。"缪文心说话的口吻如女王。

缪老板无语地望着他俩，傻眼。

很快，缪老板乐疯了，天天数钱数得手抽筋。

胖明和平湖一船董老板合伙开设的客班"新平"轮（上海至沈家门航线）靠在泰来道头上，这波客流量直接涌入海鲜王大饭店。缪老板每天必做的事情，就是张望泰来道头，看停靠的船舶，决定饭店的食材进货量。

此刻"新平"轮旁边就是"鸿远"号。缪老板看到他的小女婿胖明和德俊、乐乐、乐鼎在码头边。

"老板，阿海镇长带日本客人来饭店吃饭。"随着伙计的呼喊声，缪老板的圆胖脸消失在窗边。

泰来道头，人来人往，熙熙攘攘，乐乐深深地吸了口气。李家船行仅剩的一艘货船，"鸿远"号从香港回来了。她望着眼前的"鸿远"号，李家船行的往事如潮涌，不堪回首，乐乐泪眼婆娑。

"一切，都会好起来的。'鸿远'号回来的真是时候。借给日本大同公司的两艘货轮'鸿丰轮''鸿运轮'，也会讨回来的。"

乐鼎望着"鸿远"号，掷地有声。那声音在海风中回荡，跌落在大家对时局的讨论中。

"日军默许沈家门与海外开展走私贸易。沈家门边海一隅之地，现在商业极其繁荣，船务运输业正是时候。"

"《申报》说，沈家门被日本人通过这个所谓的'特别区'，已因私货往来而成繁盛之商业中心地。仅以向上海运往纸烟一项计，每月税收已达八万元左右。"

"沈家门一跃变成繁盛的'小上海'，日本人巧取豪夺的税收也不计其数，而国民政府的财政收入也因此大量流失。可以说，沈家门边海一隅之地的'繁荣'从另一个侧面折射出国民政府国家财政体系逐渐崩溃的暗潮汹涌。"

"上海沦陷，国民政府想把宁波作为自己的物资交易和进出口贸易中心，而日本人想通过舟山把大量的货物走私到中国各地，牟取暴利，并扰乱中国之财政制度。"

"我们中国人也要尽快建立我们的船务公司及民间商业体系。"

"是啊，当务之急，尽量减少中国的经济损失。"

三个男人在码头边谈论时局。尽管国破山河碎，但每个人血液里依旧万顷涛声，壮志凌云。

一袭月白蓝旗袍的缪文心匆匆而来，宛如春日里的海浪花急急地往岸边礁石上赶去。

乐鼎欣喜地张嘴想喊，却见她双眉紧蹙，面色凝重，对着胖明只短短一句话：

"真神堂的陈牧师那边出事了！"

第40章　搜捕孤儿院偶得双胞胎线索

夜色渐浓，小上海沈家门灯红酒绿。泰来道头，豪大商号老板胖明送别爱妻缪文心。

众人的目光被缪文心一身贵妇打扮所吸引。

她穿月白蓝旗袍，配豪华的白色貂皮，宛如春日里伸向蓝天的玉兰花枝，高贵迷人。那一头鬌燕尾式的烫发，发梢处像燕子尾巴一样翘起来，是上海滩交际场上名媛们最喜欢的发型，摩登而妖媚。

婚后的缪文心越来越有女人味。如同被施展了定身法一般，正在检查旅客过往的两个伪军，愣愣地直盯着缪文心。

缪文心在几个随从男佣的陪同下，雍容华贵，仪态大方地走过去。

胖明一脸诚恳地对伪军打招呼："张队长，查一下我们的人员。"

"哎哟，梅老板。"伪军笑嘻嘻地，任其过关。

沈家门是个小地方，转个弯，大家都可以沾亲带故。梅老板胖明和沈家门这些伪军大小头目都是麻友，胖明常在牌桌上故意输钱给他们。

出手阔绰的胖明口碑好过连襟关系的阿发。按老丈人海鲜王缪老板的私下说法，"阿发，老鹰飞过，也要拔把毛。胖明，深

200

知钱财打通任督二脉的重要，是个明白人。"

沈家门的伪军都是地头蛇，胖明的商号需要他们的保护。胖明用钱摆平了他们，用钱缔造了人脉关系的路路通。

"宝贝，早点回来。"一身长衫的胖明，深情款款地朝着缪文心挥手。夜风撩起他的长衫，散发着一种稳操胜算的成熟稳重的贵公子气质。

"新平轮"的汽笛响起，缓缓地驶出码头。

小上海沈家门灯红酒绿的光与影投在海面上，点点滴滴地跃动着，追逐着轮船后驮着的那一行浪花。夜色中闪亮的光斑，越来越小，越来越远，一切都陷入这无限巨大的海的寂静中。

缪文心悬着的心终于放下了。

"胖明和你真是好般配啊。"说话者是她身旁装扮成男佣的陈牧师，他的双眸闪耀着仁爱的光芒，如海一般深沉。

缪文心只是笑笑，不言语。

"像一棵树栽在溪水旁，按时候结果子，叶子也不枯干。"陈牧师说了一句圣经的名言，随后也不多说话，默默地看着夜色中的海。

陈牧师和德俊都知道胖明和缪文心是假夫妻，来自新四军。

新四军皖南、苏南和浙东根据地离舟山相对较近，陈牧师和定海公学的校长林德俊为进步青年牵桥搭线，一批又一批定海公学的青年学子在新四军部队担任各级领导。

胖明和缪文心被新四军派往沈家门从事抗日活动。

"缪文心和我已是夫妻。"三年后归来的胖明，见到德俊和陈牧师，就很郑重其事地告知他俩。在场的缪文心若无其事，仿佛胖明说着别人的故事。

德俊一脸疑惑地问："你俩怎么会走在一起？姻缘真是奇

妙。"

胖明笑嘻嘻地回答："有道是千里姻缘一线牵，当年在定海码头上船的时刻，遇见了缪文心，然后，就跟她走了。"

"胖明啊，是不是该吟诵：有美一人，清扬婉兮。邂逅相遇，适我愿兮。"

"呵呵，果然是国文老师啊，满肚子都是诗文。是的，那位美丽的姑娘，有缘相遇，一见倾心。千年万年，等的就是她啊！"胖明乐呵呵地说笑着，一如从前那个快乐的胖小子。

"愿你们风雨同舟，早成好事。"林德俊的祝福声爽朗而醇美。他心知肚明缪文心与胖明是一对假夫妻。

陈牧师清楚地看见缪文心只是淡淡地笑笑。她的眼睛望向德俊时，依然有一股潮汐在涌动……

起风了，浪也开始变大，轮船有点颠簸，将陈牧师的思绪拉回了夜色中的"新平轮"。他和缪文心默默地站在甲板上，一颗流星，突然划过天边。陈牧师脱口而出："我的主啊，上帝之城啊，迟早会有流星划过。"聪慧的缪文心，读得懂陈牧师的话语：万物都在接受自然造化的牵引，人或事，都不例外。

爱德孤儿院内，几株高大的杏花树，静静地站在湛蓝的天空下。那些盛开的杏花枝丫，却急切地探望着外面的世界。远处的东门，熙熙攘攘的闹市区，只有天福南货店大门紧闭。

风起花落。杏花落，从树上纷纷扬扬地落下来，像在下雪，落在乐乐和孤儿院看门老头的身上。

看门老头脸膛红黑，嗓门响亮，是一个慈善而健谈的老人。

"战争孤儿那么多，陈牧师动员信徒开办爱德孤儿院，收留街头流浪孤儿。"

"为保证资金长期供应，陈牧师组织信徒集资在东门闹市开设天福南货店。"

"陈牧师为董事长，在信徒中招聘六七位义工，其中推选出资较多的青年信徒鲁定海为经理。"

"就算鲁定海是抗日武工队队长，现在他逃走了，抓他就行了，跟天福南货店的其他伙计无关。"

看门老头一边陪着乐乐走动，一边说一句，停顿一会，再说一句，生怕乐乐不清楚天福南货店的来龙去脉。

天福南货店被日伪军警包围，抗日武工队队长鲁定海及时逃脱。鬼子、特务、伪警搜遍商店未找到人，就把另外四名青壮年店员逮捕到日寇司令部内，受尽酷刑拷打。

乐乐跟着看门老头穿过那几棵高高的杏花树，一块空旷的户外绿地映入她的眼帘。长长的晾衣绳挂了满满的衣服，衣服的颜色看起来都不是很鲜艳，大大小小的衣服，在风中柔软地晃动着。旁边一个年轻女人正在洗衣服。

晾衣绳的尽头，返青的草地上，几个四五岁的孩子聚集在一起，一个年轻女性义工，面容和善，话语如柔风，组织孩子们传着皮球玩。

还有两三个稍微大一点的孩子，他们的怀中都抱着更小的孩子，在一旁看着传皮球的活动。

"这是大孤儿抱着小孤儿。本来信徒们会来照顾那些小婴儿，也会教大一点的孩子们写字画画，现在都去警方那里交涉，要求释放被捕的员工。"

陪着乐乐行走的看门老头，絮絮叨叨地讲着爱德孤儿院的事情。

说话间，一阵咯咯咯纯真的笑声，吸引了乐乐的注意。

不远处，两个两三岁光景的孩子正在和一个年轻男性义工用铁锹往一棵小树苗的根部填土。

"等到这棵树长大了，你们也长大了。"

"太好了，太好了！"两个孩子撅着屁股，围着小树苗打转转，小鸟一样叽叽喳喳地欢叫着。

乐乐走上去，发现这两个孩子是一对非常漂亮的龙凤胎，长且翘的眼睫毛，黑且圆亮亮的眼珠，活泼可爱，跟她的儿子小旭年龄相仿。

"好漂亮的孩子。"乐乐赞叹着。

"这两孩子是那个洗衣服的林嫂的孩子。林嫂的命，很苦。"看门老头说。

突然，孤儿院一阵骚动。乐乐循声望去，是阿发等三两个便衣男人。他们冷漠而生硬的模样，如同闯入杏花丛中的苍蝇，嗡嗡嗡的声音，刺耳难听。

"主啊，陈牧师不在，这孤儿院全靠他，这可怎么办？"

"天福南货店不可关闭，否则这些孩子要饿死了！"

看门老头，红黑的脸膛更红更黑了，嗓门也更大更响。其他的人，只是无言地看着。唯有鸟鸣声时不时占领枝头，欢快的叫声掩盖了无声的悲哀。

阿发等那几个便衣男人，将整个孤儿院都搜索了一遍，未见陈牧师，准备扬长而去。

阿发神气活现地一边走路，一边紧了一紧腰间的皮带，一脚踩在那棵小树苗上，他踉跄了一下，小树苗被折断，踩烂。

"哇哇"双胞胎瞬间大哭着，奔向那棵小树苗，"我们的小树！"

阿发尴尬地站住了，望向哭泣的孩子，只那么一瞥，他惊讶地发现，这对双胞胎的眼睛长得很像他母亲菊花。

阿发心中一动，问："这两个孩子是哪里来的孤儿？"

"这是我孩子。小龙、小凤，别哭。妈妈给你俩再种一棵，好不好？"林嫂一把搂住这对双胞胎，满眼是母爱的温柔。

林嫂领着两个孩子离开，阿发却没有走开的意思。他继续发问："那个女人，干什么的？"

"林嫂在孤儿院烧饭洗衣。"

"这孩子可是她亲生的？"

"有爹有娘，当然是亲生的。"

"她哪里人？老公干啥的？"

"哎，她普陀山人。老公被炸死了。她暂时帮孤儿院做事。"

"普陀山人，什么时候来到定海城？老公什么时候死去的？"阿发一个劲地询问。

"林嫂，命也是不好。原来夫妻俩在普陀山百步沙卖香火。日本人烧毁百步沙时，她和老公带着孩子刚好来定海看亲戚，逃过一劫，但店铺全炸没了。于是就留在定海，没想到，她家在定海的店铺又给日军炮轰定海城时炸毁了，老公也炸死了。"

阿发听到这里，立马打住了看门老头的话语，重重地说道："把林嫂给我喊过来。"

阿发仔仔细细地盘问林嫂，很快确认："这是我们王家的孩子，这对双胞胎是雪妮所生，阿海的孩子。"

被折断的小树苗旁，林嫂一脸惊恐地紧紧搂着双胞胎小龙小凤，两个小孩也是惶恐不安地把头埋进她破旧衣服的怀里。

起风了，满树的杏花落下来，惨白一片。乐乐愣愣地站在爱德孤儿院，叹息着雪妮和这两个孩子的命运。

第41章　雪妮被扣押巧遇锄奸行动

艾草土饼坟头立，一桌羹饭祭先人。又是清明节。

清明时节没有雨纷纷，却是碧空如洗。明媚的阳光里，火红的杜鹃花啼血一般，满山头蔓延。坟头那白晃晃的白幡，也满山头飘飘晃晃地在招魂。

山坡不时传来哽哽咽咽的哭泣声，夹杂着放炮仗的噼噼啪啪声。当地民风，清明给祖宗上坟墓，有祭山公山母和土地菩萨，烧纸钱，放炮仗等仪式。

德俊、乐乐走近阿龙奶奶的坟墓。

两个男人正在祭祀。一个熟悉的身影回头，是阿龙。

时光在这里静默，一切言语也无法表达此时此刻三人的感受。

风淡淡地从阿龙一脸沧桑的眉宇间飘过。他锐利的双眸饱含着悲哀的沙子，绝望的眼神却又充满魔力。乐乐与阿龙对视的瞬间，那股深沉的绝望，如旋风般，将乐乐坠进阿龙的眼里。

岁月的河早已淌过乐乐的眼。那场风花雪月下俏皮精灵的眼眸不见了。依然是那双闪亮的猫眼，只是淡淡地泛着阳光下的光晕，映着母性的娴静而平和。

"阿大！"（方言，即父亲的兄弟，小叔叔）德俊的惊讶声，打破了沉寂。

与阿龙一同祭祀奶奶的另一个男人，是林隆轩，德俊的小叔叔。

"阿龙奶奶，王家的香火会永远延续。"林隆轩神情肃穆地祭拜着，将一大碗的螺蛳壳洒在阿龙奶奶的坟头上，子子孙孙如螺蛳一样，蔓延无比。

"阿龙奶奶，阿龙是王家的香火，也是我的儿子，我想让他认祖归宗。"

林隆轩的话语如晴天响雷，乐乐和德俊一阵发愣。这世界有时候真的太小，转角就碰面，躲也躲不开。阿龙的亲生父亲是林隆轩，乐乐的丈夫德俊和她的初恋情人阿龙就是堂兄弟。

"阿龙是林家渔行老二林隆轩的儿子。"

"尘封了二十多年的秘密，终于大白天下。"

关于阿龙的身世话题，又在半塘热议。

"鱼随潮，蟹随暴。时候一到，该来的，还是会来的。"

"阿龙是典子，续的是王家的香火，按理，不应该回归林家。"

"林家老二得知阿龙是自己的儿子，怎么舍得自己的亲骨肉流落在外？"

"哎，为了守住王家，阿龙娘一辈守寡，真是苦命的女人啊！"

张阿三的理发店里，老顾客们说着陈年老话头，聊着半塘的新闻热点。

半塘的风言风语，跌跌撞撞地穿过弄堂里宅，直抵荷叶湾林家渔行。一瞬间，林隆丰夫妇很难接受这突如其来的事实。但林隆轩带着阿龙已经走进林家。

"咯咯咯！"小旭和妹妹安安追逐玩乐。兄妹俩的笑声，跌进林家庭院的花团锦簇中，又从粉的绣球花、红的海棠花、紫的蝴蝶花中飞出来，嘻嘻哈哈地一直飞到大门口。

"小旭，别跑得太快，安安妹妹追不上你了！"

小旭边跑着，边玩转陀螺，整个人如陀螺一般欢快地旋转着，一下子撞上了阿龙。

"儿子！"一股亲切而又汹涌的热潮涌上阿龙的心头。他蹲下来，望着小旭，浑身颤抖，泪水夺眶而出。

小旭睁着发亮的黑眼睛望着眼前的陌生人，那眼睛就是乐乐的翻版，一模一样。乖巧的小旭，望着流泪的阿龙，情不自禁地伸出白胖稚嫩的小手，擦去阿龙脸上的泪水，劝慰："叔叔，不要哭，要做勇敢的男子汉。"

三岁的小旭，一口整齐的小牙齿，吐字清晰，语言洁白，犹如大地的第一茬新米，粒粒清香。

阿龙一把搂住小旭，什么话都没有说。触摸着小旭柔暖奶香的身躯，一股神秘的血亲让阿龙一动不动，如同溺水的人抓住救命稻草一般，他找到了实实在在的生活慰藉。

小旭是阿龙儿子的事实，依然是林家公开的秘密。大人们都心照不宣地选择了沉默。但明媚的春光里，父与子的相拥相抱，足以温暖世间一切的悲苦。

"把王文龙给我抓起来！"一群伪军如狼似虎，在阿发、阿海兄弟俩的带领下，突然冲进林家院子，待阿龙回过神来，已被五花大绑。

小旭安安兄妹俩吓得哇哇大哭。

林隆轩则低声下气地说话："阿海镇长，您这一定是搞错了。"

"不会抓错人，让雪妮来换阿龙！"阿海明确地说着，毒蛇般冰冷的目光死死地盯着阿龙。

"雪妮与我无关。"

"雪妮若与你有关，你阿龙十个脑袋都已经落地了，雪妮是我的。"

"雪妮与我无关，为什么要我让她出来？"

"谁让你带她出去的，你必须将她给我带来。"

"三天之内，不交出雪妮，扣你一个游击队的帽子，直接枪毙。"阿海的黑眼珠一动不动，就这样瞄着阿龙，仿佛是两个黑的枪口，随时会钻出冰冷的子弹。

强龙斗不过地头蛇。沈家门镇长阿海扣押阿龙，只有雪妮可以营救。阿龙的父亲林隆轩急得团团转，阿龙的母亲如芸跪在佛前祷告。众人一筹莫展。

第三天的傍晚，三年未见的雪妮，带着一身的血色夕阳，出现在阿海家。

那一刻，阿海朝思慕想了很久，但雪妮已经不是他想见到的模样。

时隔三年的光阴，雪妮已是脱胎换骨。她毫不畏惧地站在阿海面前，凝脂一般雪白发亮的脸蛋冷若冰霜，却光彩夺人。一身法式洋装的雪妮，杏色立领衬衫搭配藏青色海军式长裤皮靴，优雅随性，摩登而文艺，一看就知道是个留过洋见过大世面的女人。她只是冷冷地瞥了一眼阿海。

"雪妮，这世界，我只喜欢你一个人，从小就喜欢，一直一直喜欢着。"

"你喜欢做皇帝，就该让你做皇帝了？喜欢是你的事，与我无关。"

"不管这样，咱俩还有两个孩子。你是孩子的母亲。"

"我没有孩子。我只有我自己。"

"再不答应，老子一枪崩了你！"

"早死早超生，无所谓。"

雪妮的脸色很沉稳，目光冷淡但很犀利。她就这样无畏无惧地睨视着阿海。

阿海像一匹暴戾的猛兽，左右脸互相扭缠，在疯狂对搏中左揪右压，他脸上的每根筋肉都在泄愤，所有的毛孔几乎都渗发爆裂的愤怒，却无处可发泄。他神经战栗地拔出腰间的手枪，硬生生地顶着雪妮的脑门。但雪妮闭上了眼睛，一动不动，任由阿海处置。

子弹上膛的响声，恐怖而狰狞。

枪响了。阿海如同被一颗枪弹击中似的，他整个人都瘫在那儿，筋弛力懈，绝望无奈，望着面无表情像是雕塑一般的雪妮。阿海终究只是悻悻然地对空一枪。此刻，绝望掏空了阿海的身体，他那有点摇摇晃晃的脚步，述说着他内心的虚无空落。

阿海前脚迈出房门，他的娘菊花后脚就进来了。平日里大嗓门的她，老狐狸扮小白兔，说话的腔调极其轻声细语："雪妮啊，阿海一直心里只有你一个人，这么多年都不肯娶妻，他是真心喜欢你。再说，你们也有两个孩子，总得为孩子考虑吧！"

林嫂随后也进来，领着两个双胞胎孩子。"夫人，这是您的孩子，小龙小凤。"

雪妮转身，闭上眼睛，瞬间泪如雨下。没有界限的悲伤和痛苦扼住她的喉咙，让每一次呼吸都是一次劫难。她艰难地一字一句地说着："林嫂，今生今世，那两个孩子就是你的亲生孩子。"

小龙小凤怯生生地望着雪妮漂亮的背影。菊花絮絮叨叨地劝说着雪妮："这沈家门的女人，都想嫁给阿海当镇长夫人，你遇上阿海，真是命里注定的好福气啊！上辈子修来的福分啊！"

雪妮只是木然地看着天边，那道血色夕阳慢慢地坠落，一步一步被浓重的黑色覆盖上去。

夜幕降临，半塘突然响起一阵疯狂的噼噼啪啪的枪战声，渐渐往阿发、阿海家逼近。阿发、阿海紧急迎战。

定海县长苏本善率抗敌自卫团主力返回舟山本岛，与原部下后投靠日军的汉奸丁淞生部队在激战。丁淞生部队溃败，他逃窜到阿发、阿海家。

一场枪战在阿发、阿海家门口爆发。苏本善的枪法很准，一枪将丁淞生击毙。

至此，舟山大汉奸，也是定海望族丁氏父子俩，全都被锄奸。

丁氏父子是"大日本海军舟山岛基地司令部"的红人。日军对岛城外围实行海上封锁。岛上居民出入城或外出上海宁波等地，都必须凭伪自治会制发的良民证、出口证（即出入证）或采购证。丁氏父子控制着岛上居民的出行信息。

望着血肉模糊的结拜兄弟丁淞生的尸首，阿发、阿海面若冰霜，但心中窃喜：他们兄弟极有可能接替丁淞生和其父亲丁紫垣的职位。

街头飘着血腥味，但枪声稀稀疏疏地在远去，而菊花刺耳的大嗓门异常嘹亮地在院子里响起，"哎哟，雪妮不见了！"

第42章　日伪走私船"岱山丸"遭劫持

"这世上，没有比钱更实在的东西。"

阿发的老婆巧儿望着手里的金条，满眼放金光。此刻，黑魆魆的夜，闪闪烁烁的灯火，噼里啪啦的枪声，在巧儿置若罔闻，只有那两根金条完全融入她的心坎，闪着欢喜万分的光芒。

巧儿的心沉浸在金条黄亮的光泽之中，世间万物，还有比这金条比更安全、更可靠、更美丽的物品吗？

雪妮是巧儿放走的，她的妹妹缪文心给了她这两根金条，巧儿毫不犹豫地做了内应。

黑夜中，传来阿海气急败坏的声音："是谁，谁放走雪妮的？"

"男人眼里，得不到的女人，才是心心念念的好。一旦得到，那女人就是不值钱的旧货。"

巧儿嘴里嘟囔着，熄灯，拥着一床柔软的锦被，入睡。她已经不在意阿发来不来她房间睡觉。

巧儿学会了冷冷地看着家里的一切。婆婆菊花嚣张，老公阿发身边不断换新女人。巧儿尽管和阿发生育了两个儿子，但一哭二闹三上吊的伎俩，已经无效。最后，她的眼里除了钱，还是钱。可恨的是，阿发贪婪又小气，多给巧儿一点钱，割肉一样的痛。"外面的女人，舍得花钱。家里的女人，一钱不值。"

阿发、阿海兄弟俩扑腾着，全城搜索雪妮，进而往上海方面打听。巧儿只是冷眼旁观，但她记住了妹妹缪文心跟她说的话："姐，阿发、阿海那里的每一条消息，都可以换钱。"

日子一天天过去，又到了乌贼鲞飘香的季节。

"林嫂做的乌贼鲞烤肉，真是一绝。阿海、阿发最喜欢吃。"菊花望着厨房间忙活的林嫂，满意地点头。

屋里已经飘出乌贼鲞烤肉的香味。小龙小凤爬上了高脚凳，犹如两条望着肉骨头的小狗，眼巴巴地望着出锅的乌贼鲞烤肉。

鲜香的乌贼鲞与肥美的五花肉纠缠在一起，五花肉内浸入乌贼鲞浓浓的海鲜味，肉肥而不腻，鲜滋滋；乌贼鲞吸饱了肉汁儿，油麻麻又恰到好处的韧劲，鲞香与肉香两味相渗，各尽其妙，味美之极。

"啊呜，一口，啊呜，两口。"林嫂极其宠溺地将五花肉塞到小龙小凤的小嘴里。

小家伙们咂嘴舔唇吃得欢，晶亮的眼里透着满足的惬意。

"那吃相，跟他爹一样。"菊花胖胖的肥脸笑眯眯地望着两小孩。

"老家伙就是犯贱，眼里只有这两个小家伙。"巧儿不爽，心中暗自嘀咕了一下。抬头，看见阿发、阿海正要出门，菊花在发话："天大的事，也要吃了午饭，再走。"

阿发、阿海没有理会，在浓郁的乌贼鲞烤肉的香味中，匆匆离家。

巧儿尾随，听他俩边走边说。

"雪妮在上海的地址都知道了。我这次随'岱山丸'亲自去上海，将她捉回，送给你。"阿发的声音，强悍急促，像汹涌的海水拍打着礁石。

"此去上海，有上海滩黑帮帮忙，绝对万无一失。"阿海的话语很是笃定，仿佛沙滩永远逃不得潮水的侵袭。

巧儿望着远去的兄弟俩的身影投在阳光下，落在西北边的影子短短的，那团黑影一直跟着他俩。阳光仿佛如流动的黄金一般，尤其阴影外阳光的照射如注，越发显得那团黑影的阴暗与不可驱逐。一种莫名的不安，突然涌上巧儿的心头，她寻找着安抚恐惧心情的抚慰品。

巧儿抬头，天空呈渔网回溯，无数枚乌贼鲞在剔透的渔网中泛着浓香的白花，熠熠生辉，满城乌贼飘香，混合着夏日的热度。熟悉的气息，比莫名的不安更加踏实。

码头边，百帆争流千帆竞，商渔船数不胜数。日本商船"岱山丸"靠泊在岸，尤其显眼。工人们在装卸鱼货等大批特产，它们将从沈家门码头转运到上海。

西横塘海鲜坊老板娘碧玉，喜滋滋地望着窗外的沈家门活水码头。那些在夏日里繁忙的男人们，都是她的财源。得益于沈家门盛行走私，西横塘的生意也爆红。

日本商船"岱山丸"即将离港启航，伪军正忙着在检查过往乘客。穿短装挑担的脚夫，穿长衫戴礼帽的先生，穿旗袍烫卷发的贵太太，西装革履的海归……各式各样的人群，熙熙攘攘，走向"岱山丸"。

不远处，乐乐送弟弟乐鼎上"岱山丸"。

"董叔在美国特拉华州注册成立'金山轮船公司'，真正开始拥有自己的航运公司。今年3月19日，中国航运信托公司以英国注册的公司在上海宣告成立，并在外滩的汇丰银行大厦300室设立办事处。"

"董叔还购买两艘旧轮，承担远洋航运业务。"

"姐姐，我们跟着董叔，应该是振兴船运业的好机会。"（姐弟俩口中的董叔是中国船王董浩云）

"是的，我们李家船行一定会东山再起。"

姐弟俩行走的风采之美，是岸边一道风景线。乐乐着一身黑色印花旗袍，低调优雅，却明艳动人。乐鼎一身灰色西装，温文尔雅又浪漫时尚。姐弟俩的气质，让人眼前一亮。

西横塘海鲜坊老板娘碧玉和她的一群"火油箱"们望着乐乐姐弟俩，议论纷纷。

"现在，谁搞运输业，谁就发。你看李家船行，乐乐姐弟俩，最近一直在忙活，搞各种特许证件。"

"听说，豪大梅老板和老板娘缪文心，本事通天。乐乐姐弟俩和他们的关系很铁。"

"缪文心，可是阿发的小姨子。"

"嘘，阿发天天外面花天酒地，他老婆巧儿，独守空房，成了怨妇，夫妻关系很冷漠。缪文心搞各种特许证件，都来海鲜坊找阿发的相好。"

说话间，碧玉看见阿海、阿发兄弟俩，正想打招呼，阿海、阿发兄弟俩却急匆匆径直往"岱山丸"方向走去。"火油箱"们的视线又集中在"岱山丸"上。

"日本商船'岱山丸'，大量运送走私物资，暴富啊！"

"日本人霸占了航运权益，运送走私物资是日商的'专利'啊！"

"想要抢占这份好处，找阿发、阿海这两个土皇帝，可以搞到任何特许证件。"

"呜——"，轮船的汽笛声响起，盖住了"海鲜坊"火油箱们的议论声。她们目视着阿发带着几个随从也登上了"岱山丸"。滚滚浓烟之中，"岱山丸"在西横塘"火油箱"们"大船一开，黄金万两"的话语声中离岸。

殊不知，"岱山丸"这一趟开出后，有去无回。

"新闻新闻，特大新闻，'岱山丸'被苏本善部队劫持。"街头小巷传播这条大新闻。

流亡的定海县政府在宁波没有自己的地盘，没有财政拨款，没有税收，部队给养十分困难。流亡县长苏本善采纳了特工的建议，劫夺日伪走私货轮"岱山丸"，以此补充给养。他派出武装人员，化装成商人、鱼贩等不同身份，混入"岱山丸"。当日，"岱山丸"由舟山驶往上海，途中被苏本善所派人员一举劫持，开往宁波柴桥。

这一事件轰动浙东，连重庆《中央日报》都撰文作详尽报道。日军暴跳如雷，疯狂轰炸宁波周边。

半塘阿发家仿佛也被炸裂，菊花晕倒在地。沈家门第一豪门白幡飘飘：伪大队长阿发已被苏本善枪决。苏本善还让人捎来一封信，信中只有几个遒劲有力的黑色大字：汉奸下场。阿海认得这是苏本善的亲笔。

"六月的日头，晚娘的拳头。"火辣辣的夏日，乌贼鲞晒得欢。海风与日头特别猛，乌贼鲞上泛着的白花也特别喷喷香。成片的泛着白花的乌贼鲞旁，半塘人家观望着晴空下长长的送丧队伍。

明晃晃的太阳下，白晃晃的白幡长长地舞动着，空气中飘荡着死亡的哀伤与鱼鲞的甜香。那是伪大队长阿发的葬礼。

千年万年的晴空，传来一阵又一阵哭灵人的声音，悠长而慈悲，回响着一种永恒的死亡的召唤。

人群里传来低低的叹息声。

"黄金万两，都是一场空。"

"清清白白地活着，比风风光光地活着，更安全。"

阿发的死，让阿海恐惧，也让他变得圆滑，他不得不改变处事方式，周旋于岛城各股势力之间。他不想得罪任何一方，只是持阳奉阴违的态度，采取投机取巧和从中渔利的处事策略。

第43章 国民兵团普陀山擒获日本间谍

1940 年冬天，湿冷的冬雨，细细簌簌下着，好像夹着雪粒子，雨声有点厚重。

"滴滴答答，滴滴答。"夜色中的豪大商行，清脆的摩尔斯电报声响起。胖明和缪文心通过私藏的无线电台为抗日武装提供日军情报。"驻六横的国民兵团第四大队王继能部获悉，日本海军在普陀山建了一个情报中心，负责人是日本退役海军将领村上独潭。"

定海流亡县长苏本善得悉后，把擒拿村上独潭的任务交给了国民兵团第四大队王继能部。

胖明和缪文心也参与了此次行动。

"日本军人扮和尚，乌贼扮俏肚里墨，一目了然。"国民兵团第四大队王继能笃笃定定地对亲信说着，"我倒想亲手将村上独潭捉拿。"

"这几天，菊花在普济寺为阿发做超度佛事。"亲信报告着，"镇长阿海，说不定也会去普济寺。"

"呵呵，那就更好，顺便会会阿海。让他老实点。"王继能说。

王继能亲自出马，率部化装成香客，潜入普陀山普济寺。

普陀山的寒气很重，黄昏时刻，天空飘着细得如粉似的白雨。

细细的冬日微雨，淡黄色的寺庙，参天的古木，都静默在一片淡淡的雨雾之中。

空旷静谧的寺庙里，一边是香炉上闪烁的星亮，一边是身着黄色袈裟的僧人，香火烟雾萦绕，僧人诵经声低沉苍凉。

普济寺大殿，木鱼、钟、鼓、磬、云板等法器齐奏，法师们在法器的伴奏下，唱诵经文。菊花和巧儿等人随着唱诵的内容，神情肃穆地跪拜，这是给阿发做法事的放焰口仪式。

菊花整个人都变样了，白胖的富贵老太太一下子暴瘦，成为白发苍苍的干瘪老妪。瘦骨嶙峋的她，脸如刀削一般，曾经胖胖的膨胀的肥脸，都化成了层层叠叠的皱皮。

菊花跪拜着，听到法师在唱诵："苦海滔滔孽自召，迷人不醒半分毫，世人不把弥陀念，枉在世上走一遭。近观山有色，细听水无声，春去花还在，人来鸟不惊。八月中秋雁南飞，一声吼叫一声悲，大雁倒有回来日，死去亡魂不回归。"她一下子老泪纵横。

巧儿变化不大，成为寡妇的她，只是机械地漠然起身、合掌、下跪、拜祭。耳边低沉有力的念经声，她几乎什么都听不懂，只觉得尾音拖得很长，昏昏欲睡一般的冗长。

突然，一只手戳了戳她，她回过神来，身边跪拜的人都不见了，目光往上移，其他人已排成一列，跟着师父在殿内转圈。用手指戳她的是缪文心，朝她闪烁着眼。

巧儿急急忙忙起身，溜到队伍末尾。为了不显得突兀，她不敢大步流星地走，只是在大家一念一动时，尽可能地跨大步前进。

缪文心陪着巧儿，只为探寻日本间谍村上独潭的行踪。村上独潭法号慧元，和普济寺一众僧侣一样，看上去是一个慈眉善目的老和尚。他也和其他僧侣一起，参与了这一场法事活动，有模有样地唱念着经文。

生活在佛国，缪文心对这些佛法礼仪自然熟悉。她偷瞄着村上独潭，心中暗暗说道：假和尚。很明显，村上独潭不熟悉这套佛法仪式，只是装模作样地唱念着，嘴型与众僧侣不一样。

但村上独潭貌似大慈大悲的脸上，偶尔不经意间，他的眼会跟鸷鸟的眼一样锐利，那是军人的眼睛，时刻保持警惕，冷静观察。村上独潭似乎察觉到缪文心的视线，不着痕迹扫了她一眼，缪文心的脸色也是波澜不惊，她继续跟着众人跪拜着。

这场放焰口法会，持续了四个时辰才完毕。僧众起身，同唱《回向偈》，仪式结束。众僧侣直往各自的禅房走去。长时间的唱念，僧侣们回去，肯定要喝口茶水。这一夜所有的茶水都被下了迷药。

在寺庙柴房干烧火活儿的是一位名叫多福的贫苦男人，虽然名叫"多福"，但是在侵华日军铁蹄下，劳苦民众哪里有福？他只有一条手臂，另一条手臂被日军的炮弹炸掉，而他的家里人，全炸死了。

他听王继能说，慧元和尚是日本间谍，恨不得立刻将他剁成肉酱。多福自然是积极配合王继能的擒获日本间谍行动。

按照村上独潭的日常作息，他一定会去寺庙的禅堂。禅堂里有两张色泽深沉的长条桌，旁边有几个三四层高的深褐色檀香木书架，里面摆满了佛经。村上独潭，喜欢独自在那里喝茶，看佛经。

半夜的普济寺，一切都进入了沉睡之中。只有长明灯的光，夹杂着淡淡檀香的空气，一并随冬雨跌落在地。

冷雨里寺庙屋檐斜淌出悚栗；夜色中千年的菩提树慈悲地仰天。空空荡荡的天宇，深蓝色，一直向着远方延伸。

缪文心看见两个脚夫扛着一个长长的大麻袋出来，随行的还有四五人，个个腰间佩戴短枪武器，她知道这是国民兵团第四大队王继能部的短枪中队，那麻袋里装着被麻醉了的村上独潭。

冬夜微雨，这群夜行人，渐渐地消失在雨蒙蒙的夜色里。一切，又回归到纯粹与宁静的淡然之美。

缪文心独自站立在寂静的寺院，无边无际的夜色之静让她的心念一下涌上心头："万法皆空，因果不空。"想必村上独潭在佛经中读到过这因果法门吧，因果就在这冬日的雨夜。大雄宝殿檐角上的风铃声"丁零丁零"就是告知世人："种甚因，结甚果。"

第二天，大小报纸争相报道的新闻："日本海军第三舰队司令部派驻舟山的间谍村上独潭，被苏本善部队捕拿，并转送重庆。"

日军震怒。一时间日军四出，岛城一片杀气。

第44章　莲花洋十三个日军失踪案

夜黑了，天空充满黑的寂静。沈家门码头，海上漂浮的闪闪烁烁的渔火，像无数个走失的星火，跌跌撞撞地寻找出口或者方向，海岸延伸出广阔无垠的大海。海的黑就是天的黑，无法辨识，放眼辽阔，海天合并成一种低低的浪之涌动。

海上有一盏灯，岸上也有一盏灯遥相呼应。缪文心望向海面的眼神如灯火般愈加明亮。站在她一旁的胖明望向她的眼，如海上漂浮的黑暗也在不停地发出一闪一闪的光。

缪文心与胖明的视线不经意间触碰，她慌忙躲闪着。

胖明的话语在海风中飘荡："没有多少个夜晚能藏住涌出的黑，你看，渔火尽管灰暗，但火苗闪动。"

缪文心不吭声，望海。

海上的灯光越来越近，小舢板靠拢，陈牧师跳上岸来。

日军在全城进行疯狂"扫荡"，东海敌后游击队人员伤亡严重，队长与指导员都不幸遇难。紧急之下，林德俊担任指导员。陈牧师悄悄地从上海返乡，任代理队长。重整后的东海敌后游击队，打击日伪的震慑力更强。

"听说游击队将日伪特务机关跃辉公司的一个汉奸活捉了，押解至青垒头海边枪决。"

"这是千真万确的。还有日伪特高课行动组长陈厢被游击队诱捕，押解到皋泄岭枪决了。"

"对日军死心塌地的汉奸'周老虎'也被游击队镇压了。"

"游击队神出鬼没，吓得汉奸魂飞魄散。"

坊间，人们眉飞色舞地传说着一系列游击活动。张阿三的剃头店，人们说得兴致高昂时，还情不自禁地唱起渔歌："淡水里生来咸水里长，海风吃吃大肚量。啥人胆敢来较量，试试侬柯鱼阿哥好吃相。"

"娘西匹，杀光这东洋矮子！"有人恶狠狠地咒骂着。

张阿三拿剃头刀的手，微微颤动着，他想念死去的老伴轩妈妈。

镇长阿海诚惶诚恐，他已经好几次收到游击队的警告信，还有苏本善的国民军队索粮索钱，他出钱出粮出船只，只为保命。

日军的"扫荡"更疯狂，东海敌后游击队的威震也更强悍。

沈家门活水码头依然熙熙攘攘。陈牧师在沈家门东横塘开了一家"新永和商行"，为温州客商代理贸易。"新永和商行"离泰来道头不远。

泰莱道头边，豪大商号的一间内屋，镶樱木面的紫檀桌上，胖明、德俊、缪文心、陈牧师在打麻将。打麻将的三个男人或西装革履或长袍马褂，加上缪文心时尚上海滩名媛打扮，一派十里洋场流金岁月风韵。而他们讨论的话题却是极其机密。

"洛迦山船老大张阿狗告知，明日洛迦山岛养伤的十三个日军要去白沙岛上寻'花姑娘'作乐。"

"一分队已经事先安排人员在张阿狗的船里当伙计。"

"碰""吃"，麻将声中，整个事件都做了周密部署。四人目光交流之间，每一颗麻将牌都落在合适的位置。

第二天，天空将海水紧绷着，阴沉沉的海，一浪又一浪漫向沈家门渔港东边的半圣洞码头。远远地，一艘翻船，浮在海面上，渐渐随着潮水往沈家门半圣洞靠近。暗色的船底，透着莫名的死亡气息。整个渔港轰动了。

"洛迦山十三个日军，在莲花洋面，船沉没了，人也寻不到了。"

"阿弥陀佛，不是不报，时辰一到，报应就到。"

胖明和缪文心听着街头热议，他俩心中最清楚整个事件。

游击队的一个分队事先安排在张阿狗的船里当伙计，张阿狗待鬼子上船后，拨篷、起锚、摇橹、划桨……小船向白沙岛驶去。

白沙岛与洛迦山一水之隔。洛迦山位于普陀山的东面，整个岛屿仿佛一座海上的卧佛静静地躺在莲花洋上。

海水漫天，佛祖静默。

"太君，米西米西。"张阿狗拿出老酒、炒花生、猪头肉等小菜，招呼侵华日军。

"哦依稀、哦依稀，"日军咿咿呀呀地欢笑着，狼吞虎咽起来。

船经莲花洋，浪突然大起来了，船左右晃动得厉害。张阿狗不动声色地故意把船划得摇晃不停。

"呃呃呃"日军扑在船舷上，稀里哗啦地吐了起来。他们以为自己喝多了酒，又遇到风浪，个个晕船了。

张阿狗见时机到了，暗示战士们分头向侵华日军扑去。

瞬间，轻机枪被我方战士控制了，当场击毙七个侵华日军，俘敌六人，缴获轻机枪一挺、步枪五支、短枪一支。

尽管战果颇丰，但考虑到情报人员的隐蔽性，东海游击队并没有将战功公开。侵华日军也不清楚是怎么回事，最后只当海难事故处理。

日军加强了海上巡逻，胖明不断地收到情报。

"日军动用了五艘木制帆船、两艘登陆艇和一艘装甲炮艇，在东海洋面胡作非为。"

"日军在沈家门外洋面烧毁玉环商船六艘，烧死船员七八十人。"

日军还派遣汉奸密探到处搜集情报。

林家船行的木帆船上，德俊和陈牧师交流着整个岛城的抗日形势。

"日军让伪军打头阵，警惕那些伪军头子，铁杆汉奸。这些老狐狸阳奉阴违，表面上声称和平共处，不做抵抗，却向日军报告各支抗日力量的情况。"

"对伪军过于信任，这是一个不应该的疏忽，会让抗日部队吃大亏。当务之急，是保存我们的抗日实力。"

"让胖明和缪文心小心！"

冬日阴沉沉的天，下起了雨，裹着雪粒。德俊和陈牧师从林家渔行的木帆船上上岸。

林家院子，暮色四合，家佣把小炭炉搬至门口屋檐下，用干草、干树叶引火，生起炉子。火光熊熊，小旭和安安在门口欢呼："炜年糕了！"等明火逐渐减小，家佣便将炉子拎回屋里，架上金属网子。

德俊回家，便坐在炉子旁细致地炜年糕，时不时地翻动一下。乐乐挺着孕肚，照看着小旭和安安，在一旁等待着美味。小旭和安安帮不上什么忙，只会如淘气的皮球一般，屋里屋外进进出出地瞧热闹。

待年糕在网子上"嗞嗞"冒烟，特有的米香味挟裹着烟熏火燎的气息充满整个屋子时，兄妹俩就安静了，像被粘在小炭炉上

225

似的，挪不动步子。德俊递给兄妹俩烤好的年糕，宠溺的微笑挂在脸上："好吃吗？"

林隆丰夫妻望着其乐融融的一家子，脸上的笑容，似乎也跟着"炜年糕"在火光中"嗞嗞嗞"地冒烟，幸福地绽放着焦香味道。

"明年春天，林家又多了一个娃娃。"林隆丰说。

"都说乐乐的肚皮鼓起，如食物罩盖一般，而屁股跟以往一样，没有肥大，那她肯定生男孩了。"林夫人望着乐乐的孕肚，很确定地说。

"生个男孩，那最好不过了。"林隆丰接上了林夫人的话。

林隆丰夫妻的话语声音刚落，德俊就接口而上："不管生男生女，都好。乐乐为我们林家开枝散叶，最辛苦。"

乐乐望向德俊，炉火的光芒同德俊的眼重叠，他的眸子里印满了火花，德俊朝着乐乐微微一笑，仿佛所有的火苗子都拥进乐乐的心，她一时迷离恍惚。

一家人，就这样，吃着聊着。小旭和安安的眼里，大家的笑脸在热腾腾的烟火气里一会朦胧一会清晰，他俩全身暖洋洋又懒洋洋，不知何时，两个小家伙便在爷爷奶奶怀里睡着了。而德俊的眼睛，像盛满了油的灯，极其闪亮，他朝乐乐眨了眨眼，乐乐羞怯地脸红了。

屋外冬雨依旧，屋内的炉火也很旺，但夜色已浓，乐乐和德俊夫妻俩准备入屋就寝。

嘟嘟嘟，急急的敲门声响起。陈牧师赶来，开口就说："不好，豪大商行出事！"

第45章　痛失最爱海之殇

　　阴霾的黑夜，迷茫而低矮的天空，笼罩着低低呜咽着的浑浊的海，海面波浪缓缓起伏，空气极其冰冷。

　　码头边的豪大商行，一片凌乱。胖明和缪文心被叛徒出卖，得知消息的他俩，分头紧急撤离。

　　"按照预定，你往东，我往西。保重。"胖明和缪文心匆匆一别。

　　长长的沈家门渔港，豪大商行往西是半塘，往东是荷叶湾。日本宪兵到处搜索，抓捕豪大商行的伙计。

　　在海边码头东躲西逃的缪文心被闻讯赶来的德俊等人，拉进了一艘渔船。

　　夜色中，冬雨夹着雪粒子，汇合在一起袭来，他俩乘着木帆船从莲花洋驶向六横港。洋面上，日本宪兵快艇在巡逻。巡逻艇的探照灯，明晃晃的光束，穿过透明的雨帘，直射着沉默的海面。

　　明晃晃的光束在黑夜中晃来晃去，寒冷耀目，耀武扬威，木帆船敛声屏气，左躲右闪。

　　海面突然起了风，木帆船在风中摇晃，颠簸。缪文心一个趔趄，一双有力的臂膀扶助了她的双肩。德俊如一棵大树，护着缪文心纤弱的身躯，缪文心稳稳躲在这棵树下。整个海都在摇晃，德俊和缪文心搂在一起，随着海浪一起在浪尖与浪底颠簸。

缪文心从来没有如此近距离地接触德俊沉稳的呼吸声。他温暖的气息越过缪文心的头顶，穿过缪文心的手指，从一个空间到达另一个空间，缪文心的躯体就像大海里的小舟在风中晃荡，两边是哗哗的波浪声和海水冲刷她的躯体时留下的层层浪花。"龙应该藏在云里，你应该藏在心里。"某个瞬间，她渴望就这样天长地久随着跌荡的海沉浮。

海中浮游的船只，终于靠近黑魆魆的一座岛屿。快到港口码头了，最后一程，天忽然飘起大片大片的雪花，就在那一刻，木帆船最终还是被日军的探照灯发现了踪迹。

一阵枪林弹雨飞来，快艇在后面追赶。

木帆船靠岸了，德俊伸出手，示意缪文心拉住他的手。缪文心抬头，德俊清澈脱俗的眼神落入她的眼中。那是一种永远都是干净、澄澈、柔和的眼神，如兰如玉的美好烙在缪文心的心坎上，任世间万物之美，都低不上德俊双眸里的光芒。

美丽而冷酷的夜色，雪花没有退去，枪林弹雨的生死间，德俊的身子如鸟的翅膀，守护着缪文心在炮火的交错间避闪，游移搀扶她上岸。

又一阵子弹飞来，凄厉的呼啸声落在德俊的身上。扑通一声，水花巨响，充满了一种死亡的苦痛和悲哀，德俊一下子坠入海里。留在缪文心身上，德俊那热乎乎的气息，倏然不见。

"德俊！"缪文心惊恐的尖叫声，撕心裂肺地在海边蔓延开来，她绝望地跪在黑夜中。

冬日深渊般的星空下，天地就是巨大的墓地。一阵火光四溅的枪战声，死亡瞬间而来，世间骤然停顿在一片空白中，只有漫天的雪，雪，雪……

大雪荒芜了夜空和大地，雪的尽头，是一个哭泣的女人。无尽的冰冷的雪地，万物消歇，只有德俊的名字，一次又一次在缪文心体内雪崩。她的最爱，她的德俊，生命中最美好的那个人，瞬间永别了。痛失所爱，缪文心心中那盏点燃她心坎的人间烟火之灯，跌落黑暗之中。无垠的黑色绝望吞噬着缪文心。

哀伤的林家大院，一排排晾晒的鱼鲞撒落在房前屋后，一如既往色泽鲜亮，闪闪泛着橘光。纹理清晰的鱼鲞，仿佛让人可以看见西风的皱纹，每一道皱纹都像生死轮回。鱼鲞间，一只黑猫敏捷地一闪而遁，"喵呜"的叫声，恋恋不舍。

"年年有鱼"的鱼鲞季节，在冬日西北风与阳光的紧紧相拥之中如约而至。只是那些曾经让人口齿迷恋的咸香鱼鲞味，早已被林家凄凉的氛围所淹没。

极度的刺痛几乎把乐乐撕碎，她生生地忍受着每一分的痛苦，因为这证明她的丈夫曾经是那样鲜活地存在，她不想连这种印记也跟着他的身体一起消失。

一排排晾晒的鱼鲞，泛着熟悉的香味。清蒸鲞拼、芹菜炒鱼鲞、鱼鲞烤肉……那些都是德俊爱吃的。

曾经在一排排鱼鲞的丛林中，乐乐笑话德俊："鱼鱼鱼，你简直就是猫啊！"

"你才是真正的猫，瞧你，猫眼闪闪，说，我是不是你爱吃的鱼？"

鱼鲞的咸香味，追随着两人的嬉笑打闹声。

在一排风鳗的丛林中，德俊一把抱起了小鹿般逃跑的乐乐。

"这就是猫吃鱼的场景。"德俊在乐乐耳边私语，乐乐的脸变得跟鱼鲞一样，泛着诱人的肉粉色的光。

乐乐越是想将那些留有德俊印记的一切，保存下来，让它成为固定的、永久的、坚实的东西，但，那些印记，越是像轻如羽毛的泡泡，抓也抓不住。

她确确实实已与德俊阴阳两隔。无尽的刺痛填满她的胸口，痛得无法呼吸。她把头靠在德俊的枕头上，无声哭泣着。

"德俊，回来吧，就让我陪着你吧，在剩下的时日里，让我们远离战事纷争，如寻常夫妻，一年四季，一日三餐，不离不弃，相伴终老。莫再离开我，莫再远离我，别再让我寻不到温柔的方向。"

突然，肚里的胎儿一阵胎动，如水中的鱼儿一般，轻轻划过。那胎动，呼唤着乐乐的母爱，她停止了哭泣。

吱呀，卧室房门被推，"妈妈！"小旭和安安兄妹俩稚嫩的声音传来，乐乐急忙擦干眼泪，温柔地朝着孩子们张开双臂。

两个孩子如小鸟一般，飞进妈妈的怀里。那是两枚奶香的抚慰药剂，填满了乐乐痛苦的心灵，实实在在地温暖又踏实。

陈牧师来了，给林家带来一封德俊的遗书。没有签名，没有日期，只有熟悉的笔迹写着短短几行文字。

"爹娘：八闽丰碑，家国情怀，大丈夫固有一死，重于泰山。

乐乐：这世界上最美好的一定是你，与你结婚生子，不枉人世一遭。

来生，万世太平，只求父母妻儿蔬饭烟火相伴。"

林家这时才知道：林德俊，就是街头巷尾谈论的东海敌后游击队队长，让日伪闻风丧胆的英雄。

第46章　雾锁莲花洋阿海急逃

沈家门海边，起雾了。淡淡的雾气如一张半透明的网，慢慢地向整个繁忙的码头撒开。

密密麻麻大大小小的各式各样的军舰、货船和客船，以及密布的耸立的桅杆，全蒙上了一层薄薄的白雾，白色的雾气时时刻刻被抽取出来，丝丝缕缕，看似若有若无，但却在慢慢加厚。

雾气中，一艘小舢板在海上缓慢爬行，远处一点点黑影跃入小舢板船家的眼帘，黑点越来越大，近了，再靠近些，是一艘艘木帆大船。一双双炯炯有神的大船眼睛，用沉默方式打量这慌慌张张入侵的不速之客。

小舢板后，偶尔传来几声低沉的汽笛声，吓得小舢板上的男人一阵慌张，急促地催着船家，"快点，再快点，马上可以靠近那条大船了。"

说话的是阿海，他乘着小舢板在紧急逃离。

木帆船的船头，绿眉毛下那白底黑珠水汪汪的船眼睛特别明亮，闪着原始野性的光，看着靠拢来的小舢板。

"阿弥陀佛，总算靠上大船了。"阿海欣喜地望着木帆船的大眼睛，低低地祈祷，"木龙，木龙，乘龙闯海、驶风破浪，保四海平安。"

海边人家认渔船为"木龙"，木帆船的船头，画有眼睛，"木龙"的眼睛就是龙目,也就是船眼。民间风俗,一般渔船船眼的眼珠向下,为观察鱼群;货船船眼朝前,为观察航向。阿海登上的是货船。

雾气中,木帆船缓慢地在莲花洋上滑行,船儿陷入冬季的迷雾中,遍布陷阱。终于一阵海风吹来,刺骨锥心的寒意。阿海却狂喜,他是个很能干的船老大。风吹雾散,他可以逃离了。

阿海望天,说:"冬天,十雾九晴。"眼前这雾气很快就会散开,他知道雾散时刻,日军就会立马四处追捕他。

前一刻,他还很镇定地将双足跷在办公桌上,正在指挥左右两个女秘书守着电话,代劳传话。

旁边,林嫂带着阿海的双胞胎儿女在他办公室玩耍。孩子们奶香的声音在屋子里回荡。

"爹,我要吃观音饼,海苔味道!"

"爹,我也要吃观音饼,海苔味道!"

"好好好,爹马上让人给你们送来!"

小龙小凤欢声雀跃:"爹爹真好!"

这一对双胞胎姐弟软糯甜香的叫声,让阿海仿佛咔嚓一口吃了蜜糖,幸福感满满。

阿海和小龙小凤欢快地咬开观音饼金黄的外皮。"好香啊!好酥啊!好好吃啊!"小龙小凤边吃边欢叫。

"海苔的咸香加上芝麻花生的香甜,越吃越上瘾。"林嫂在一旁笑眯眯地说。

满屋的观音饼香。观音饼的碎末儿掉在桌上,阿海一点一点地捡着碎末儿吃。小龙、小凤将手指放在唇边,沾一点口水,然后用手指蘸着碎末儿,再用嘴巴舔一下手指。他俩捡吃碎末儿的速度比阿海快。

"老蟹还是小蟹乖（聪），小蟹打洞会转弯。"林嫂乐呵呵地说笑着。

"呵呵呵，爹爹是老蟹，阿拉（我们）是小蟹。"小龙、小凤拍着小手，笑闹着。

恍惚间，阿海似乎回到了童年。他兴致勃勃地看着一双儿女，重重地一字一句说着："一定要将他们的妈妈雪妮，找回来。"

就在那时刻，他的内线传来电话，阿海接听到"日军有您跟苏本善交往的证据，是您的下属向特高课告密的。"

犹如晴天霹雳，阿海怔怔地站在那里，震惊万分又迷惘不堪，一再怀疑自己是否有所误听。怎么会在毫无迹象的情形下，突传如此急转直下的消息？

阿海本来只想周旋于岛城各种势力间，不想得罪任何一方。他听命于日本人，讨好国民兵团苏本善部队，不得罪共产党。这是他的立场。

没想到，胖明的豪大商行抗日武装情报部门被日军破坏，竟也牵连到他，因缪文心常去阿海的家里看望姐姐巧儿，让日军对他也产生怀疑。而阿海的亲信，利用这一时机，告发了他与苏本善部队交往的具体情况。尽管他是被苏本善挟持，为保命才提供给苏本善部队各种物资。但证据确凿，他当机立断，紧急逃离。

临走前，他嘱托着："林嫂，你带着小龙小凤，先去普陀山，我会来找你们的。"

"爹爹，早点来接我们啊。"

小龙小凤稚嫩的声音，似风吹过檐下的铃铛，满满的依恋与爱，在阿海的心胸里穿梭，阿海的眼里泛起了不舍的泪光。

很快雾散天晴，明晃晃的大太阳将阿海从回忆中拉回残酷的现实。海水哗哗地响着，木帆船行进的速度在加快。

"天呵天呵天呵！发风落雨不留情呵！海呵海呵海呵！浪打礁触无人命呵！四面大海白茫茫呵，轧煞捹鱼人呵！"隐隐约约，传来船夫拢洋的渔歌声。

阿海第一次感受到亡命天涯之凄楚。他的躯体就像海浪，在风中一波又一波地摇动。大海浩渺，苍穹无尽，云影漂泊着虚无，鸟翅飞翔未知的茫然。他心底惶惶然。

晴朗的天，掩饰不了兵荒马乱。海上的日军巡逻艇，在洋面上查巡，陆地上，日军车队开进了半塘。前面一辆吉普车开道，另有两辆大卡车在后——中间一辆卡车乘六七人，后面一辆卡车乘二十多人，车上架有轻机枪，车距拉得很开。日军在搜捕阿海。

半塘炸开了锅。

"哎，只有身边人，才会出卖你。"

"据说，阿海的亲信密告日军，说阿海不时提供给苏本善部队各种物资。"

"豪大梅老板夫妻是抗日武装情报部门，从阿发那里得到了很多情报，牵连阿海，让日军震怒。"

"哎，阿海人精，最后也是这样的下场。"

"据说阿海逃到上海，去找雪妮。"

"哎，阿海曾经手一摇，人一潮，好威风，最后却是亡命天涯。"

日伪军进村后，找不到阿海，十分气恼，百般折磨菊花，扬言："如果不交出你儿子，就要烧房，连同你一道活活烧死。"

天空在惊飞的鸟鸣中撕破了脸，风在半塘的尽头吹。菊花受到重度惊吓，神志迷糊。"阿海啊，阿发啊……"半清半迷之间，菊花挑着一担箩筐，装着乱石头，走街串巷，喊着"卖泥螺蟹酱嘞！"

那些曾经的欢喜和期盼，全变成了凄厉的叫声。一声声，一句句哭喊，唤不回昨天的岁月。菊花疯了，满大街满山坡乱闯。

一个疯子，在空旷的山野里，叫喊。一座寺庙，立在山顶，梵音阵阵。诵唱的经文，能漂白几个污浊的肉身？疯癫的世界，究竟是怎样的因果？杨子庵的慧心师父拨着念珠，发出一声慈悲的叹息："阿弥陀佛，因果就在世间的漩涡里挣扎。"

她收留了疯疯癫癫的菊花。

第47章　惨遭鼠疫乐乐欲自戕

　　半塘人家的日子在日军的枪炮下忐忑不安地撑过几天，突然，措手不及，鼠疫又在半塘蔓延。

　　鼠疫来势凶猛，来不及预防和治疗，得病就是暴死。得病症状都是头痛、胸痛、干咳、痰中带血、吐而不泄，且三天内夺人性命。

　　山头上新坟一座又一座地出现，半塘沉浸在瘟疫带来的死亡与恐慌之中。

　　李家，先是管家刘妈得鼠疫离世。接着小弟乐支，得病离世。活蹦乱跳的家伙，被埋在深深的泥土里，在他们父亲李兴根的衣冠冢旁。痛不欲生的母亲，乐乐的娘李夫人，几天后，也发病离世。也许冥冥中有神灵，跑船去上海的乐鼎，不知为何，一时兴起，带着双胞胎兄弟乐家、乐祖一起去了上海，兄弟三个逃过这场瘟疫。

　　阿发、阿海家。先是巧儿的两个孩子得病离世，接着是巧儿，但奇怪的是疯疯癫癫的菊花，居然无事。

　　理发店张阿三也得病离世，留下空空荡荡的理发店。

　　理发店门口摆摊卖生姜糖的小脚女人阿香也得病离世。亮黄的生姜糖，撒落一地。

　　旺财晒场海哥霸老婆绣花也得病离世。唯有一排排如丛林般的鱼鲎，孤零零地站在风口。

半塘不断死人，不断有人逃离。

鼠疫带来的心理恐慌，让老中医也胆战心惊："风凄雨愁，无天无日，白昼相逢，人鬼莫辨，则回视自身，亦莫知是生是死也。"

而市面上西医治疗鼠疫的常用药品片剂为"大健风"，注射剂名为"百浪多息"。因为战争，因为封锁，岛城极其缺乏这两种西药。

西药已飙升为天价，一对鼠疫血清价值一二两黄金，一瓶盐水卖几十元光洋，而当时一桌上等翅席的花费为光洋三十元。但即便倾家荡产，也买不到"大健风"和"百浪多息"。人们陷入了对疫情的极度恐惧之中。

日伪政府封死了半塘，只许进，不许出。半夜，一把火烧了半塘人家。

半塘人家惨叫的恐怖声，淹没在一片火光熊熊之中，拼死想逃出来的人，也死在日伪军的枪下，一切的死亡都混在这焦土气息里。

人间惨剧，屠杀与瘟疫，同时降临在半塘。天那边，夜特别黑，原本有星星的夜，仿佛被一个黑色的袋子一下子捂住了，细细的，密密的，无边的黑暗。天这边，半塘的天空在燃烧，噼啪啪响的房屋在倒塌。大火染红了半塘，火迅速吞噬着一切。

半塘烧了整整一个晚上。晨光的熹微里，一摊七倒八歪的焦色，冒着烟火，微不足道地摇曳着。世界瞬间是安静的，没有任何生命迹象的安静。

前尘往事，了无痕迹，只留下一摊焦黑的印记，便像什么事也没有发生似的。只有疯疯癫癫的菊花，游荡到半塘，咿咿呀呀地喊着："卖泥螺蟹酱嘞！""阿海啊，阿发啊……"

岛城的抗日武装也投入到这场狙击疫情的战争中。

"这场疫情很有可能是从宁波传过来的。有证据显示，1940年10月27日下午2时许，侵华日军飞机窜入宁波市区，空投染有鼠疫杆菌的疫蚤和麦粒、面粉。两日后，开明街以东、中山东路以南、太平巷以西、开明巷以北五千余平方米域内暴发鼠疫。"神情肃穆的胖明在游击区布置防疫工作，猜测此次疫情的来源。

"半塘船员多，进出宁波港多，所以，是重灾区。"陈牧师说。

胖明紧紧地盯着缪文心："你是经过医疗队培训过的，你来主持全城的医疗救治工作。"

"民间在自发救助中。大家多发动乡绅，提供义冢让穷人入土。"

缪文心有条不紊地安排具体事项，"同时组织消毒队，办理灾区及掩埋场消毒等。"

"还有，指导人们防疫，宣传文告要通俗易懂。"陈牧师补充道。

很快，大街小巷出现了抗日武装组织发布的《为防疫警告人民》文告。告知人们暂时不要出外行路，家中备生石灰，随时做消毒之用。

鼠疫还在蔓延，死亡也在悄然逼近林家大院。

1941年，岛城早春的雨，自顾自地下个不停，许是冬日未下的雪，许是春天未解的冻，许是草木所含的露，全都打包，降落下来，世界一片迷茫。

唯有早春的梅，在雨雾缭绕中，一朵又一朵，坠落在青石板的雨水中，夺目晶莹的红，美如琉璃，呈现出一种透明的让人心碎的美感。

冷冷清清的街道，家家户户都是闭门不出。"日华共同防疫"之横幅高高悬挂着，湿漉漉的。为避免瘟疫传染至日军占领的核心区域，日军和地方伪政权组织防疫人员为民众注射预防针剂。

伪保长打着黄棕色的油布伞，走在街头巷尾，公鸭般的大嗓门在回响："人人都要打预防针，街道设卡检查'预防接种证'和'安居证'，未携带'预防接种证'或'安居证'破损者不得进城。"

由于民众不知道日军憋了什么坏水，对这种注射是能躲就躲。林家也是大门紧闭，躲避接种疫苗。

林隆丰不幸染上鼠疫。在万物寂静的烟雨朦胧中，林家的梅花长廊也变得暗淡下来。

当最后一朵梅花落下，停在了昏黄的某一角落时，林隆丰眼里最后的一点光泽，也随着落花而去，只留下他神志清醒时的临终遗言："别哭，林家全靠你们婆媳俩。以后的日子，林家的这扇大门，全靠你们了。"

日伪人员强制上门，为林家注射疫苗。乐乐挺着孕肚，带着儿子小旭和女儿安安，过着提心吊胆的日子。可灾难还是来临了。

"黄鱼吃八卦，鲥鱼吃尾巴，鲳鱼吃下巴，带鱼吃肚皮，鮸鱼吃脑髓……"往日里在屋檐下念着童谣欢蹦乱跳的小旭和安安，几天后，突然如垂头的小鸡，病恹恹。

"宝贝，妈妈给你俩做了最爱吃的鮸鱼骨浆。"

"鮸鱼骨浆"是舟山的一道名菜，就是用鮸鱼头脑制作的羹，其味特别鲜美，食客吃后难忘。所以还有一句谚语："宁可忘割廿亩稻，勿可忘吃鮸鱼脑"。以往，这两孩子吃得很欢，现在，两个孩子小嘴巴很费力地张开，只吃了几口，小嘴巴再也无力张开。

两个孩子的主要表现为寒战、高热、体温骤升。医生请来了，却只是摇头。无助的婆媳俩，跪在佛像面前："求菩萨，救救这两个孩子。"画像中的佛祖只是慈悲地默默地注视着婆媳俩。

绵长的细雨终于停了，古老的天空依然带着不舍与哀伤的泪珠。乐乐和婆婆两个女人疯狂地抱着两个孩子，眼睁睁地看着孩子的呼吸越来越弱，时断时续，两个滚烫的孩子慢慢地变得冰冷。

"老天哪，为何不让我这老骨头替代那两个孩子啊！我的孩子啊！"林夫人悲怆地问着苍天。太痛苦的经历，锥骨刺心的痛，就这样将婆媳俩推入到苦难的深渊之中，生不如死。

"妈妈。"曾经，孩子的叫声，奶香飘荡；曾经，孩子晶亮的眼睛，星星般纯洁。而今，德俊的衣冠冢旁又多了两座小土丘，孩子们静静地睡在父亲的旁边。

"德俊，我们的孩子小旭和安安，你一定要好好地照顾好他们。德俊，我爱你。孩子们，妈妈爱你们。"乐乐跌坐在坟前，绝望无泪。

高过天堂的夜，低过苦难的夜，漆黑漆黑，生离死别，就像黑色大地睡进止痛药片的小瓶里，总是让生者在清醒的黎明时刻痛不欲生。荷叶湾的海很静很静。海浪低低地打着礁石，发出梦呓般的耳语。乐乐一步又一步地走向海滩，她口里念念有词："小旭、安安、德俊，我们又可以在一起了。"

乐乐的婆婆林夫人疯一般地赶来，紧紧拖住乐乐的身子，哭喊："乐乐，不可以这样，林家的门，要你撑着！肚里的孩子，也是一条命啊！"

　　婆婆死拉着乐乐，将她拖到岸边。乐乐瘫跪在岸边，不哭不语。婆媳俩相拥在一起。

第48章　春雨漫漫林家喜添新生命

十里渔港，晚霞漫天，木帆船陆续拢洋靠岸。许多小舢板如水老鼠在木帆船周边回旋。这小舢板见木帆船，如同孩儿见到娘亲，喊得欢。

"水上闯天下，全靠船老大。"这厢小舢板满口甜言蜜语，"老大老大"，叫得木帆船心花怒放。

小舢板与木帆渔船交易正忙碌。"春笋一箩，换小黄鱼15条，可否？""咸菜换小黄鱼可否？""淡水要否？"

小舢板与木帆船都是物物换货的。

有些小舢板会传来女人柔柔的叫卖声："浆板圆子羹，要否？"那甜滋滋、醉兮兮的口感，海边人都懂。

不久，木帆船上就会隐隐约约传来卖浆板圆子羹的女人的歌谣，"小哥哥侬要早点回家，勿要拗到日头落西山。小哥哥侬要早点回家，勿要拗到白鸥归沙滩。小哥哥侬要早点回家来，天暗了大洋里厢要出水妖怪……侬再勿来啊，冷了妹的心窝，冷了饭和汤！"

又是南洋旺风动，又是春汛拗鱼季节。十里渔港，四季轮回，但这一切都沦陷在日军的铁蹄之下。

日军的巡逻船只横冲直撞，日本的太阳旗耀武扬威到处闪动。

"太君，好。"不管是小舢板还是木帆船，见到日伪巡逻船，都点头哈腰。

巡逻船上的日伪军一艘一艘严格地查询着船上人员及货物。他们上了林家渔行的船只。阿龙出现了，他低头哈腰，殷勤地陪着日伪军检查。

日伪军掀开船舱，鱼腥味直冲鼻孔，却赫然见到一对正在做好事的男女。船舱内一阵慌乱，船舱外的日伪军发出猥琐如驴叫的笑声。这种现象，他们见惯了，不足为奇。

"花姑娘，米西米西。"

"海鲜坊，米西米西。"

这下作而粗野的笑声中，阿龙已经将上好的鱼货给日伪检查人员呈上。

日伪检查人员刚走，陈牧师出现在木帆船甲板上，紧握着阿龙的手。

"阿龙，谢谢你。这一招真是桅杆上挂灯笼——高明。"

"这是中国人该做的事情。"

尽管沈家门渔港沦陷为全中国最大的走私市场，但也以此开辟了"海上红色通道"。浙东游击海防大队在此条"海上红色通道"上活跃，其主要任务是负责海上游击斗争，维护和保卫海上通道。他们在附近水域护送接应南来北往的部队，以及输送军用物资。

阿龙父子，跟上海滩的爱国人士一样，参与了这条"海上红色通道"的维护工作。他俩随这条木帆冰鲜船一起从上海返回沈家门，因陈牧师之托，秘密护送一批共产党干部到莲花洋洋面，再转船南下。不料，一位共产党干部突发疾病，只好紧急将他送到沈家门渔港。刚才演出的那场卖浆板圆子羹的女人和船夫的激情故事，成功地将日伪视线转移，避免了对船上人员的细细盘问。

阿龙和林隆轩父子俩急急上岸，陈牧师欲言又止。黄昏又深了几分，一轮落日，孤寂地悬在天边与海边，仿佛一线之隔。陈牧师望着这对父子的背影渐渐走进落日与海边之间的天地。

再次见到乐乐，阿龙震惊。乐乐已不是那个一直画在他心中的女人！她那活泼灵动的少女眼神，曾宛如溪边欢快流动的清澈泉水，早已干涸。

挺着孕肚的乐乐，此时望向阿龙的眼神，没有哀怨，没有惊恐，甚至没有一丝丝痛苦。阿龙不知道，该用什么词汇来诉说，唯一能想到的大概是迷茫、麻木，对于这个残酷而冰冷的世界，乐乐是那样无助与认命。

阿龙这次回乡，就是想见见自己的亲生儿子，他和乐乐的儿子小旭，可父与子就这样阴阳两隔了。

"小旭，我的儿子。"无声的泪水划过阿龙的脸颊。记忆中那个满是奶香的鲜活小生命，就这么无声无息地消失了。只剩下万箭穿心的哀痛，由活着的人默默承受。

"老天啊！"林隆轩大叫一声，泪水纵横。

阿龙紧紧地抓着林隆轩的手臂，林隆轩浑身哆嗦着，无法接受但必须接受这无常的世界。毕竟，在生死面前，人类的力量太渺小，无法预见和改变任何事，唯由让不断划过岁月的时间去慢慢地遗忘一切。阿龙父子决定留在林家，守护着乐乐和林夫人这孤孀婆媳。

不知是否太过悲伤，连上天也忍不住哭泣。岛城的天空，一连数十天一直下着绵绵细雨。雨的伤感弥漫了整个城市，还来不及看清朦胧清新的春天草色，就已经迷茫一片。林家院落，斑斑点点，都是青苔。

屋内阿龙抬头仰望，天上的雨丝晶亮晶亮地滑落下来，跌在孤独寂寞的林家回廊外，回廊里有乐乐臃肿的背影，一直静默不动。

隔着漫天的雨丝，雨的这头，阿龙凝视着乐乐，雨的那头，乐乐追思着德俊和孩子们的朝朝暮暮。

"呃！呃！"突然，乐乐的呻吟声打断了这一片雨声。

阿龙冲向回廊里的乐乐，他不顾一切地抱着乐乐。怀中的乐乐，将他的手臂掐出一块块青淤。乐乐开始阵痛了，这孩子来得太快，由不得乐乐上医院生产。

雨下得更大了，林家一片忙乱。

"哇哇"，孩子的哭泣声，仿佛空心古琴摧雨的锐响，又似长练破空，却更像金戈铁马的痕迹里偏偏荡漾着水样的柔情梦幻。是个女孩，眉宇间跟德俊一模一样。

林夫人瞬间泪目："我的德俊啊！"

乐乐疲惫的眼里泪光闪闪，重新出现了闪亮的光泽。

"那孩子叫从雨吧。"一颗颗泪珠滑落乐乐的脸颊。

"乐乐，好好抚养孩子，好好过日子，林家的大门，需要我们一起撑起。"林夫人用手轻轻地抹去乐乐的泪珠。

"嫂子，我和阿龙会一直留下来。林家需要重振。"林隆轩说道。

林夫人望着林隆轩父子俩，热泪满脸。

不知什么时候，雨早已停了，西边晚霞满天。世界一下子变晴朗。霞光映照眉宇，欢喜菩萨住进了林夫人的眼里。

"还有我，也和大家一起生活。"一阵清脆柔美的女声响起，仿佛树下倾听花语，风拥簇着熟悉的记忆随之而来，是雪妮的声音。

大家抬头，穿着摩登又清雅的雪妮光彩照人站在门口。她身后，屋外的那棵香樟树，一树嫩叶儿带着雨珠摇曳生姿。

"不行，你的世界在上海，在美术展览馆，你回沈家门是不合适的。"林隆轩说这话时的神态，极其冷漠极其理性。

"我的一切，我自己决定。"雪妮的话语很明朗果敢，然后，她讲了一句法语，"只要你在我身边，我就觉得着这个世界很踏实。所以，今生今世，我要和你在一起。"

一片晚霞刚好从屋顶跳跃下来，落在雪妮身上，她一下子变得像一棵树的花瓣那样透明。林隆轩什么也没有说，转身就离开了，雪妮紧随其后。

夕阳下，一切都红得醉醺醺的。

"雷响惊蛰前，夜里捕鱼日过鲜。菜花背龙头，小黄鱼拘篷头。岸上桃花红，南洋旺风动。"街头小巷传来吟唱鱼谣的老渔夫沙哑的声音，带着浓浓的醉酒的调子，在湿漉漉的空气中回荡，最后那越来越微弱的声音跌落在雨后的桃红中，无声无息。

第49章　憨美爱情味如泥螺

雪妮一个人在宁静的荷叶湾待了很久，犹如一粒孤零零的透明的泥螺。

夕阳下宁静的荷叶湾退潮了，露出宽阔而绵长的滩涂，海边人家带上盛泥螺的小木桶，划着泥涂里助行的泥马船，捡拾泥螺。

当孩童们念着"桃花流水鳜鱼肥"时，也正是春天的滩涂上泥螺愈加柔韧鲜甜之时，它们带着薄如蝉翼的壳和浅浅的嫩黄，清亮亮地来了。

黑色的泥涂，划过一道又一道柔软的水影子，映着春天夕照之光亮。偌大的海边，只有捡拾泥螺之人和一片软柔的泥涂，世界是如此水亮亮的简单。

"三月三，泥螺爬上滩，脂膏满腹，最是肥美。雪妮，来，尝一尝家乡的桃花泥螺。"雪妮的耳边仿佛又响起了几年前林隆轩在法国请她吃泥螺时那磁性的低音。

即便是踏上遥远的法国，林隆轩也要随身带上一瓶家乡的泥螺。海边人家沈家门人都爱吃泥螺。那是家乡海的味道，家乡海的气息，家乡的压饭榔头。

雪妮这一生之所以能脱胎换骨，始于法国留学，始于林隆轩的善意。这个世界上，只有林隆轩如一盏明灯，照亮了雪妮的心灵。

雪妮成长的历程中，林隆轩永远都能发现她的闪光点，他一直是雪妮人生的导师。当年雪妮跟从阿龙父子俩去法国的情形，一下子又浮上眼帘。

当她跟随林隆轩父子走进罗浮宫的那一刻，她黑里发亮的眸子在这些艺术品上停留时的神情，深深地吸引了林家父子。这个美人儿的眼睛是如此水灵而鲜活，仿佛她从未受过生活灾难的摧残，仿佛她是来自天国的安琪儿，静静地在这片艺术世界里自由飞翔。她的眼睛只追随着一件件艺术珍品，雪妮天生具有一种出色的艺术审美能力。林隆轩立马送她去读艺术学理论专业，还为她请了最好的法语老师。雪妮非常勤奋，很快就学得一口流利的法语。林隆轩的眼里满是赞赏，他推荐雪妮去法国的一位大收藏家朋友那里做助理，"那么美丽的雪妮，本身就是一件艺术品"，这是他的引荐词。法国的留学生涯彻底改变了雪妮的命运，她由此走进了艺术的殿堂。

长期的共同生活，使得雪妮的心在不断地靠近林隆轩。静谧的爱情在细水长流的相处之中早已悄然生长。时光流逝大抵无人可阻止，但爱会在心里扎根，接受阳光倾洒，再融化所遇到的任何寒冷与迷途。林隆轩对雪妮的关照，温暖了雪妮的世界，她除了感激之外，还产生了对林隆轩的那份特殊情愫，只是一直压抑着。

雪妮一直以为只是自己单恋着林隆轩，直到她从阿海家逃脱回来，林隆轩见到她的那一刻，她感悟到了林隆轩对她的无限牵挂。他满眼的那种紧张和不安，在见到她的那一刻瞬间释然。她意识到，也许林隆轩对她的爱，更多的是长辈对小辈的关爱，但他一定是喜欢她的，这千真万确。

这一次林隆轩父子选择离沪回乡。孤零零的她发现，没有林隆轩，大上海再繁华，生活也了无趣味。自己已经适应了和林隆轩一起生活的时光。

"春天泥螺上桌来，做官发财都不要。"海边人家拎着满桶的泥螺，带着一身的泥腿泥渍，上岸回家。他们嘻嘻哈哈的笑声，如一阵阵潮水涌来，打断了雪妮的沉思。

雪妮抬头，却见林隆轩不知什么时候已经站在她一旁。

"没有比桃花泥螺更美味的泥螺了。"雪妮一下子紧张，无意识地嘟囔了一下。满脸通红的她，眼睛里闪着娇羞真爱的光，令林隆轩怦然心动。站在混杂着海风气息和泥涂味道的空气里，林隆轩竟然找不到一个准确的词来描述此刻雪妮的美好。

林隆轩无言，但他对雪妮的爱怜之情，清清楚楚地落入雪妮的眼里。

"林先生，好的食材，厨者爱之，因为不需要画蛇添足，一切就已经浑然天成。林先生和我一样都是爱吃泥螺的呀。"

"是吃泥螺的好季节。雪妮，回家吃饭吧。明天回上海带的泥螺，都已经给你准备好了。"

"我不回上海，我要留下来，和你一起生活。"

"回上海，找一个合适的人，不要错过青春，把自己嫁了，好好地过日子。"

"只要你在我身边，我就觉得着这个世界很踏实。所以，今生今世，我要和你在一起。"

"我的年龄可以当你爹，不合适你。"

"爱情没有年龄界限。只有你，能给我无尽的安全感。只有你，才是我人生的导师。"雪妮的眼睛清亮而坚定地望着林隆轩，一点也不躲闪自己对他的仰慕。

雪妮明确地向他表白心意，但林隆轩还是选择了回避。他只是温和地说："雪妮，明天你回上海吧，你在这里不安全。好好地活着，比什么都要紧。"

雪妮突然提高了分贝，"我记得林先生曾说过，喝喝小酒，吮吮泥螺，听听鸦鸣，醉眼横斜，人生还有什么想不开的呢？人生，不管在那里，上海，沈家门，只要有你在，就是最好的活法。"

雪妮果敢响亮的声音，一下子击中了林隆轩的心坎。但他故作镇静，依然无语，双眼望着不远处那片神奇的滩涂。

晚霞中泥螺正旺发，滩涂上爬满了黑豆似的小精灵，这些泥螺推着一层泥缓缓地爬行。湿漉漉的滩涂划出一道又一道的泥螺爬行的痕迹，明显得不能再明显。那些憨憨的泥螺，对即将到来的被捕捉的命运，安之若素，不逃也不躲。泥螺很好捉——说是捉，实际上是捡。随便捡，就行。

雪妮觉得自己就是那一粒憨憨的泥螺，但愿林隆轩能捡拾她。

"雪妮发泥螺胖了！"一大早，女佣慌慌张张进屋来告知林夫人。刚好杨枝庵的慧心师父下山，来到林家，正和林夫人谈话。

众人立马赶往雪妮的住处。雪妮那张美丽的脸荡然无存。她的脸、她的四肢都浮肿了，尤其那明眸善睐的眼睛已经变成一条线。凑近看，身子上那一枚枚凸起的小包包和泥螺形状相似，呈卵圆形，那些小包包随着潮水的涨涨落落，很有规律地鼓起来又瘪下去，这就是"泥螺胖"，是食用泥螺过敏的一种症状。此刻雪妮的身子仿佛就是滩涂，爬行着密密麻麻的泥螺，这种症状，反反复复，过几天才会自行退掉。

"郎中都没有办法治好泥螺胖，只服民间一帖药。"慧心师父说。

"师父快说。"林隆轩急急的声音。

"发泥螺胖，吃沙蟹！"

"退潮泥螺涨潮蟹，正是涨潮，快去抓沙蟹。"林隆轩匆匆出去，指派家佣，阿龙也跟着一块捉沙蟹去了。

雪妮自己倒是一点也不着急。"从小到大，一直都在吃泥螺，居然有一天吃泥螺会过敏，吃成泥螺胖，真是吃饭也会吃醉的笑话。"她自嘲着，不禁苦笑了一下。

"这小妮子，发泥螺胖，还能有心情笑。"慧心进雪妮房间，刚巧捕捉到雪妮那肿胀变形的笑。

"哎呦，师父，丑得没法见人，求师父收留。"海边人家见惯了发泥螺胖，雪妮对自己的丑，居然满不在意地嘲笑着。

"行了，一个星期就会褪去的。美女还是美女。"年迈的慧心师父依然步履稳健，说话笑眯眯，神气十足。

"一切如梦幻泡影，一切皆缘。"随着雪妮的话音，慧心和林夫人都慈祥地笑了。

林家院落外，远远地传来小贩的叫卖声："清嫩鲜脆的黄泥螺，要否？"长长短短的叫卖声，仿佛带着泥螺憨憨的湿润柔软样儿，那是三月桃花盛开的海边人家日子。

第50章　半圣洞长衫先生之死难

"四月乌贼发近洋，火照乌贼到汰湾，满滩乌贼满晒场，家家叠满螟朏鲞。"四月的天下着毛毛雨，西横塘与东横塘交汇处的国立沈家门初级小学，孩童唱着的鱼谣，云雀一般，清亮亮地飘向街头，又是乌贼汛期。

雪妮已是沈家门初级小学的老师，她在教孩子们写作。

"家乡的鱼数不胜数，我们用笔来尽情地描写这数不清的鱼。今天，老师，来读一篇我们同学写的文章：《我家的红烧乌贼》。"

雪妮的声音轻轻柔柔地响起："傍晚时分，我家院子满是红烧乌贼的味道，甜甜的红烧味道挟裹着香香的鱼腥味，那股贼香贼香的鲜味飘在空气中，直扑入鼻孔，让人猛咽口水，满嘴生香……"

几个穿长衫的年轻男老师经过教室门口，被雪妮歌星般轻柔甜美的嗓音所吸引，忍不住往教室里张望。

孩子们随着老师的朗读声，都不自主地咽口水。穿长衫的年轻男老师在教室外跷起大拇指，点赞雪妮，同时也情不自禁地咽了一下口水。

孩子们见此情景，一阵欢笑。"哈哈，原来先生也是馋猫啊！"

这是个吃红烧乌贼的好季节，家家户户都在制作红烧乌贼。

林家渔行也不例外，傍晚时分，林家婆媳乐乐和林夫人俩边忙着烧煮红烧乌贼，边聊话。

"阿龙父子喜欢吃红烧乌贼，我们林家秘制的红烧乌贼，一点也不会比海鲜王大饭店的差，有我们林家的特色味道。"

"是的，只有娘调制的红烧乌贼，才美味无比。我弟弟乐鼎让我给他捎点去，他也喜欢吃娘做的红烧乌贼。"

"听说海鲜坊的碧玉亲自上门找你弟弟乐鼎，要求拼股买运输船。"

"是的，找我弟弟乐鼎合伙搞运输船的人很多，都是捧着资金，直接上门来。雪妮的后娘穆氏前几天也和我来说过，能否让她也合股？"

"雪妮的后娘穆氏还算厚道，她将阿毛观音饼店交给了雪妮。这是雪妮的娘留给雪妮的嫁妆。"

婆媳俩的话语随着红烧乌贼的水气香味儿，滑向关于雪妮的话题。

"雪妮留在沈家门也有一个月了，她进了国立沈家门初级小学教书，很受学生欢迎。"

"雪妮的心思，大家都看得出来。林先生对雪妮的好，大家也看得出来。雪妮发泥螺胖，最紧张的就是林先生。可不知道他俩究竟怎么回事？"

雪妮追到了沈家门，林家人都看得懂她和林隆轩两人的关系。明明动了情却又不靠近，这就是林隆轩。一直等待着林隆轩爱的回应，这就是雪妮。他们相爱着，互相折磨着。两人就像被黏住了脚的蜘蛛一样，越在爱的蛛网里挣扎，无法自如的爱将他俩困得越紧。他俩就这样纠纠缠缠着。

红烧乌贼的香味更浓了，阿龙父子一前一后也回家了。乐乐使劲地咽口水，她那丰润的红唇微微蠕动着，那副向往烟火气息的馋相，在烟雨中呈现出更柔和的光线，如画中人一般的乐乐，正好落入阿龙无意间抬头的眼眸里，他的心微微颤抖了一下。乐乐抬头，见到瞬间愣神的阿龙。

林夫人正想知趣而退，屋外忽然一阵人声喧哗。

"哎哟，不好了，学堂里的先生被日军押上炮艇，在半圣洞附近洋面被枪毙了！孩子们都在哭。"

刚跨进家门口的林隆轩一下子怔住了，每一个毛孔都竖起来了，他脸色大变，急急出门。

日军发起了春季"大扫荡"，向各支抗日武装的基地发动了攻击，企图消灭舟山的抗日力量。胖明所在的展茅革命基地，不断有消息传来。

"日军的两架侦察机出现在六横岛的上空。海平面上也出现了日军的登陆部队。日军战机对岛上轰炸扫射，日军在炮艇的火炮支援下，登陆六横，屠杀岛上居民，焚烧民房。"

"六横岛上的国民第四大队王继能部队投敌！"

"不好，沈家门初级小学有我们的抗日力量，与王继能部队有过接触，赶紧让他们撤退。"

但一切已经来不及了。沈家门小学的抗日男教师被发现，被屠杀。

等林隆轩赶到半圣洞，海边早已没有日军，只有海水哗哗地怒打着礁石，但依然弥漫着屠杀的气息。

"东洋人，太坏了，可怜那些先生年纪那么轻。"四周的人们叹息着，惶惶然地望着这一片浑浊的大海。

在大海和天空的交界处，浑浊的海水缓缓地向沙滩这边漫延，仿佛一把巨大的锯齿刀片，带着锯齿的边缘，锯着流动的沙与人间的足印。

林隆轩望见了雪妮那熟悉的身影，穿着凡士林蓝布的她一动不动地站成了一块礁石。

林隆轩大海一样惊涛骇浪的心，一下子化作满眶的热泪，他疾走着，想将雪妮拥入怀中，却在最后几步戛然而止，只是默默无言地望着雪妮。

半圣洞外面的每一座孤岛，都被深海紧紧拥抱着。但即便雪妮站立成一座孤岛，林隆轩都不敢将汹涌的潮水涌向她。

天空又飘起了毛毛雨，海像一面沉重的幕布，铺天盖地向岸边压过来，越来越重，越来越闷，直让人憋得喘不过气来。这湿漉漉的傍晚，静静的海面开始涨潮了，海在大吼，在长啸。

雪妮回头的瞬间，林隆轩看见了流泪的雪妮。一连串泪水从她悲伤的脸上无声地流下来，没有一点儿的哭声，只任凭眼泪不停地往下流。

"可怜的人儿，可敬的人儿……"雪妮望着林隆轩喃喃自语。林隆轩静静地看着雪妮，似乎很冷静，但他的眼神充满了极其柔和的光泽，让雪妮一下子找到了依靠的港湾。

国立沈家门初级小学几个男教师的抗日行动，因被日伪走狗告密而不幸遇难。但他们的学生，记得那些穿长衫先生的教诲。那晚，整个沈家门的孩子们都在说："穿长衫的先生让我们永远要记住，我们是中国人，我们一定要赶走日本侵略者。"

第51章　霜白带鱼季难续昔日情缘

豪放野性的渔歌号子，嘹亮地响起："一拉金啦，嗨唷！流网（一种捕鱼方式）横潮放。二拉银啦，嗨唷！流蟹（一种捕蟹方式）窥山头。三拉一只聚宝盆，带鱼长又长，汗足，汗足，汗足，……鱼来勿等人。隔壁阿婶勿用笑，廿三大水也有抲……"

西风起，又是抲带鱼的季节。"瓦上霜白，带鱼旺发。"渔夫的老话又如期响起，日子如鱼汛期，反反复复轮回着。

冷冷的秋天里，林家院落内红色的芙蓉花却在瀼瀼的晨露中绽放，欢喜得就好像回到了春天一样，自在闲适地轻舞着。

"咯咯咯！"乐乐和德俊的女儿从雨在一天一天地长大，笑声满院子回荡。

一大早，从雨在阿龙的臂弯里探头，跟舅舅乐鼎躲猫猫，孩子的笑声驱散着曾经的伤痛。一旁的乐乐，脸上泛着母亲最柔美的光泽。此时的乐乐有着观音拈花一笑的神情。

那些记忆中和乐乐曾经的美丽时光，瞬间在阿龙心中呼啸而来。"阿龙，杨枝庵的观音像，是我捐助的，你能否完成观音像的雕刻，这世上，没有比观音的神情更美丽更慈悲更心安。我想看到一尊你亲手雕刻的佛像。"阿龙用手轻轻抚摸着乐乐的脸蛋，说："观音是东方的女神，我的女神乐乐，遵命。"

此刻的阿龙愣愣地看着乐乐，回不过神来。但大伙眼里的乐乐，一直平静如水，她的世界里只有女儿从雨。她和阿龙尽管朝夕相处，她就是离阿龙不远不近，仿佛他们之间不曾有过火热的初恋。

"龙爸爸，龙爸爸，花花！"从雨稚嫩的叫声惊醒了阿龙，小女童正指着墙角的火红的木芙蓉。

"哦，龙爸爸给从雨去摘最美的那一朵花。"阿龙抱着从雨走向那树木芙蓉。

"木芙蓉又开了，依然一样的美。"乐乐的话语里飘着淡淡的忧伤。

"冷冷的秋天，忽然与一树木芙蓉相遇，总是忍不住多看几眼，越看越喜欢。咱们从雨，从小就是一个爱美爱生活的小妞。"乐鼎突然话锋一转，"向前走吧，不管哪一个季节，从来不会让人失望啊。"

"你的确没有让姐姐失望。李家船行全靠你，能有今天的发达。"

李家船行抓住了这战乱之中的机会，的确大发。日本人出于其利益的需要，控制沿海诸岛后，便下令划定沈家门为"特别区"，允许走私。"活水码头"沈家门一下子增大了商贸自由度，而商贸业的繁荣又带动了其他行业的发展。一时，各类商店连片开设，店铺林立，各业兴旺。李家船行在这一片繁华中加速了融资买船的力度。李家船行一口气增加了五艘船只。李家的一些亲朋好友捧着银两来找乐鼎投资。

"姐姐，帮我一起来管理李家船行吧。"

"从雨太小，等她断奶了，姐姐来帮你。再说，林家渔行也需要我来打点。林先生和阿龙对渔行的业务不是很熟悉，他们需要时间熟悉业务。"

"姐姐，你的商业才能是天赋。林家李家都离不开你。"

"所以，乐鼎你需要早点成家，找一个贤内助。"乐乐叮嘱着乐鼎。

"所以，姐姐你也一样，需要找个好伴侣，一起分担。还有比阿龙哥更好的伴侣吗？姐姐，你也不要错过眼前良人。"乐鼎反过来劝说姐姐。

乐乐沉默了。

"妈妈，花花。"从雨手里捧着木芙蓉，笑容如芙蓉，朝着乐乐挥着花朵。从雨的软萌瞬间软化了乐乐，她的脸也如这清晨的木芙蓉，流光溢彩。

"独件布衫容易破，独顶渔网捯不多。林家需要更多的子嗣。人，才是最大的财富。"

"阿龙还是喜欢乐乐的，就是不知乐乐的想法。"

"大海上的船，总得靠岸。乐乐总得有一个归宿。"

远远的，林隆轩和林夫人看着阿龙和乐乐，他们想撮合这一对曾经的恋人。

"爱妹妹，侬勿要再呆啦，棕树底望我望发愁，侬昨夜头吩咐我格说话，我全记在心头……爱妹呀，要是龙王爷今朝请我去吃酒，侬也勿要哭，心爱相好尽管去求。就说我是侬啦爹娘手里结下的干哥哥，过年过节海滩头上你轻轻来拜三拜……"

西风里，街头《爱妹妹侬勿要愁》的渔歌隐约传来，呜呜咽咽的曲调，是对生命无常而流露出的宿命。

带着莫名惆怅心境的乐乐，走进自己的卧室，昏黄的夜灯孤单地亮着，在半明半暗的光线中，柱子和天花板都是黯淡的光泽，并不是漆黑一团，而是一种沉寂、昏暗、素雅和幽深。那张梳妆台旁，黄晕的灯光下，映着一个男人的身影。乐乐还没有发问：谁？那个身影从椅子上站起来，朝着乐乐，深情凝视，是阿龙。

吱呀，木门关上。咣当，乐乐和阿龙被锁在屋内。上锁的人，是乐乐的婆婆林夫人。她的脚步声越走越远。老太太望着沉沉的夜幕那几颗闪闪的亮星星，混浊的老眼乏出新生的光亮，她走进佛堂，在观音像前默默地祈祷着：无量劫来无量生，无量因果得今生。求菩萨让林家喜得贵子，子嗣兴旺。

乐乐无言地望着阿龙。昏暗的光线里，阿龙移动起来，像漂浮在大渔里的一截旧木头，朝她飘来。"乐乐！"他像呼喊遥远的记忆一样，开口喊着。

乐乐有些迷惑和吃惊，从她暗淡的眼神，阿龙看到她内部的风霜。她的嘴唇微微动了一下，但并未说什么。她的猫眼开始被一层晶莹的湿漉漉的玻璃似的东西罩着，"我和你的那些记忆，已经模糊了。"她终于发出了这句话短短的话。一行眼泪沿着面庞流下来，她再也说不出第二句话。

阿龙一下子愣住了。当他亲耳听到这句话时，内心深处还是有什么东西倏然破碎。但阿龙还是上前，轻轻地搂着她，看着她，让她哭个够。寻找过去的世界，对乐乐而言，是一种痛。

阿龙和乐乐之间隔着四年的时光，隔着一段无常的岁月。曾经的他俩，闪耀在柴火顶端，烈焰的底部。但烈焰柴火的爱情，终究抵不过命运的推手。无常的岁月给了他们各自的生活轨迹，给了他们各自的命运。

阿龙抬头，月亮在对岸踮起脚尖，月光如筛子，一松手都是璀璨，只是他心中想要的璀璨，并没有如约而来，他和乐乐之间是一阕无言的爱情悲歌。但阿龙的心中却一直有一个执念：乐乐，等你，是我的宿命。

第52章　红膏呛蟹里的太平洋战争

"风鳗吊带味道好，好吃还要数呛蟹。"乐乐明朗的声音在海鲜王大饭店响起，"阿拉林家渔行，红膏呛蟹，顶顶好吃。"

海鲜王大饭店内，人头攒动。

林家渔行正在海鲜王大饭店举行呛蟹品尝宴席。乐乐让林家渔行的伙计端上林家渔行的红膏呛蟹，让众人品味。

蟹壳上肥硕的胭脂红的蟹膏，在凝脂一般的蟹肉映衬下，美得不可方物。

"哇，顶级的红膏蟹！"品尝后的人，赞不绝口。

乐乐趁机娓娓道来："上等的红膏呛蟹，就只有舟山海域里那几个海岛周围才有，那一亩三分地，也只有到了固定的时间才可以捕捞上顶级的红膏蟹。"

又到红膏蟹季节。浙东沿海区域的人们，对红膏呛蟹情有独钟。红膏呛蟹就是用卤水浸泡的。海边人家请客，红膏呛蟹都是餐桌宴席上的主角。端上桌的呛蟹品级，可以彰显客人的身份。呛蟹的品级如较差，客人就会觉得大失面子。

西横塘海鲜坊主人碧玉和她的"火油箱"们，正在边聊边陪客人享用海边顶级美味。

旁边的"火油箱"们一阵七嘴八舌，关于红膏呛蟹的话题如开闸的水流。

"顶级红膏呛蟹肉肥，膏厚，蟹黄鲜红油亮，入口即化。食之咸鲜，又如蜜般鲜甜。"

"顶级呛蟹的红膏便是最精华的部分，那蟹壳上肥硕的红膏，一口下去，口腔之中那满满的充实感；蟹肉细滑爽口，让人吃了还想再吃的冲动，停不下来。"

此话一出，座上一海鲜坊常客立马回上一句："哎哟，海鲜坊的妹子，个个都是红膏呛蟹。"

话外话内之音，携着一阵浪笑，滚过酒桌。

海鲜王饭店的缪老板也笑得欢，他那圆胖光溜的脸上，两只眯眯小眼睛却灵动有余，眼珠轮转间，透着一股子狡黠之色。这里到处是商业信息，他的耳朵很是灵敏。

众人在笑话中享用着蟹肉，谈论着商业，关于李家姐弟，关于股票，关于海上运输业。

"李家姐弟都是做生意的高手。李家船行跟着中国船王董浩云的公司，很快就要发了！今年春天，董浩云的中国航运公司向香港政府注册，乐鼎也投资参股。"

"中国航运公司创办后，在上海正式营业，形式很好。今年秋天，董浩云等人出资法币一亿元，又在上海创办中国航运保险公司。乐鼎也追随其后，增大投资。"

"董浩云开始了其统筹国内的金融资本进而发展国内航运业的重大实践，乐鼎紧紧追随着，李家船行肯定大发。"

碧玉、缪老板等人听着谈论，满脸喜滋滋。他们投资的股票天天都在噌噌噌地上升，牛市，利好。

话题美好，红膏呛蟹美味。空气中飘着呛蟹特有的鲜腥味，让人食欲大开。吃客们嘴里的蟹，可能还没过舌，就呲溜地滑入食道了，它几乎用不着齿颊用力……回味一下，舌尖、喉舌，留有蘸了醋后酸酸的甜丝丝的、吹弹可破的嫩滑与鲜咸……那是一种无限的美味。

食客吃得欢，林家渔行接单欢，乐乐笑若嫣然，猫眼闪亮，一举一动，都有一种光亮至美的气息。

久违的鲜活的乐乐，重现在阿龙的眼里。

阿龙好像什么都没吃，就这样偷偷地瞄几眼乐乐，他也觉得自己吃得很满足。一顿食物，有的是满足胃的饱腹感，有的则是口福的赏赐，红膏呛蟹属于后者。乐乐就是阿龙嘴里的红膏呛蟹。

"红膏拌饭，压饭榔头，味道最好。"碧玉的饭碗里，一小块蟹肉上的红膏，在冒着热气的白米饭上，红艳艳的，煞是诱人。

碧玉正准备将那一口红膏送入嘴里，不知谁的声音突然很响亮地响起："完了，日本人在珍珠港偷袭美军，美股下跌了20%。"

碧玉的手瞬间颤动着，筷子被惊落，一抹红色蟹膏，落在她墨绿色的旗袍上。

整个欢快的宴席现场突然一片混乱。

海鲜王大饭店的无线电收音机正在播报：

"华盛顿时间，12月7日，日本帝国海军偷袭美国，轰炸了夏威夷珍珠港的战舰和军事目标。三百五十余架日本飞机对珍珠港海军基地实施了两波攻击，投下穿甲炸弹，并向美国的战列舰和巡洋舰发射鱼雷。"

"12月8日，日军在偷袭美国珍珠港的同时，重兵猛攻香港……"

缪老板圆胖的脸，顿时失去血色。碧玉一下子晕倒在地，恍若黑暗中失去了呼吸的苍白蝴蝶。一片乱糟糟的场面，失色、失态、顿足、痛骂……这批股票投资者进入股票市场的钱，将血本无回。

乐乐的脸，也是一下子煞白，她的心中只有一个念想："完了！李家船行在劫难逃！"

李家船行跟着董浩云等一帮宁波帮搞运输业，一切都朝着有利的局势发展。谁知，12月7日，日军偷袭珍珠港之后，太平洋战争爆发，中国航运公司被迫宣布停业。

半月后，香港总督杨格在九龙南端的派尼休拉旅馆签订无条件投降书。至此，香港通往内地的"大动脉"也被掐断。

沈家门泰来道头出现了更多的日本运输船。日军直接针对中国航路的大型国策海运公司——东亚海运株式会社的海上势力继续强化。日本邮船、近海邮船、大阪商船、三井物产船舶部、川崎汽船、日清汽船、原田汽船、大同海运、冈崎汽船、阿波共同汽船、山下汽船11家日本公司，垄断了经营中日之间，中国沿海之间，中国与外国之间的海运业。

乐鼎的船运业重创。他以自家的船抵押，购得一艘铁质运输船，所购之船还未运营，公司已经无奈被迫停业。大笔债务要还，又无处可做海上运输生意。李家船行被困死了！

乐乐冲进乐鼎的办公室，乐鼎的头发像拔地而起的簇簇青草一样，拥挤地向上生长，在上空散开，成伞状屹立头顶。那露出来的额头，宽阔光润，却赫然顶着一支黑色的勃朗宁手枪。

乐乐惊恐万分，大叫一声："乐鼎！"猛地扑上去，将乐鼎的枪夺来。

"我们都是在咸水里长大，海风吃大肚量。连死都不怕，还怕什么？"乐乐极其冷静的声音在屋内响起。

乐鼎身着一袭得体的灰色西装，线条硬朗，布料考究，却透着难以掩饰的晦丧之气。"李家船行，彻底完了。"乐鼎口气极

263

其绝望。

"英雄末日，只是生不逢时！乐鼎，活着，活下去，熬过这段日子，就有希望。"乐乐，出声不高不低，语速不疾不缓，平添了一份淡定和超然。

泪水瀑布般从乐鼎的脸上滑下，仿佛坠入寒潭一般，透着刺骨冷冽的寒意。

李家船行宣布破产。

李家船行的大货轮、小货轮就在乐乐和乐鼎眼前。姐弟俩最后一次站在码头上，近距离凝视着自家的运输船。身披霞光的李家轮船，在一片明丽的苍茫暮色里，被拍卖，归属他人。

渔港码头依旧热闹繁华。这里是码头与船的世界，一艘一艘的船只来了又去，去了又来了，平静的码头总是伫立在原地，无声无息地在日复一日的潮涨潮落中等待船只回归。船起航了，它们只是暂时离开了码头，海面上泛出的一串串浪花，却是明确地告白，它终将会返航回归。但此刻的乐乐和乐鼎却眼睁睁地望着自家的轮船，永远地跟他们分离了。无声的泪水划过兄妹俩木然的脸颊。阿龙远远地站着，在他的视线里，乐鼎和乐乐姐弟俩像两艘靠岸的货轮，默默站立着，一动不动。

"风鳗吊带味道好，好吃还要数呛蟹。"呛蟹季节，小贩嘹亮的叫卖声依旧在街头巷尾回荡。海边的霞光依旧如呛蟹红膏一般通亮的红，但李家船行却没落于这秋冬呛蟹般的霞光中，再也不复存在。

沈家门西横塘的海鲜坊也易主了。碧玉暴瘦，衰老无比，没有丝毫美艳精致的感觉，尤其颧骨高耸突兀，衬得整张面庞更加瘦骨嶙峋。曾经的红颜美貌，无影无踪。"我的钱，全凭一张脸，再叠加一张脸，全靠一百种取悦的式样，终究却也无法将钱捏在手中。"

　　沈家门海鲜王大饭店也易主了。缪老板圆胖光溜的脸，霎间全化成了松弛而下垂的褶皱的皮，曾经的眯眯眼一下显山露水，秒变成大眼睛，只是眼泡皮青肿下垂，如金鱼水泡眼一般，沧桑而衰老。

　　沈家门不断有商号倒闭破产。整个沈家门商业圈，几乎都被太平洋战争波及。

第53章　灵鹫峰下的凄美爱情绝唱

普陀山的夜色，很静。梅岑山东麓灵鹫峰下，普济寺的香火在夜色中，红的亮，红的活跃，乐乐等林家一众人和香客跪在菩萨前，显得格外的虔诚。林家在普陀山做法事。

法会的磬声响了，老僧手捧心灯，灯传给一排排的黄衣僧人，一排排的玄衣信徒，祈祷在僧俗流转。那是一种天籁的肃穆，穿袈裟的僧人，诵经声，沉缓而悠长，飘落在普济寺前海印池的莲花丛里。

乐乐、林夫人和一众人，将六合莲灯放入海印池。烛光点点，一盏盏莲灯游弋，照见莲之清澈，涟漪着漂移后的波痕，抚慰着世间的创伤。

阿龙望着哀伤的乐乐，心中默默祈祷："我在海印池寻找那一片遗失的莲。乐乐，你可否回来？"

昔日，他与乐乐一起参与海印池放莲灯的法会情形历历在目。顽皮灵动的乐乐，笑容如莲，阿龙在她耳边低语："看取莲花净，方知不染心。"耳鬓厮磨间，乐乐的猫眼，月光一样清亮。

此一时彼一时。现在他面前的乐乐，一脸平和。这些年，乐乐因为世事的浸润，日渐成熟。历经磨难的乐乐，也像莲一样，根淤泥而不染，随波逐流，却不卑不亢。

"荷莲清白，胭脂成泪。莲在人间，你在天上，德俊，可好？"人群中的缪文心，远远地望着放莲花灯的乐乐和林夫人，泪光闪闪。

缪文心永远无法忘记德俊。只要轻轻呼唤德俊的名字，那被击中心脏的感觉让她一直窒息。德俊就像一池清水环绕着半开的莲，水里带着耀眼的波光，绵绵荡漾，又痴又醉的美好。

突然，法会现场一阵骚动。"日本人进普陀山了！"有人大喊。人们纷纷逃避。庄严的法会，仓促而混乱，只有师父依然诵经，悠长而悲怆。

整个清净的佛岛，到处晃动着日军的人影。一队队鬼子兵，手持军刀，像鬼火幽灵似地窜入寺庙，冲进百姓家中，见可疑人就抓，见鸡鸭就逮，一片鸡犬不宁，到处乌烟瘴气。

佛门圣地，恶魔在狂欢。海滩上，日军安营扎寨，宰杀畜禽，狼吞虎咽地大咀嚼着禽肉，发出"吾麻咦""吾麻咦"的欢叫浪笑声。

莲花洋突然出现点点亮光。"太平洋舰队！"日寇明晃晃的探照灯直射海面。黑夜中的海，沉默而平静，没有任何舰船。无数的灯火却越来越密，越来越亮。"轰隆隆！"日军一连开了数炮，海面一片火光。炮声隆隆震撼全岛。

岛上的人群更是惊慌失措。林隆轩和阿龙带着乐乐、雪妮、林夫人等人慌乱在撤离。

"啊！"雪妮一声尖叫。阿海突然在拐角现身，一下子抓住了雪妮。

火光中，胡子拉碴的阿海，黏结着的乱发下面，他的黑眼珠一动不动，毒蛇般冰冷的目光，让众人不寒而栗。阿海像一头在暗夜中窥伺的凶兽，他手中的枪口黑洞洞地朝着众人。

"放下雪妮！"林隆轩有点失态，他厉声对阿海喝道。

"我的女人，我带走。谁敢过来，老子毙了谁！"阿海的嘴角浮出一丝狰狞的笑，眼神狠狠地瞪着众人，幽黑的枪口随时会钻出冰冷的子弹。

"林先生，不要管我！"雪妮大喊。

空气是凝固的，双方在僵持中。

"阿海，有话好好说。"如芸劝说阿海。

阿龙趁母亲如芸跟阿海说话之际，一下子踢翻了阿海手中的枪。雪妮趁机从阿海处逃脱，林隆轩一把将雪妮拉入怀中，急急逃离。

阿海立马从腰间又拔出一把枪，向林隆轩开枪射击。一只巨大的振翅的青黑色蝴蝶，飞向林隆轩。"啪"枪响的那一刻，如芸宽大的海青大袍僧衣，瞬间鲜血绽裂。子弹穿过了如芸的胸口。

"娘！"阿龙撕心裂肺地哭叫着。那一身宽大的海青大袍，如受伤的蝴蝶飞舞着，坠落在地。如芸倒地，鲜血如注。

阿龙脸上的每一条肌肉都在痛苦地扭曲着，最终爆发出狼一般的嘶叫声，阿龙想扑向阿海。

"不要啊！阿龙！"乐乐惊恐地尖叫着，像飞机俯冲一般，不顾一切地扑向阿龙。两只手紧紧互扣着阿龙的身子，手也在抖。

阿海狂妄地举起枪，面目狰狞对着阿龙，恶声恶气一字一句地说着："雪妮，你不回到我身边，我一枪崩了阿龙。"

如同提线木偶一般，无奈的雪妮艰难地迈动双脚，沉重如铅，一步一步地走近阿海。雪妮僵硬的身躯在呼啸而过的炮弹声中，显得单薄而茫然无助。雪妮明明就像佛前的一朵青莲，却在走向恶魔。

阿海像只疯狗一样，一道裂谷般的狞笑肆意地在脸上绽放。

"啪！"枪响了，阿海倒毙在地。一股血柱从他额头横喷而出，血溅满脸，那大黄鱼一样滚圆的眼珠子，一直死死地盯着雪妮，尽最后一口气喊着："雪妮，求你，回到我们孩子身边。"他的眼神中充满了疯狂，恐怖至极的死不瞑目。

"啊！"雪妮惊恐不已地叫出声来。缪文心蒙住了她的眼睛。胖明一枪击中了阿海。

"恶魔、败类！"胖明狠狠地朝阿海的身躯踢了一脚，那血污的身躯翻了身，面部俯地，奄奄一息，胖明又补了一枪。

如芸浑身是血，躺在阿龙的怀里，那眼睛紧紧地凝视着林隆轩，她断断续续地说着："对不起，从你那里偷得阿龙。"

林隆轩握着如芸的手。这一生，他能如此紧握着如芸的手，那温柔而软绵的手，却是在她生命的最后时刻。

"谢谢你，因为你，才有阿龙。"林隆轩紧握着如芸的手，深情而凄美地凝视着如芸。泪水兀自挂在他风霜历尽的面颊上。

缓缓地，一滴晶莹的泪从如芸的眼角滑下，尽管已是半百之年，但如芸临死时的眼睛依然明亮而清澈，仿佛一池碧水，若有若无地荡漾着风轻云淡的释然。

林隆轩轻轻地合上了如芸的眼。

"娘！"阿龙两手扒心，五官扭曲如大地震之余的崩坍变形，他放声地哭号，把火光熊熊的夜空哭得痉挛起来。轰隆隆的炮弹声又响起来了，残忍地掩盖了人世间的灾难。

整个普陀山接二连三的闷响混杂着破空的凌厉，仿佛天崩地裂，莲花洋旋起滚滚火焰，炽热的烈焰于海天之间乱窜，一半是失火的黑夜，一半是燃烧的海水。

第54章 普陀佛光中忏悔的日军

普陀山海边，随着开炮的轰隆隆声，似乎飞过头顶的炮弹，犹如特别快车般的呼啸声，接着是落入海面爆炸的一声闷响，汪洋海面，水势连天，火光携着万丈水柱冲天而上。日军疯狂地一连不停地往莲花洋开炮，却不见海面上有任何反应，没有美军太平洋舰队军舰，没有任何武装人员，只有千层雪浪裹着一片荧光，万迭烟波如白昼一般汹涌而来。

"大光明，大光明！"山顶上逃难的人们跪了下来。

只见那海面上的灯火如一片大光明世界，朝岸边移动，越来越近，亮度越来越强，汹涌的闪亮的一片大光明世界，潮水般地涌向岸边。很魔幻的场景。潮水般涌来的大光明，使得岸上的人，面容清晰可见。深色的黑夜，潮涌而来的闪亮的光带，让日军目瞪口呆，进而恐惧万分。

一切都安静下来，只有这一片无比闪亮的光带，银色的大光明！

绚丽莹白的光带中心，蔓延着一种凝固又发散的浪潮，仿佛静止在水面，却又轰然碾压过来，这闪耀而动态的液体界面深幽幽，如一把巨大的利剑，划开了夜色一道口，直刺向海岸。

佛光佛光！整个普陀山被佛光照亮了！除了这样的解释，日军再也找不出更好的理由来解释这种奇异的现象。

菩萨显灵了！因为他们亵渎了神灵，打搅了菩萨的清静。庄严之地岂容生灵涂炭，放肆亵渎？

血性残暴的一群杀人恶魔吓坏了，一个，两个，三个……日军官兵齐刷刷，惊恐万分地跪在沙滩上，连连叩头，乞求菩萨恕罪。

海岸边，狂妄的不可一世的侵略者，黑压压跪成一片，祷告着，忏悔着：菩萨，饶了我们，饶了我们。

大光明的世界里，老天爷在固执地宣教布道，神灵点亮的灯，容不得灵魂深处的黑暗，屠刀落地，便是救赎的开始。跪在海边的日军，再也没有那不可一世的猖狂。

八千名左右的日军，惊魂不定地撤离了普陀山。这是民国三十二年（1943）七月间，发生在普陀山的佛光之事，一直在当地流传，"人在做，天在看，不是不报，时辰未到，东洋人早晚要遭报应。"

普陀山归于平静而祥和。梵音阵阵，山还是山，水还是水。

法雨寺外的千步沙，海天之间，水鸟掠起，潮水携着海的轰鸣声，汹涌而上，漫过金色的沙滩，化作大片雪浪花，触摸着柔软而细腻的砂粒，然后又倏然回归于更深的海天寂静中。万古长空，潮来潮往，海的世界里记得曾经的往事。

夕阳西下，缪文心一个人低首沉吟，步履沉重地行走在沙滩上，忽然间抬头，看见乐乐就在面前，昔日的好友缪文心和乐乐面对面地对视着。

时光开始穿过浮尘回到从前，缪文心特殊时刻的痛苦记忆立刻狂风巨浪般地涌上心头。

她那双杏眼儿里的泪水如漩涡在原地打转，显现出无法挽回的苦痛。"扑通！"缪文心跪在沙滩上，朝着乐乐，泪如雨下：
"乐乐，我不求你原谅我。"

"莲儿！"乐乐扑向缪文心，搂住她的双肩，喊着缪文心的
小名，失声痛哭。

倏然而上又倏然而退的海浪花，雪白一片涌上来，又涌上来。
整片整片的浪花，撞击在沙滩上，如同撞击在人心口，那么猛烈，
那么痛。两个深爱德俊的女人相拥痛哭。如果所有事都知道结局，
世上就少了很多遗憾和来不及。可是，谁都没有穿透未来的眼睛，
岁月只会给予人们无尽苦痛的泪水。

她们的泪水，滚落在一片纯白的浪花泡沫里，那一片纯白的
浪花早已飞出生死之外。海的世界里，安放着德俊的灵魂。"德
俊，他永远活在我们的心中。"

造化弄人，深爱，错爱，罪爱……世间之爱，爱而不得，但
依然有人在等待爱。

远远的，沙滩的另一头，阿龙和胖明只是静静地望着乐乐和
缪文心，任由她们哭泣。起风了，他俩一身的长衫被海风肆意撩
起，衣袂飘飘，越发显得他俩身材倾长而挺拔向上。

海风与海浪相濡以沫，阿龙与胖明同声相应，他们谈论着当
前的国内外局势。

"小日本的日子不会长久，盟军实行登陆反击作战，我们配
合盟军，也在辖区各地开展了反'扫荡'拔据点的战斗。"

"保家卫国，匹夫有责。海防大队什么时候需要我们林家船
行的船只，尽管发令。"

新四军浙东纵队海防大队利用设在上海和浦东的秘密联络
站，吸引无数爱国商人为浙东抗日根据地输送医疗器械、医药用
品、通信器材、发电机等战略物资。林家渔行也不例外，参与爱

国行动。

"胖明，好样的，海防力量的组成，就是插在日伪军的心脏地区的匕首！你和文心多保重。"

"阿龙老师，你也是好样的，你的画就是投向敌人的匕首。你也多保重。期待你和乐乐的好消息。"

胖明和阿龙将目光投向海边乐乐和文心的那一方沙滩。波光粼粼的海面上，白鸥一如既往地翻飞，欢叫。夕阳、白鸥、大海、热血青春，全融入了梵音声中，组成了一幅旷远的祈福画：让该来的来，让该去的去。放下该放下的，做好该做的。

尽管未来如大海，深不可测，充满了惊心和危险，但大海本来就是海边人的家。

普陀山海边，胖明和缪文心辞别了阿龙和乐乐。胖明和缪文心将执行新的任务，他俩将深入大鱼山岛发动群众，开辟抗日根据地，配合盟军在东南沿海反攻登陆。大鱼山岛位于舟山本岛西北部，岛上面积不足 10 平方公里，地理位置非常重要，是上海到宁波、舟山的必经之地。新四军若控制住大鱼山岛，就能切断日伪军的补给运输。

木帆船顺风顺水驶向莲花洋。胖明和文心望着海中的洛迦山，那洛迦山酷似一尊睡神躺在莲花洋上，四周是跃金的海面，身后是满天的霞光。在这片宁静的海上，一尊睡神安然入梦。木鱼声仿佛游过心头，虔诚的海瞬间剥脱了红尘。

缪文心出神地望着眼前的海与睡神，天籁之间有一种旷古恒远的沉寂与流逝，莲花洋挟走一朵浪花，又蔓延出一朵浪花，星星点点，无多朵浪花，沾满了旷世的各奔东西，却也绽放着一种"万般放下"的豁达之美。

一旁的胖明随口而出："看我中华好河山，沧渊万里莲花洋。"

缪文心顺着话音望向胖明，他那黝黑的脸上，那双睫毛很黑的眼睛，虽然不大，但眼里嵌入了时光打磨的痕迹，经过血与火的洗礼，那眼里藏锋卧锐，雪亮雪亮的，满是威武的神气。

周遭很是寂静，某种感应在寂静里流荡。胖明低头，对上了文心那一双水灵灵的杏眼。文心的眼慌乱地躲闪着，却假装若无其事地说着："全世界反法西斯斗争已经进入高潮，我们新四军海防大队也要一展身手了。"

"日本侵略者，必定是失败的下场。"胖明目光灼灼地望着文心，他的眸子变得温柔而坚定，"这片寂静的海，沉默但不脆弱，这是属于我们的海，小日本占据这片海域，苍天也不会饶过他们，小日本的日子不会长久。"

突然木帆船剧烈地晃动起来，摇摇晃晃的缪文心一下子跌入胖明的怀里。一头海兽惊慌失措地跃上甲板，它的眼神带着一丝祈求与无助，木帆船颠簸地更厉害，结群的鲨鱼在木帆船的四周逗留，迟迟不肯离开。

"是海狮，快点开船，快点带海狮离开。"缪文心尖叫着。

木帆船加速了，结群的鲨鱼追赶着木帆船。一切都在追扑的僵持之中，木帆船摇摇晃晃，随时都有倾斜的可能。"把它赶下去！"船工厉声命令着。缪文心焦心地看着眼前一切，抓住胖明的身子，一个劲地说着："救救海狮！"

木帆船摇摇晃晃，但船工始终没有赶海狮下水。木帆船终于摆脱了结群的鲨鱼。缪文心长长地舒了口气，她欣喜地望着保住性命的那只海狮，看上去它显得多么无助那么可怜。

"好了，一切都安全了。"胖明搂着缪文心，温柔的气息在她脸上吹拂。缪文心这才意识到，自己刚才一直拥抱着胖明，在他的怀里叫唤着。她不好意思地赶紧从胖明的怀里挣扎着，没想到胖明的胳膊如铜墙铁壁。

仿佛瞬间有一种电流从文心的大脑延髓出发，沿迷走神经，穿颈脉孔，直接抵达第六胸椎左前方某个叫心脏的部位，出其不意，击中要害。一时之间，文心也不再挣扎，任由胖明拥入怀中。

"哗啦"那只海狮跃入海中，但它还是从水中跃出，朝着木帆船的方向，飞溅出一朵朵绽放的水花，发出狮子般的嗷嗷叫声，欢快而感恩。

缪文心和胖明目送着海狮远去。家乡这片海很是神奇，大海如同一沓诗稿，等待每一个鲜活自在的生命，一页一页地翻看。放下过去的伤痛，领会岁月的微笑，让现在刻骨铭心。一种心的悸动，随着海风，在时间和空间中自由穿梭，无须胖明和文心彼此诉说。

第55章　活菩萨突现勇救小龙

　　普陀山如芸的房间里，阿龙和林隆轩整理着如芸的遗物。一个上锁的小巧的木匣子引起了父子俩的注意，找不到开锁的钥匙，只好请开锁师父过来。打开的瞬间，林隆轩一下子愣住了。木匣子内，只有一张灶神爷的画像，正是当年林隆轩画的画像。

　　"如芸啊！"林隆轩泣不成声，他的心在隐现作痛。红黄绿三色系描绘而成的灶神爷，让前尘往事又鲜亮亮地重现。如芸从来没有忘记过他，只是将他藏在一个只有她自己才能打开的世界里。

　　"如芸啊，你苦苦乞求佛祖，只为你我这偶然的相遇，然后寂寞了一生？"林隆轩一个人望着那张灶神爷的画像，自言自语，然后默默沉思。

　　大家都不敢惊扰林隆轩，任由他一个人沉浸在往事中。

　　第二天一早，林隆轩不辞而别，只留下一封给雪妮的信："雪妮，我们相遇在普陀山，分别也在普陀山吧。我把你从普陀山带向更广阔的世界，是让你见识这世界的辽阔而美好，是让你成为真正的你自己，一个独立的你。年轻的你，去追求属于你自己的爱情。祝你幸福。"

　　雪妮一遍又一遍读着林隆轩给她的信件，当年林隆轩的话语又在耳边回响："雪妮，你可以尝试一种新的生活，去香港或去法国，见见外面的世面，也许再也不回来，也许还想回寺庙。"

林夫人劝慰雪妮："你若真心想和隆轩过日子，不嫌弃他的年纪，再等等他吧。他也是喜欢你的，这我们大家都看得出。"

"人的感情是复杂的。"雪妮只是浅浅地笑着，"明天，我就回上海，去追寻我喜欢的艺术。沉浸于做自己喜欢的事情，真的很开心。"

林夫人一下子愣住了。

"爱而不得很痛苦，我理解林先生，他其实很爱阿龙的娘。只有历练过爱而不得的痛苦，才会开悟啊。阿弥陀佛。"雪妮双手合十，眼睛很清澈也很果断。

普陀山短姑道头，香客上船下船，来来往往。那宽十余米，长百来米，砾石遍布的滩上，两侧错列着大小不一形状各异的岩石，岩石上镌有"慈航普渡""道义同舨""第一佛国""乐土"等题刻，全沉浸在潮汐浪涛的拍打中。

阿龙送雪妮上船。潮扯满了风帆，海鸥逐浪翻飞，木帆船准备解缆起航。船上的雪妮是一道美丽的风景。着一袭黑色旗袍镶滚白边的雪妮，在胸口门襟的白色盘纽扣映衬下，越发显得清新脱俗。

"林嫂，我们快点上船啊。"人群里一声童稚而急促的声音响起，阿龙回首，看见两个伶俐的双胞胎，六七岁光景。

"等等，小龙小凤。等下一班船吧。"长相和善的林嫂，快步上前，一下子用手拉住了这两个孩子。

"娘！娘！"突然，小龙、小凤朝着船上的雪妮大声叫起来。

船上的岸上的人们都往两个孩子的叫声望去，林嫂慌慌张张地拉着两个孩子的手，往后退。

雪妮看到了那两个龙凤胎孩子，眼与眼对视的那一刻，被时光埋葬的往事伤疤再次被无情揭开，让她的脸一下子变色了，苍凉入眼，悲哀入心，但她很快断然转头。

木帆船开了，"娘！娘！"小龙、小凤大声喊着，黑豆似的眼里满是渴望的母爱。

林嫂转身用背挡住了两个孩子的视线，她紧紧地搂抱着两个柔弱的小身躯："乖孩子，你们一定可以找到娘的。"

阿龙一下子明白了这两个双胞胎的来历。他神情复杂地望了这两孩子一眼，一语不发地走了。

有人认出了林嫂："哎哟，小龙、小凤，你们这是去哪儿呀？"

"去大鱼山，看我娘。"林嫂应答着，眼睛却瞄着雪妮的船渐渐地远离短姑道头，她放下了心。

小龙、小凤认出雪妮是他们的娘，都是因为阿海天天让他们看雪妮的照片。"那个美丽的女人，全世界最美丽的女人，就是你们的娘，终有一天，爹会把你们的娘找回来。"

林嫂搂着怀里的孩子，内心却在一遍又一遍地祈祷："小龙、小凤，忘记你们亲生的娘，才是你们今生的幸福啊！我可怜的孩子。"

大鱼岛，一座远离陆地的悬水岛。岛上的居民以捕鱼、种田、砍柴为生，日子淳朴而简单。林嫂带着小龙、小凤，在大鱼岛安定下来。

夕阳下，她看着小龙、小凤欢天喜地在海涂里捡拾着贝壳，欢呼着，她的心也是欢喜着安定下来。

"有口饭吃，有地方睡觉，好好活着，就是人间天堂。"林嫂心满意足地过着悬水岛的单调生活，"随着时间的流逝，小龙、小凤也会慢慢地忘记过去。"

小龙、小凤和岛上的孩子们在海边的小舢板上跳来跳去。

"小龙、小凤注意安全啊！"

"婶娘没有关系，有我们保护着，我们水性好着呢。"岛上的孩子朝着林嫂拍着胸脯，自信地打保票。然后一个愣子，就扑通下水，很快那些小脑袋又哗啦地露出水面。小龙、小凤满眼羡慕。

"水很浅的，可以露出身子的。"一个小孩子站起来说道。

这海边的天气，说变就变，突然起风了，一阵乌云飘过，下大雨了。孩子们纷纷跑上岸。

"小龙呢？"林嫂慌张起来，却见小龙在小舢板上摇摇晃晃，一个趔趄掉进了海中。他在水中挣扎着，明明是浅浅的沙滩，他却站不起来，越飘越远。

有孩子尖叫："天呐，那是激流。"

人们在海边游玩很容易落入激流的陷阱，尤其是在齐腰深的水里，越是挣扎着想回到岸边，越是白费力气，因为你根本没有力量跟强大的激流抗衡。徒手过去的人不但没法子救人，反而会使自己也回不来。岸上的人眼看着小龙在海浪中挣扎着，却束手无策。

"小龙呐！"林嫂惨叫着，想扑向海去，却被岸上的人一把拉住。

岸上一阵慌乱。一群年轻军人突然出现，有人大喊着，"手拉着手，形成链条。"

扑通扑通，一条又一条年轻的生命跳下去了，一个又一个有劲的手掌紧紧按在一起，他们将自己的身体在海中打桩成一根根牢靠的柱子，二十三个人撑合成了一条海中的人形链条。天空下，救命的人形链条凝聚成一股强大的力量，这人形链条毫无畏惧，全神贯注地将自己抛向大海的激流汹涌中。更多的村民，扑通扑通，跳下海去，加入这生命营救的人形链条。海中，站起来的是稳稳当当的一条人潮环成的链条，那铆足劲头站在激流中的双脚，纹丝不动。死神望而却步，小龙被救了上来。

"阿弥陀佛，菩萨保佑，一群活菩萨。"林嫂一遍又一遍地念叨着，千恩万谢。她伸手接过小龙的瞬间，突然，愣住了，她的嘴巴惊讶地张大着，眼睛直直地盯着那个抱着小龙的军人，他居然是泰莱道头豪大商行的梅老板。梅老板旁边的女军人就是梅太太，莲儿小姐。

"林嫂，怎么是你？"缪文心很好奇地发问。

这支小分队就是新四军海防中队。胖明和文心跟着新四军海防中队，刚刚进驻大鱼岛。岛上村民因时常遭受日伪军和盗匪的迫害，见到新四军上岛后一直摸不清情况，纷纷躲在屋内，任凭战士怎么劝说都不理。新四军于是分小组开始走家挨户耐心劝解，正好碰上沙滩边的危险事件。

"是一群好兵，是一群好汉！"

"是活菩萨！"

海滩边的居民越聚越多，海边人用纯朴的话语表达着真挚的谢意。

胖明用手抚摸着小龙、小凤的头，双胞胎纯洁的黑亮亮的眼睛注满了感恩之情。

潮水涌上来了，像朵朵白莲花，满滩洁白开放。岸上人们笑声如潮，海边人接纳了远来的新四军部队。信任的种子已经落地生根。但人群中不起眼之处，一个阴郁的中年男人冷冷地望着这一切，他是大鱼岛的伪保长王才荣。

第56章　大鱼山英雄悲歌

又是一年七夕节。夕阳西下，西边天空的火烧云染红了整个沈家门渔港，海面上如血染一般。

海鲜坊打杂的碧玉，瘦到脱相，那浑浊的老眼望着满天的红烧云，自言自语："庙上的门、接血的盆、姑娘的嘴唇、火烧云，人间四大红。"

"碧玉阿婆，别说人间四大红，快烧人间十大吃：鮸鱼膏、鮸鱼排、鮸鱼羹、土豆鮸鱼头、鮸鱼骨酱、清蒸鮸鱼、鮸鱼子烧豆腐、鮸鱼面疙瘩、雪菜鮸鱼肚、水果鮸鱼。这十种鮸鱼吃法。今晚客人多。"有人催促碧玉。

此刻海鲜坊的"火油箱"们花枝招展，望着血色海面，互相打趣着。

"杏花呀，用槿树叶洗头吧，今夜牛郎织女喜相逢。"

"哎哟喔，你家的'乌贼黑炭'，一定会给你送来一大筐的鮸鱼。"

"'乌贼黑炭'只是舸鱼人，再怎么也比不过你家的鱼老板啊。"

"哎哟喔，鱼老板猪头三，要不是他的钱多，谁稀罕那一堆肥肉，还是'乌贼黑炭'讲义气，有力气。"

"嘻嘻嘻……"一阵戏谑的笑声。

这些"火油箱"们按着季节的轮回，等着固定季节里的老相好。这一波是鮸鱼季，她们等着"乌贼黑炭"们上岸来，也等着收购鮸鱼的全国各地的鱼贩子。

"宁可忘记廿亩稻，勿可忘记鮸鱼脑。"八九月份正是鮸鱼洄游产子的时候，也是鮸鱼最好吃的时节。鮸鱼的出产地就在大鱼山岛附近的灰鳖洋。每年的这个季节，沈家门码头夜晚到次日清晨四点多，人声鼎沸，各地鱼贩子等待着渔船靠岸。

"哎哟，好奇怪，今天，天没黑，这渔船咋拢洋靠岸了？"

"听说今年鮸鱼多得不得了，还有大鮸鱼因为'胀膏'搁浅在海边，滚圆的白肚皮露在海面，翻不了身，拿个竹篓都能捞上好多条。"

"鮸鱼多得装不下了，所以都提前拢洋了？"

一艘又一艘的木帆船披着如血的霞光，出现在红色地平线上，渔船返航了。

但不是鮸鱼满舱，而是带来了爆炸性的新闻。

"大鱼山岛出大事了！日本人整整一天都在攻打！"

"整个大鱼山岛，海上有大型兵舰、登陆艇、小汽艇、机动帆船，天空有轰炸机，炮火连天，据说那里有新四军部队。惨烈啊！"

"还捞什么鱼啊！都是飞机、军舰，逃命都来不及。"

沈家门街头巷尾都在谈论这件事情，一切如血色晚霞一般瘆人，落入大地的最后一刻，还充盈了火舌一般的恐怖。码头边海水在漫涨，海涛里蜷伏着透明的血色的暴怒。

阿龙在沈家门东横塘的新永和商行找到了陈牧师，"可有胖明和缪文心的消息？"

陈牧师摇了摇头，"大鱼山岛没有日寇驻军，只有几个伪军。

新四军部队才刚刚登岸大鱼岛没几天，日军就立马这样大规模攻打大鱼山，而且没有任何情报泄露。可见，有人向日本人告密。"

阿龙和陈牧师都知道大鱼岛的地形：大鱼山岛四面是海，岛内山丘不高，也无甚密林，根本不可能进行隐蔽。出路只有一条，新四军破釜沉舟和日伪军进行殊死之战。

阿龙心情沉重地从新永和商行出来，往事如烟，一幕一幕从眼前飘过，阿龙仿佛看到上海滩十六铺码头那个与乐乐打闹的快乐单纯的胖明，还有那个总和乐乐在一起的一脸痴情单纯的缪文心……他们也许永远不会鲜活地出现在他的面前。前几天，他们还一起向往着美好的生活。

阿龙心事重重地走进林家大门的那一刻，乐乐就急不可待地问："有他们消息吗？"

阿龙摇了摇头，乐乐的眼光瞬间暗淡了。

"我去趟大鱼山。"阿龙当机立断，准备船只出发。

乐乐目送着阿龙跳上林家渔行的一条木帆船。她的猫眼写满了不安。爱是一种多么复杂的情绪，她害怕再失去阿龙，尽管她的心里始终放不下德俊，但她的生活已经习惯于阿龙的陪伴。

阿龙沉沉地凝视着乐乐的猫眼，与她话别："也许潮水会把我们人类带到无限遥远，越出我们的时间、空间，但不管相隔多么遥远，照亮我们心灵的，永远是我们的爱。"

阿龙往乐乐的目光里注入坚定守望的承诺。

火烧云渐渐退出了天空。浑然流动的潮水似已昏睡，潮太满了，反而无声无息。暮色中，海鸟疲惫地扑扇翅膀，充满难以返巢的绝望的叫声。

黑夜笼罩着大鱼岛，硝烟味呛鼻。零星的火把在岛上闪烁。日军早已撤离大鱼山岛，一些隐蔽在山脚、岩洞里的幸存官兵在清理战场。岛上居民也积极主动寻找牺牲战士的尸体。

大地与黑暗之间，火光灼灼，烟幕缭缭，空气静止。一具又一具年轻的生命，血迹斑斑，静静地躺着。阿龙看见了胖明，也看见了缪文心，他俩并排躺着。沉默，寂静的沉默。

"叔叔、叔叔。"两个小孩跪在地上，悲伤地呼唤着，旁边还有一个跪着的女人，他们是小龙、小凤和林嫂。

"莲儿小姐，她本来可以活下来的，可她死也不肯离开梅老板。"在林嫂哽哽咽咽的叙述中，阿龙仿佛看见了战火中的胖明和缪文心。

胖明退出驳壳枪的子弹，数了数，只有4粒，又一粒一粒地压回弹匣，他缓缓地对缪文心说："你带着剩下的战士赶快下山去，找个地方隐蔽起来，留得青山在，不怕没柴烧……"缪文心急起来了，连声说："不！不……"

胖明严厉地盯了她一眼："缪文心，这是我给你最后一次命令，不许讨价还价，必须绝对服从。"此时下面的敌人准备再次发起冲锋，胖明紧紧盯了缪文心一眼，便冲回了阵地。

"莲儿小姐，赶快吧。"林嫂拖着缪文心，一众人躲到了海边的岩石洞里。没想到，缪文心突然又从岩石洞里窜出去，在枪林弹雨中重回阵地。

颠倒的时空，炮火的焚烧，并肩作战的胖明与缪文心。日本兵冲上来了，胖明中弹倒下去的那一刻，缪文心把枪举向了自己的头顶。枪声响起，林嫂的眼里刻录下蓝天之镜中凝固的那一道温柔而倔强的倒下去的身影，所有的声响都寂静了，大地只剩破坏暮色天空的硝烟。

"阿弥陀佛，来生，一定要投胎太平世道，一定要做一对长长久久的幸福夫妻啊！"林嫂悲伤的叙述声里，回响着那些不能消释的执拗的爱和恒久的哀伤。

阿龙那忍在眼眶里，悬而未决的泪滴，终于瀑布般滚落下来。

夜色正在大面积侵袭脆弱的海岸线，没有抵抗力的大鱼山岛蒙上了无边的黑暗。血战到底的中国兵，被深深地埋葬在洒满鲜血的这片土地上。时间：1944 年 8 月 25 日，七夕节晚上。

一周后的海鲜坊发生一件枪杀案，大鱼山伪保长王才荣、伪军头目张阿龙，双双死在海鲜坊。他们的身上有血色大字"汉奸当杀"。屋外，海鲜坊火红的灯笼在风中兀自飘摇，屋内，一摊血水混杂着浓重的胭脂味。

海鲜坊的"火油箱"们惊恐不安地尖叫着。打杂的碧玉冷冷地望着这一切，心里默念道："阿弥陀佛，全是报应。"是她，将大鱼山伪保长伪军头目来海鲜坊的消息告知游击队。"中国人害死中国人，天理难容。"

阿龙和陈牧师还原了血战大鱼岛的整个事件：1944 年 8 月 21 日清晨，部队驾驶五艘大帆船，七十余名人员顺利抵达大鱼山岛。岛上只有五六名伪军，这几名伪军的头目叫作张阿龙，绰号"沙山龙"。新四军海防中队进驻大鱼岛后，没有立即逮捕张阿龙，而是规劝他弃暗投明，但张阿龙阳奉阴违，与伪保长王才荣当晚趁着夜色，操纵小舟，向日伪军告密。新四军对此毫不知情。

驻舟山日伪军得到消息后，数天内就集结兵力六百余人，同时出动炮舰一艘、中型登陆艇两艘、装有重机枪的汽艇五艘和大型机帆船五艘、飞机两架，8 月 25 日上午，气势汹汹地向大鱼山岛发起海陆空联合进攻。新四军浙东海防大队第一中队在大鱼岛上抗击了八倍于自身兵力的日伪军陆海空军联合进攻，浴血奋战达八小时。大鱼山岛血战，海防大队几乎损失殆尽，副大队长与中队长、指导员等四十二人壮烈牺牲。但同时也重创了敌人，双方伤亡比例高达 1:2，日军战死三十多人，伤二十多人，伪军死伤三十多人，共计八十余人。

不屈的中国军人，民族的英雄。岛城各界抗战暗潮涌动。佛教界为大鱼岛牺牲的中华英烈诵佛经，回功德。殷殷碧血保家国，浩浩雄风还河山。

杨子庵的慧心师父捻着念珠，她的口中传来低沉而旷远的佛力加持声："英烈们舍己为国的壮举，绝非无因无缘凭空而有，因果世世轮回，愿他们可以来生再回这片华夏土地。"

梵音声声，愿山河安宁，人民幸福。

"小龙啊，永远不要忘记你的救命恩人，是这些新四军战士。"大鱼岛的风依然穿过所有的过往，大鱼岛周边的鮸鱼依然多得不得了，日落日出的日子里，林嫂念叨着这句话，然后开始跪在佛堂念经："天地之间，五道分明，恢廓窈冥，浩浩茫茫，善恶报应，祸福相承，身自当之，无谁代者……"林嫂在诵经，在超度，在祈福。

第57章　见于不见的因缘

一年后，日军投降。阿龙的油画作品《忏悔中的日军》在上海"中国画苑"画廊展出，震撼人心。

画卷以一片汹涌的闪亮的海浪为背景，一群杀人如麻的侵略者，跪地求佛的神情既相似又不同，震惊与恐惧凝固在了那一时刻。有人目光呆滞，托举的双手合十，向高过头顶的神灵饶恕罪孽；有人脸色发白，嘴角蠕动着，合十的双手在胸口处不停地抖动；有人流泪哭泣，梵音消融了灵魂深处的黑暗，昏迷的善突然苏醒……

侵略者忏悔的眼神一丝丝一缕缕，被画笔传神地描绘着。只是一万次的忏悔，能抵消所犯下的罪孽吗？人类的良知，如这场水位漫涨的大光明，汹涌而来。整个展厅弥漫着一种深沉的悲剧意识，也回荡着一股史诗般的撼人力量。

画廊展厅，一身深色西装的阿龙，身材高大挺拔，在人潮里如一艘正扬帆起航的轮船，意气风发。他陪着上海美专的专家团队，观看他的画作。

这批上海滩艺术家们，徜徉在阿龙的画作中，评价高度一致：

这幅作品，融入西方绘画的透视原理和中国传统绘画技法结合的方式来表现单个的人物形象，不仅刻画人物的外在形象，更注重对人物内心的细腻挖掘，且在整体布局方面又采用多角度、多视点的手法，最终以横卷的构图形式展现给大众，具有强大艺术感染力，宣泄着作者愤慨的情绪，直逼灵魂的拷问。

一旁作陪的著名书画鉴赏家雪妮点头赞同：阿龙作品《忏悔中的日军》，标志着中国人物画在直面人生、表现现实方面的巨大成功。

观看画作的人流不息。观者有人沉思，有人愤怒。"日本侵略军反人类反人道，遭天谴。""烽火岁月山河飘摇，苍生蒙难家国难安。""阿弥陀佛，佛祖保佑，国泰民安。"……

这幅艺术作品对人们最自然的最本能的心灵冲击，就是不由自主地产生一股悲壮而激愤之情。那种感受一直在展厅流淌，这是佛国的绝唱，这是无法言语的民族伤痛。

熙熙攘攘的人群里，雪妮犹如一幅行走的国风古韵仕女图。她身穿竹叶一字扣墨黑旗袍，越发衬得洁净柔美，满满的中式典雅之仪。雪妮黑漆漆发亮的眼睛四处回看着，她在期待与林隆轩的重逢。整整一年了，林隆轩始终处于失联状态。直到画展结束，林隆轩还是没有出现。

一道白影落入雪妮的眼帘，她定眼一看，是一身摩登洋装西式打扮的乐乐。乐乐身穿风衣款白色连衣裙，套着黑色缎面手套，手中拿着黑色手拿包。一眼看上去，不是惊艳之美，而是彻底震慑人心的大气场之美。这个重新开启船运业的女商人，她身上那种鲜活灵动的强悍之美，没人能比。

乐乐来到雪妮的身边。两个女人历尽近十年的光阴，终于有了一次彻底的心灵对话。

"这是林先生的地址。他一直留在普陀山寺庙里。"乐乐递给雪妮一张纸片。

"命运总是喜欢捉弄人，总是让我们寻找，却总是让我们找

288

不到。"雪妮望着纸片，说话的神情飘飘摇摇，怅然若失。

但乐乐却觉得，雪妮流露出来的那一种惆怅，如流风之回雪，说不出的通透。

"这就是命运吧。命里没有，不强求，命中有的，一定会有。因为心会告诉你。"乐乐随口而出。

"不管找到还是没有找到，寻找的过程，都让人开悟。"雪妮面对乐乐，只是浅浅地笑着，"一念愚即般若绝，一念智即般若生。"

雪妮的眼睛清澈而雪亮，仿佛她心底里的那一片澄清的天空，随意飘在她的眼眸里，清雅、秀逸、脱俗。乐乐静静地望着雪妮，她读懂了雪妮眼里的一切表述。

雪妮还是朝着乐乐浅浅地笑着，她也看得懂眼前的乐乐。这个"雌雄同体"的女人，那双猫眼里有一种气度高旷，洒脱自如的大家气象。但即便是这样大气磅礴的女人，在爱情的世界里，她依然只是个小女人。

雪妮再望向不远处的阿龙，他正凝视着乐乐，那孤寂又沧桑的眼睛，燃烧着灼热的明亮的火焰，乐乐就在他的眼睛里，被静止，被摇晃，被映照出无数的痴情的爱的形状。

乐乐顺着雪妮的视线，与阿龙炽热的眼神相碰撞，她的眼神只停顿了那么几秒钟，就仓皇而倏然地收回了。

即便是局外人的雪妮，在那一瞬间，也强烈地感受到了他俩彼此遥望时折射出的光芒，短暂而耀眼。他俩明明相爱着，却也相互折磨着。命运赋予他们天雷地火般迸发的火花，如此炫目，如此痛苦，如此甜蜜，如此剪不断，理还乱，如此这般纠纠缠缠。

雪妮心中暗自叹了口气，反过来劝说："乐乐，你不要错过阿龙。一念执着，换三生三世烟火。"

雪妮说话间，阿龙如一片鼓得满满的风帆，正从人潮里走向乐乐，慢慢地驶入乐乐眼里的那一片海。乐乐闪亮的猫眼，波光粼粼。她的眼里依然有生活的潮起潮落，但终究会恢复旷古的澄明和浩瀚。

很多年一晃而过。德俊的遗腹子——女儿小雨成了才气横溢的年轻画家。

她应邀向人们介绍画作《忏悔中的日军》："这群像画幅，具有很强的视觉感染力。画面中人物形象聚散、动静、情绪的连贯和变化，汇合起来好像海潮一样汹涌起伏，使人产生一种身临其境、置身其中的共鸣。《忏悔中的日军》的价值不仅在于其精神力度，还因其艺术上的空前突破，融合了中国画的线描和西画明暗塑形的表现手法，使人物画在写实技巧上达到了前所未有的高度，简直就像穿越时空的照片一样。"

"请问，真的有佛光现象吗？"

对于当年民间传说中奇幻的佛光现象，小雨做出了解释："夏季，舟山海域密集着含磷的低等浮游物种，一到夜间，这些浮游物种散发的点点萤火连成一片，成了一道美丽的景致，也成了人们常说的'普陀佛光'。'普陀佛光'只是自然现象，但人们的心中一定有一道佛光：罪恶终将结束，世界重归美好。"

一双英气逼人且清澈见底的眼睛，一直亮闪闪地追随着从雨的身影。那眼眸子仿佛就像会发光的两条小鱼，跌入了一片神秘而美丽的海之漩涡中。那是一个高高大大的帅气小伙子，只一眼，就对从雨万般倾心，满眼仰慕。

英俊小伙子身边的老妇人，正拉长了她的视线，一动不动地望着小雨，愣住了。小雨简直就是德俊的翻版，尤其她弯弯的柳叶眉下那双古典的丹凤眼，与德俊一模一样。恍惚间，她又见到了林家渔行的德俊少爷，那个永远不会老去的德俊，有匪公子，翩翩而来。

从雨走远了，英俊小伙和老妇人两人的眼光还是跟着从雨，直至她消失在普陀山书院的尽头。

"小龙老师，我立马给你提供从雨画家的联系方式。这点事，难不倒本大记者。"一阵清脆的声音将他俩拉长的视线，又弹了回来。

小龙的神情早已落入一旁的双胞胎姐姐小凤的眼里。小凤话语干脆而直爽，喜滋滋地说道："林嫂，小龙老师最中意的女孩终于出现了！"

"说着风，就扯篷，你这个急性子！"老妇人林嫂宠爱地望着快乐的小凤，"别瞎说，别瞎联系，让人笑话。"

"好风来时篷才张，青云有路终能上，你与她有情人，终能成眷属。"小凤肉嘟嘟的圆圆脸呵呵地笑着，还故意用手肘蹭了一下小龙的胳膊，小龙一下子涨红了脸，不好意思地憨笑着。

林嫂望着小龙眼里的爱意，她的嘴角微微颤动了一下，心里默念着："阿弥陀佛，见于不见的因缘里，请不要让他们相见。"

普济寺的香火袅袅，小龙、小凤在林嫂的陪同下，默默焚香祈祷："爹娘，来生遇上太平盛世，过上好日子。"成长的岁月里，小龙、小凤一直在找他们的亲生父母。终于有一天，林嫂告知年幼的他俩："你们的父母死于战乱。"成年后的小龙、小凤，年年夏天，都来普陀山，为过往的父母礼佛诵经。

小龙、小凤挽着林嫂的手臂，走出普济寺。寺庙外的海印池，一池清水，任凭莲花悄然盛开。纯净蓝天，缥缈白云，黄墙古庙，虬枝松鼠等等，都跌入一池清水里，包括赏莲祈福的善男信女的倒影。

"那个美丽的女人好像我们的娘啊！"小凤望着海印池旁一个着浅色碎花旗袍的中年女人，怅然若失。

眼尖的林嫂一下子就认出了那是雪妮。年过半百的雪妮还是美丽依旧，年过七十的林隆轩依然健壮红润，不显老。他俩就像并蒂莲，静静地开在一池莲花中，温柔相视。

"前世，我是你的女儿，今生，我是你的爱人。"雪妮的话语，带着莲的清香，在他们的身体里穿梭。佛号坠在心的湖底，爱一寸一寸爬进他们的眼睛。

林隆轩目光炯炯，他凝神看着雪妮，温和又宠溺。这样的眼神，早已消除了雪妮那些曾经的伤痛和旧日噩梦，一切回归平淡冲和的生活。

林嫂脚步很快地穿过荷花池，小龙、小凤紧跟而上。"林嫂，怎么走得这么快啊！"小凤有点抱怨林嫂的健步如飞。

林嫂越走越快，也不言语，只心中默默祈祷："知道真相太痛苦，不如不知道。阿弥陀佛，请避开这场冤孽吧。我的孩子。"

他们身后，传来千年的佛音，空旷而悠长。

海天佛国，清净庄严。通往紫竹林的路上，年过半百的阿龙牵着乐乐的手，走在青一块紫一块的石板路上，偶尔与穿黄袈裟的僧人擦肩而过。高高的南海观音，慈悲地望着众生。阿龙虔诚地朝南海观音礼拜着，回头，低低地对乐乐耳语："乐乐，你是我的观音，我的东方女神。"

乐乐浅笑如菊，眼角的鱼尾纹荡漾着甜美的波纹，猫眼瞳孔里闪着亮晶晶的星光。她双手合十，朝南海观音喃喃祈祷着，那皓白的手腕上一只黑色瑞士手表非常显眼，那是当年阿龙送给她的定情物，依然准确无误地分分秒秒走动着。

莲花洋的海风，吹过千年的古寺。问世间情为何物，海水滔滔，只为生死相许。问人间爱在哪里，梵音声声，人类往昔的千百次的吟诵，只为爱的信仰。爱就在心中。